r

NATTENS LEKAR

Stig Dagerman

# 夜晚的游戏

［瑞典］斯蒂格·达格曼 著

虞军 译

GUANGXI NORMAL UNIVERSITY PRESS

广西师范大学出版社

·桂林·

# 惊奇 wonder BOOKS

| | | | |
|---|---|---|---|
| 夜晚的游戏 | 出版统筹 周昀 | 责任编辑 郑伟 | |
| YEWAN DE YOUXI | 特约编辑 赵金 | 封面设计 郑元柏 | |

**图书在版编目 (CIP) 数据**

夜晚的游戏 / (瑞典)斯蒂格·达格曼著;虞军译.
桂林:广西师范大学出版社,2024.10(2025.1重印).
-- ISBN 978-7-5598-7373-6

Ⅰ. I532.45

中国国家版本馆 CIP 数据核字第 2024L4Q604 号

出版发行　广西师范大学出版社
　　　　　地址:广西桂林市五里店路 9 号
　　　　　邮编:541004
　　　　　网址:www.bbtpress.com

出版人　　黄轩庄
经销　　　全国新华书店
发行热线　010-64284815
印刷　　　山东临沂新华印刷物流集团有限责任公司
　　　　　地址:山东临沂高新技术产业开发区工业北路东段
　　　　　邮编:276017
开本　　　787mm × 1092mm　1/32
印张　　　10.25
字数　　　145 千字
版次　　　2024 年 10 月第 1 版
印次　　　2025 年 1 月第 2 次印刷
定价　　　58.00 元

如发现印装质量问题,影响阅读,请与出版社发行部门联系调换。

北欧文学中最为其他地区读者所熟悉的大概有三类：神话、魔幻现实主义作品（小说、散文、戏剧、诗歌）和侦探小说。这大约与此地的地理、气候和环境有关，在冬天漫长的黑夜和夏天长久的白昼中，面对广袤幽深的森林、群山倒映的湖泊和变幻不定的大海时，任何人都可能会产生无边无际的想象力，因而北欧出了很多能把梦境与现实交叉、虚幻与眼下结合的作家。而其中有一颗极其璀璨的流星，他便是斯蒂格·达格曼（Stig Dagerman）。

达格曼的童年非常不幸，1923 年，他出生于瑞典乌普萨拉一个农庄，母亲是当时并不多见的单身母亲。在他出生几个月后，母亲为了生计离开农庄，把他留给祖父母抚养，从此再也没有回来。

达格曼 17 岁时，祖父被一名精神失常的男子杀害，不久后，祖母也去世了。他的生活从此陷入一片黑暗。他曾多次试图自杀，但都在最后一刻改变了主意。

拯救了他的是书籍和写作，在一个青年杂志做编辑时，他手中笔如生了双翅，释放了他郁结于心的一切，同时也让他知道从此可以以文为生。

20 岁时，达格曼毕业于一所拉丁文学校。服完短期兵役后，他成为一名多产的作家，1945 年其首部长篇小说《蛇》（*Ormen*）获得《瑞典日报》年度文学奖。这本书让当时的文学评论者们兴奋不已，有人将其与卡夫卡的作品相提并论，并意识到达格曼和卡夫卡的作品都与存在主义有着明显的联系，同时也为达格曼在书中所展现的深沉的痛苦、疏离和恐惧震惊不已。1946 年，达格曼的第二部小说《末日之岛》（*De dömdas ö*）出版，讲述了七个遭遇海难的人在噩梦般的孤岛上等待死亡的经历。这年秋天他被瑞典《快报》派往德国，于 1947 年出版了轰动一时的新闻报道集《德国之秋》（*Tysk höst*）。这系列报道从一个中立国的记者视角给读者展示了二战后的德国社会以及重建德国的复杂性。"大众期待着那些刚刚经历了德国之秋的人们，能够从不幸中汲取教训。然而并没有人意识到，饥饿并不是一个好老师。"同年，其短篇小说集《夜晚的游戏》(Nattens Lekar) 在万众瞩目中出版。短短两三年，达格曼迅速从一个无名小卒成为当时瑞典文坛的新星。

此后他笔耕不辍，几年内陆续写下了三部长篇小说、多篇短篇小说以及戏剧、采访报道，还每日撰写报刊专栏。尽管作品频出且深受好评，但达格曼并不快乐，1954 年，他陷入了深深的抑郁之中，并患上了焦虑症，这一年他最后一次尝试自杀，且最终"成功"了。这个才华横溢的作者离世时年仅 31 岁。

由于童年的经历，达格曼在写作时目光和笔触自然落在了孩子身上，他笔下的孩子都有着各自的不幸，有缺乏父母之爱的、有为父母关系忧心忡忡的、有因为贫困被人轻慢的、有因身体残障而小心翼翼的。达格曼把自己的经历编织进这些故事里，显得格外真实和深切。

短篇小说集《夜晚的游戏》中除了讲述这些孩子们的故事，还书写了 20 世纪 40 年代欧洲社会底层小人物的经历。虽然每个故事都是单独的，但作者笔下主人公们的名字却隐隐有条暗线，《夜晚的游戏》中的奥克因父亲酗酒而夜夜无法安睡，让人无法不把他和《惊喜》

里父亲早逝的奥克联系起来;《我的冰岛毛衣呢?》的主人公克努特与《开门,理查德》中的克努特也有一致性,那就是贪杯。这四个故事本无直接关联,但有心的读者或许会通过这些名字把它们串起来,而它们所串起的更大的故事正是当年社会的缩影。

达格曼最受推崇的长篇小说是《烧伤的孩子》(*Bränt barn*),而他本人似乎也一直在快速将自己燃尽,他的写作生涯只有九年,但斯蒂格·达格曼这个名字却深深烙印在了瑞典文学史上。他曾说:"我可以在每张白纸上写满最美的、点亮我思想的文字组合,因为我渴望证实自己的生活并非毫无意义,我在世上并不孤独。我将这些文字结集成书,奉献给世界,这个世界则回馈给我金钱、名誉和沉默。然而我又何尝在乎金钱,在乎对文学进步的贡献? ……我只在乎自己从未得到过的事物,那便是确认我的文字打动了世界的心。 我的才华不算什么,不过是对孤独的一种安慰罢了,可这又是多么可怕的安慰啊,它只会让我以五倍的力量体验孤独!"

达格曼不仅在瑞典家喻户晓,他的作品还被翻译成多种语言,不断地给世界各地的读者带来惊喜,给世界各地的作家、音乐家和电影制作人带来灵感和创作激情，尤其是一批批年轻的写作者们。1996年，瑞典的斯蒂格·达格曼协会创办了以达格曼命名的文学奖，每年将这份奖颁发给像达格曼一样通过作品促进人类共鸣和相互理解的作者。

2008年，法国作家让-马里·古斯塔夫·勒克莱齐奥（Jean Marie Gustave Le Clézio）获得该奖，他在2009年又获得了诺贝尔文学奖。他非常喜爱达格曼的作品，在获奖后所做的演讲中还提及了达格曼所说的"悖论之林"："悖论之林就是斯蒂格·达格曼所称的写作，是艺术家们不应设法逃离的所在。相反，他们应该在这片林中安营扎寨，了解每一个细节，探索每一条道路，为每一棵树命名。此地并非总是一处令人愉悦的场所。作家们曾以为自己受到了保护，因而在纸上奋力倾诉，如同向一位亲密、善解人意的朋友倾诉那般，但在悖论之林中，他们将毫无准备地面对现实，并且不仅仅是作为一个观察者，还要成为一个行动者。他们不得不选择立场，与他人保持距离。" 勒克莱齐奥感谢达格曼让他知道了这片无止境的森林。达格曼将写作称为"悖论之林"的观点出自他的一篇杂文《诗歌和意识》，在文中他提出诗人（作家）与现实之间存在重重矛盾却又无法分离的悖论，因此躲在书斋里是无益于写作的，但也不能为了写实而写实，对此他还提出一个新的悖论："虽然他（作家）只想为那些饥饿的人写作，但他现在发现，只有那些衣食无忧的人才有闲工夫注意到他的存在。"

达格曼作品的中文版虽然来得晚了些，但却是从瑞典语直译的。作为本书译者，翻译达格曼的作品是极大的挑战，同时长时间沉浸在达格曼的文字里也让我拥有了一段直接触及文学所拥有的力量的经历。希望中文读者能在阅读中感受到达格曼的温柔与凛冽、敏感与犀利，爱上他那种编织着孩童般的柔情、天真和讽刺的文字。

# 目录

# 雨夹雪

不，大概再也不会有这样的下午了。因为人生一世只会有一次，在九岁的时候，用自己那把全新的莫拉刀[1]切胡萝卜，同时经历十月中旬的一场雨夹雪，还有一位姑妈，或者更准确地说是妈妈的姑妈，在晚上七点半时从美国[2]回来。我们坐在马厩外廊下，切掉散发着泥土气息的大个胡萝卜顶部的叶子。只要愿意，也可以很轻易地幻想出一些别的什么，像是被切掉叶子的根本不是胡萝卜，而是一些截然不同的东西，比如你不喜欢

---

1　瑞典达拉纳省莫拉镇制造的一种腰刀，质地非常好。本书注释如无特别说明，均为译者注。

2　1840—1930年间，有大约一百万瑞典人移民美国，主要是经济原因。这些人返家探亲多为盛事，因为家乡人猜测他们都在美国寻找到了财富与自由。本篇中的美国姑妈正是当时移民中的一个。

的同学、朋友或者危险的动物之类。我们一般什么也不说，只管切，绿叶飞溅着落到我们脚间，被砍了头的胡萝卜腾空划出一道长长的弧线后消失在草编筐里。

刚收获的胡萝卜特别好闻。叶子湿漉漉的，如果你身上弄脏了，还可以用这些叶子来擦洗。阿尔瓦会趁西格丽德不注意的时候，从倒放的桶上起身，抓住她的后脖领，用湿叶子刷她的脸，直到她又笑又叫才罢休。不过外公却为此发了脾气，他对坐在我旁边阿尔瓦那张上马凳上的妈妈说：

"看管好你弟弟，别让他找女帮工的麻烦！"

西格丽德的脸涨得通红，妈妈却没有答话。外公说的话很少有人回应。也许是因为他年纪太大了，这里面只有我会回应，不过要是外公为此训斥了我，妈妈便会来维护我。阿尔瓦又坐回到桶上。

"您还是坐在铡草机上切您该切的，我负责自己的。"阿尔瓦对外公说。

没人敢往那边看，因为有时候外公会气得满脸通红地跑过来，一路弄翻自己坐的和另外几把椅子，从厨房的衣架上扯下自己的蓝衬衫，扔到地上狠踩一气。就算有胆量偷偷看一眼，其实也没有什么特别可看的，当然外公坐在铡草机上的时候除外。在我们又要切胡萝卜叶子时，阿尔瓦说："您也可以和我们其他人一样坐在桶上啊。"可外公说如果他不坐在铡草机上那就不切自己那份了。于是妈妈和阿尔瓦只好扶外公坐到铡草机上。西格丽德笑得停不下来，不得不走进马厩并关上了门。妈妈生气了，因为她不喜欢西格丽德笑话外公，还说外公拿着他自己这件滑稽的发明到处给人看，出尽洋相。不过外公只是耸耸肩，说，如果他不坐在铡草机上切，那胡萝卜就得带着叶子，反正就是这么回事。

　　阿尔瓦在排水槽里放满胡萝卜，水槽下面又摆了一个桶，这样他只要一放水，切掉叶子的胡萝卜就掉进桶里了。但是外公几乎从来都扔不进桶里，胡萝卜差不多全都落在桶边上。这就和他吃东西一样，妈妈总是跟他说："你能不能别把吃的东西撒到自己身上啊，不然我们给你买个围嘴，就像婴儿用的那种。"面对这种情形，我们很难忍住不笑，但如果笑了，就得离开餐桌。所以真是不容易。妈妈会说："喝酸牛奶[1]的时候最糟糕，因

――――――――――

1　原文为 långmjölk，一种瑞典特有的发酵牛奶，暂时未有对应中文名称。

为酸牛奶会粘在胡子上，很难洗掉。和水泥差不多。"

然而外公有时会在餐桌边咧嘴一笑，告诉妈妈她应该庆幸自己好歹还有个父亲。他说不是每个孩子都有父亲，说完他还对我挤眼笑了笑。妈妈听了就会跳起来，把椅子弄翻在地，跑进卧室里发疯。这种情形下，对她做什么都是多余的。

坐在马厩外廊下的感觉真好。胡萝卜叶越堆越多。雨水打在木瓦屋顶上，西格丽德说这声音听起来和在家里一样美好。妈妈说人若只有一个家的话，就应该是非常温馨的那种。猫在堆积如小山的干草堆上跑，如果没猜错的话，它过一会儿就会下来，爬到铡草机下面的草屑堆里睡觉。我曾经压死过一只小猫仔，我觉得它不会感到疼，因为那一下太快了。马厩里的那几匹马在啃着马槽。

"阿尔瓦，你去让马安稳点，它们现在真的饿极了。"外公说。

"它们好好地拴着呢，这些马在马厩里拴了一个星期了。顺便说一句，它们是您的马，您想喂就自己去喂吧。"阿尔瓦说。

然后，西格丽德便看向外公，眼睛一眨不眨地看他会不会脸涨得通红，并开始大声嚷嚷。妈妈也这样看着外公。但这次却没事，外公坐在铡草机上，只管切着胡萝卜叶子。不过阿尔瓦已经好久没切叶子了，于是我也停下手里的活，想看看他在做什么。西格丽德也没在切叶子，而是坐在一旁看着阿尔瓦。妈妈倒是在切着，刀在她膝前的胡萝卜堆里起起落落，仿佛一道道闪电划过。她一定特别生气，因为只有这种时刻她的干活效率才最高，而且一言不发。妈妈经常在生气，且同时生我们所有人的气。她说，要是没有我们，她就不会在乡下累死累活，而是在城里的商店做事。白天，妈妈差不多一直在生我的气，可到了晚上，在她以为我睡着了的时候，她常常会躺在我身边，用手指绕我的头发，我真担心自己变成卷发。

阿尔瓦坐着，手里拿着一根胡萝卜。这根胡萝卜很大，他已经切掉了叶子，刮净了泥土。此时，他用刀尖在上面刻了些什么，然后拿给西格丽德看，西格丽德咧嘴笑了起来。我也想过去看看，但妈妈拽了下我的裤子，让我不要去掺和他们的事。不过阿尔瓦还是告诉了我，因为他对我很好，相反西格丽德却只会掐我、骂我。我甚至还看了看那根胡萝卜。阿尔瓦在胡萝卜上刻了他和西格丽德的名字，以及日期。

阿尔瓦·伯格，西格丽德·扬松，1937 年 10 月 18 日。我让他把我的名字也刻上去，他便拿过胡萝卜，在上面刻了我的名字——阿尔内·伯格。然后他把胡萝卜扔进了篮子里。可我觉得西格丽德并不乐意我的加入，因为她正气呼呼地盯着我。不过阿尔瓦用胡萝卜叶在她的下巴上挠了一下痒痒。

他说："你想想啊，秋天很快就会过去，冬天即将来临，我们得到地窖里给牲口们拿胡萝卜，等哪天找到这根的时候，我们就到外面雪地里一起把它吃掉。"

我不是故意要和他们名字并在一起。不过我已经在很多别的地方夹进了自己的名字：仓房、外廊、马厩和现在这处马厩外廊下面。顺便说一句，大家的名字都刻在这里。外公和外婆的名字也刻在马厩的墙上，但时间太长已经看不清了——古斯塔夫和奥古斯塔·伯格，1897 年 8 月 10 日。1914 年，妈妈第一次来这里留下名字。1918 年是阿尔瓦的第一次。1933 年是我的第一次，1936 年是西格丽德的第一次。在马厩外廊的一根柱子上还刻着"巴勒斯坦"这个词。那是在外婆去世前不久，有个流浪汉在马厩外廊下面过夜，在其他人醒来之前他已离开。有天我们喝早餐咖啡的时候，外婆像往常一样每天早上坚持去收鸡蛋。突然，她气喘吁吁地冲了进来，大声喊道："你们想不到昨晚是谁睡在我们的马厩外廊下吧！是耶稣，主耶稣基督。"当天晚上，又来了一个流浪汉，我把他带到马厩外廊下面，告诉他给马盖的毯子在哪里，这样他就不会受冻了。他想和我握手道谢，然而他怪异的样子让我很害怕，所以我尽量离他远远的。后来他看到柱子上刻着的"巴勒斯坦"，便说："哦，该死，如果那个蠢人巴勒斯坦在这里躺过一夜，天知道毯子上会不会爬满虱子。"因此，外婆所说的"耶稣"可能就是个普通的流浪汉，而且他身上还有虱子。晚上，我把真相告诉外婆时，她坐在那里转过头哭了起来，说我还太小，不懂这些事情。不过妈妈替我争辩，她说："他当然不会知道。况且仅仅是一个怪异的流浪汉来到这里，自称为巴勒斯坦、耶路撒冷或圣地，并不代表他就一定是基督或使徒保罗啊。"

这会儿我的胡萝卜快切完了，所以我可以慢慢来。妈妈的也快切完了，阿尔瓦和西格丽德的也差不多，只有外公还有整整一堆没切。妈妈就坐在铡草机旁边，于是想去拿一些胡萝卜过来，可外公气极了，说他的胡萝卜用不着她管。他要自己切，和其他人一样。

"难道等你妹妹来的时候，你还坐在那里切胡萝卜不成？"妈妈边说边快速抓过来一把胡萝卜，外公便用刀拍了她一下。妈妈身上穿着阿尔瓦的一件衬衣，袖子往上卷着。她就站在那里，直直盯着外公，仿佛他真的疯了。

"爸爸，你得当心点，别做些令自己悔恨终生的傻事。"妈妈说。

外公一时间变得平静下来。四下鸦雀无声。只有雨水在屋顶上跳跃、刀在切叶子的声音。最后，我再也受不了了。

"阿尔瓦，你跟我说说大西洋上面是什么样子吧。"我说。

"大西洋上面，海浪就像房子那么大。"阿尔瓦若有所思地说。

"是什么样的房子？是像我们家这几间红房子，还是像老师家那几间大大的黄房子？"我问。

因为我觉得，如果海浪像房子那么大，那么长得也一定像房子。整个大西洋就是一个大教区，波浪上有两层楼高的房子和农舍，而妈妈的姑妈则骑着马跨越波浪而来。她登岸的第一天，我们就收到了一封信，接下来的四天里，外公每个钟头都要在台阶上眺望十多次，看看她有没有来，可是马雅姑妈的身影并没有出现。不过有一天又来了封信，说一周后我们就能见到她了，她的小叔子会开车送她来。晚饭后，外公进卧室睡了一会儿，妈妈高声读起了信，读完后她气得把信撕得粉碎，大声尖叫道："我们是所有亲戚里最穷的，所以就要等到最后。"当然骂还不够，她也不会在那个老太婆来之前，因为这位访客的缘故把家里收拾整洁。

所以对于马雅姑妈[1]的到来，我们什么都没准备。甚至自从春天收到第一封信，说她秋天会来拜访，我们就再也没提这事。我曾以为我们家这次将有一个真正的盛会，村里人得知也会惊掉下巴。但现在，我猜整件事都搞砸了。我恨不得把自己的大拇指切下来扔进胡萝卜堆里，然后西格丽德和阿尔瓦会在来年春天发现它并且说："还记得阿尔内切掉大拇指的那天吗？"正是在那天，马雅姑妈从美国来了。

妈妈生气地对外公说："还有三个钟头你妹妹就要到

---

1　叙述者本应称姑奶奶，但原文只称姑妈。

了，而你却坐在铡草机上，一副丝毫不在意的样子。你想想，你们都二十年没见了，至少也该刮刮胡子吧。"

外公说："如果我不能自然而然地坐在铡草机上，那要怎样？如果你有个高雅的妹妹，不坐车就不能来看她哥哥，也不能忍受她哥哥坐在铡草机上，那他妈的算什么！那还要怎样？"

西格丽德又大笑不止，于是不得不再跑到马厩里去。外公很不高兴，他把刀摔在地上，妈妈便把他所有的胡萝卜都拿过来，三两下就把它们都切好了。我把刀插进刀鞘，走到院子外面。我朝路上张望着，想看看车来了没有，不过时间还太早。我走到大门口，在一块木板上刻上了我的名字和今天的日期。我永远也不会忘记这一天——这天在下雨，这天我们在切胡萝卜叶，这天还下了雨夹雪，这天美国的姑妈来了。

我坐在厨房的沙发上，看着那本大西洋的地图册，尽管什么也看不出来。册子里一道波浪也看不见，所以我不知道阿尔瓦是不是在撒谎。院子里突然传来一阵喧闹声，我从窗户往外看，只见阿尔瓦和妈妈架着外公往这边走。外公正在挣扎，但无济于事。他们把他从栅栏里架出来，走上台阶，到了门廊上，外公还在挣扎反抗，进门后他踢了一脚厨房门，他们才把他放开。

妈妈说："现在你得马上洗洗。"

阿尔瓦就站在门边，这样外公就溜不出去了。妈妈把水槽里的水放满。然后阿尔瓦脱掉外公的衬衫。他里面只穿了一件棉内衣，因为挣扎，他已经一身大汗。在那层衣服下面，外公的身体十分干瘦，有些发黄。他虽然一直在反抗挣扎，但他们还是把他弄到了水槽边。

"阿尔内，过来，给他背上抹上肥皂。"妈妈叫道，听起来很生气，所以我最好还是听话些。

我照做了，尽管这事做起来一点也不好玩，因为味道实在不怎么好闻。我在外公背上抹了好多肥皂，这样就看不到肥皂沫下面的脊背了。接着妈妈用抹布把肥皂沫擦掉，阿尔瓦也帮着擦。西格丽德则坐在沙发上抿着嘴笑。妈妈又拿起肥皂擦外公的脖子、脸和耳朵，他哼哧着，但无法挣脱开来。最后，阿尔瓦把外公的头按进水槽里，外公的喉咙里进了水，开始咳嗽，听起来像是呛到了。

"对，就这样，爸爸，你刮刮胡子吧。"阿尔瓦最后说，还用毛巾把外公身体擦干。

妈妈拿了一件干净衬衫过来，从他头上套下去。阿尔瓦把外公带到桌子旁，让他坐在椅子上。再从五斗橱上取下剃须镜，从盒子里拿出刮胡刀并把它磨好，接着又从水槽里盛出一杯热水放在桌子上。他还把一张旧报纸放在外公面前的桌子上，用毛巾围住他的脖子来护住那件刚换上的衬衫。

妈妈在厨房里边追打着一只飞蛾边说："她在的时候，别把痰吐在地上。"

阿尔瓦给外公打上剃须泡，拿起刮胡刀开始刮起来。

"别动，不然就你自己刮算了。"他沉着嗓子说。

外公坐在剃须镜前看着自己，最后他一定觉得自己看起来一副很可怜的样子，因为他微微撇起了嘴。

"已经有二十年没见过了。"他嘴咧得大大地说，于是脸颊被阿尔瓦划破了。

"我叫你坐着别动！"阿尔瓦严厉地说。

外公继续说："二十年没见了。那时候我五十三岁，她三十三岁。我和老太婆送她去了火车站。我们送了她一束丁香和半打鸡蛋。我们三个都哭了，她差点就没上火车。"

我不忍心继续坐在那里看着外公这副样子，于是跑了出去。我沿着河边走，朝几只青蛙扔石头，还吓到了一个偷偷钓鱼的人，他的船困在我们家芦苇丛里。天太黑，我看不清他的脸，后来他边划边把船掉了个头才离开。过了一会儿，我有一种想切东西的冲动，于是我拔出刀，跑到农场，来到马厩前廊。我拉开马厩门时，看到西格丽德正仰面躺在胡萝卜叶堆里，而阿尔瓦正跨坐在她身上，嘴里咬着她的手。阿尔瓦站起来骂了我几句，我赶紧关上门一溜烟跑了。

我没有跑进屋子里，我有种很奇怪的感觉，而且是一种必须独自面对的感觉。于是，我跑进经常关着猪的牲口棚，抱头坐在了挤奶凳上。我试着让阿尔瓦和西格丽德的画面从我脑海中消失，可我觉得要想做到这点，就得独自干一件危险又刺激的事，而这事可以让其他一切都变得不再重要。我偷偷溜进鸡舍，吓跑了一只正在下蛋的母鸡，然后在麦草下面搜寻了一番。邻居家那男孩给过我一支香烟，我把它和一盒火柴藏在这里。可当我准备点烟时，由于太过紧张，把擦着的火柴掉在了地上，鸡舍地面的草堆里起了一小团火。我把一碗牛奶浇了上去，火熄灭了，但蹿起一股烟味。

我又走回牲口棚，在挤奶凳上坐下。这里面一片漆黑，一丝丝光线透过圆木墙的缝隙射进来，照得带着轮子和皮带的脱粒机看上去像只巨大的、爬进黑洞里的动物幽灵。雨点轻轻敲打着棚顶的瓦片。牛在谷仓里咀嚼着，听起来也像是下雨的声音。这时，西格丽德提着灯笼和牛奶桶来了。看到我，她把牛奶桶和灯笼放在地上，朝我走来。从下面照过来的光线在她脸上投下的阴影可怕极了，我吓得对着她尖叫起来。她一把抓住我的胳膊，狠狠地掐起来，掐了好久。

"要是你告诉图拉[1]或老头子，我就会掐你的脖子，让你一个字也说不出来。"西格丽德说完后放开了我，拿起牛奶桶和灯笼，走进牛棚，里面的牛都站了起来，闹哄哄的，它们哞哞地叫着，铁链声哗哗作响，像是一排被铁链拴着的囚犯。

我进到屋里的时候，外公正坐在沙发上，看上去和平时大不相同。妈妈一定是给他换上了最好的那套西装，他上一次穿西装还是去年在外婆的葬礼上，那套黑色的丧服衬得他的脸惨白无比，仿佛身上的血全都流干了。他脸颊上有一道红色的伤疤发着亮，像一张薄薄的

---

1　指主人公的妈妈。

嘴唇，除此之外，脸上全无血色。他很疲惫，看上去对周围发生了什么一无所知。我怀疑他此时是否明白，再过半个多小时，他二十年未见的唯一的妹妹就要来了。

妈妈正在五斗橱前对着剃须镜梳头。她也穿上了最好的衣服，还找到了那块她父亲送的已经坏掉的手表，并戴在手上。我去打开了收音机。此时正在播报天气预报：斯维兰东部和诺尔兰南部沿海地区白天有雨，天气凉爽。北部地区雨夹雪。

外公有气无力地问："他们说什么，天气如何？"

我回答："雨夹雪。"

阿尔瓦走进来，拿过他的脱靴器[1]，吭哧着脱下靴子，换上平底鞋。我看着窗外的温度计，那是我送给外公七十岁生日的礼物。他一直想要一支放在窗边的温度计，可他得到这支温度计时，视力已经不济，根本看不清。他说："你买的温度计数字太小了。毫无用处的数字！"现在外面是 3 摄氏度。风越刮越大，丁香树篱哗哗作响，雨点狠狠地打在窗户上。一盏灯笼从牲口棚飘荡着穿过院子，是西格丽德提着牛奶桶往屋子里走。我

---

1 一种帮助脱靴的木板装置。

的胳膊上留着一大块淤青。我拉下卷帘窗,这样就不用想到她了。

时钟嘀嗒嘀嗒,我们都坐在那里等待着。西格丽德除外,她起身去打牛奶。牛奶分离器发出的声音像在叹气。平时阿尔瓦会帮她做这事,但今天没有。他坐在桌边,奇怪地看着我。可能他也想掐我。

"你听到天气会怎样?"阿尔瓦问着,把双手叠放在桌子上,像个大三明治。

"雨夹雪。"我第二次回答了这个问题。

我的回答听起来怪怪的,怒气冲冲,一点都不正常。但这声音和刚发生的那些不正常的事又是如此契合:外公坐在铡草机上,妈妈和阿尔瓦架着外公穿过院子,偷偷钓鱼的家伙被我吓跑了,西格丽德躺在胡萝卜叶堆上,阿尔瓦坐在她身上,西格丽德掐我,鸡舍里起火,外公一语不发、脸色苍白地坐在沙发上。

妈妈坐在阿尔瓦身边。她把双手放在阿尔瓦身边的桌子上,看着它们,叹了口气。牛奶分离器也在一声声地叹气——叹气——叹气。突然,妈妈开始打量起我来,看我是不是也需要洗一洗。她皱起了眉头,我漂亮的妈妈。她将身子从桌子那边探过来。

"是谁把你的胳膊掐成这样的?"她问。

牛奶分离器的速度慢了下来。阿尔瓦眯起眼睛看着我。我害怕极了,没有什么比挨打更让我害怕的了。我把目光移开,回过头,看到外公坐在沙发上,脸色依旧苍白,无声无息,眼睛一动不动地盯着前方。

"是外公。"我低声说,看着妈妈的眼睛。

妈妈咬着嘴唇。阿尔瓦咳了一声。牛奶分离器的速度加快了,那叹气声像是唱出来的。我看着外公,他眼神空洞。他肯定什么也没听到。时间一分一秒地过去。时钟再次敲响。牛奶分离器继续叹着气,这叹气声让我们听不到任何声音,直到前院门被敲响。

"是有人在敲门吗?"妈妈问。

"爸爸,"她说,"她来了。你不出去迎迎她吗?"

我们都看着外公,他没有从沙发上起身,就那么视而不见地、直直地看着外面,我们便也不想出去开门了。我打开窗子的卷帘向外张望。一辆汽车刚驶出门洞,呼啸着向村子驶去。接着我们听到前院有脚步声,脚步声慢慢靠近厨房门。又是一次敲门声。

"爸爸,"妈妈几乎在哀求了,"现在我们必须……"

门开了。美国来的姑妈站在门槛上,一个陌生的女人，脸上全是浓浓的妆线，眼神疲惫，嘴巴瘪着，仿佛牙都掉了一样。

"晚上好。"她用一种奇怪的口音说道，对着屋内的灯光眨了眨眼。

她走进厨房。牛奶分离器出人意料地停了下来。此时我们都看着外公。我们期待看到他跑过去，搂住那个陌生女人，那个我们因为年纪太小所以不曾见过的陌生女人，叫她一声妹妹。可外公仍旧坐着。突然，来自美国的姑妈看到了他，她好像突然受到了惊吓般退缩了一下。她立在外公正前方，伸出空着的双手。

"古斯塔夫，是你吗？"她低声问，我们都不理解她为什么要问这么显而易见的事。

可外公却没有回答，表情也没有丝毫变化，像是他还什么都没注意到似的。然后，美国来的姑妈跪倒在外公面前的地板上，她的华服也随之扑地。她双手搂住外公的脖子，想把他的头和自己的头拉到一起。但她没能做到。

"古斯塔夫，"她低语，"是我。我，马雅。你肯定记得马雅吧。"

外公开了口，但看都没看她一眼：

"好好照顾自己。明天会下雨夹雪。"

于是，美国来的姑妈放开了外公的脖子，站起身来，从大衣里拿出一条长项链，无助般地抓住它，泪水也顺着她的脸庞默默流了下来。她看起来就像那种提线木偶。

最后，她终于离开我们，冲出门去。

"原谅我失陪一下。"她在即将痛哭之前说。

我拿起马灯追了出去。我想我得给她照个亮，以免掉到河里去。她已经到了台阶边，正在雨雪中哭泣。等我提着灯赶到时，她把我搂在胳膊下面，拉着我一起往前走。她说的话有点怪，我完全听不懂。

"你就是那个没有爸爸的男孩?"她盯着我的脸看了好长时间后问道，还说了些别的。

我闭了闭眼，咬紧牙关。在学校里，别人知道我没爸爸，我可以理解，可这件事在全美国都传开了，那也未免太可怕了，我不知道怎样才能承受这个打击。不管它了。我们俩走啊走啊，终于站在了马厩门前。既然已经到这里了，我便打开了门，我们一起走了进去。里面温暖舒适，散发着马厩、干草和胡萝卜的味道。我把灯挂在马厩门的钥匙上，美国来的姑妈还真不简单，她跨过胡萝卜叶堆，到了马厩最里面，爬到了铡草机上，那恰恰是外公坐过的地方。

"这个老物件还在啊。"她抚摸着铡草机说。

我爬上去，坐在她旁边。然后她又哭了起来。她抓住我的手，一边抚摸，一边哭着，同时不停地说着美国话，又对我说了几句我听不懂的瑞典话。我们脚下的胡萝卜叶碧绿油亮，红色的胡萝卜在篮子里闪着光。

"我们一直坐在这里切啊切的，"我说，主要是为了没话找话，"我们一整天都坐在这里切啊切的，不过已经都切完了。"

美国来的姑妈用胳膊搂住我，不像妈妈那样会弄疼我，而是让我觉得柔软而温暖。

"没爸爸的可怜孩子。"她说。与此同时，我想到整个美国，大西洋彼岸那大得吓人的美国，全都知道瑞典木克松德[1]的阿尔内·伯格从未见过自己的爸爸时，不由难过起来。一瞬间，我再也看不清绿色的胡萝卜叶了。泪水缓缓滴落在铡草机上。

"外婆在世的时候还好一些，我至少有两个妈妈。

———————————

1 作者自创的地名。

可她去年过世了。她每天早上都要去找鸡蛋，可四月里的一天她去了就再也没回来。我们几个正在一起喝咖啡，喝完后去找她，结果发现她跪倒在铡草机旁边。"

"Pår liddel båj."[1] 美国来的姑妈说。不管这句话是什么意思，总之，她把我紧紧搂在怀里。我说："要是姑妈想在这里过夜，就不要害怕墙上刻着的'巴勒斯坦'那个词，来过这里的根本不是耶稣。我是不是应该把姑妈的名字刻在墙上？"

"现在还不行，但很快就可以了。"她伸出柔软的小手抚摸着我的脸。

"你哭了？"她问。

"没有。"我说，然后不停地擦眼泪，直到看见胡萝卜叶在灯光下闪耀着绿色的光芒。这只是一场不怎么大的雨夹雪。

---

1  为表示姑妈的奇怪口音，作者用瑞典语字母拼写的美式英语"poor little boy"（可怜的孩子）。

## 夜晚的游戏

　　有些夜晚，当母亲在房间里哭泣，陌生的脚步声在楼梯上响起时，奥克却不会哭，而是在玩一个游戏。他玩假装自己是个隐形人的游戏，许愿他只要心中一想就能立即到达任何他想去的地方。在那些夜晚，奥克只许愿去一个地方，而且总是一下就现身那里。他不清楚自己是怎么到达的，只知道自己站在一个房间里。他也不知道房间是什么样子，因为他的双眼没有打量过这个地方，不过房间里满是香烟和烟斗的烟雾，男人们会毫无缘由地突然放声大笑，令人恐惧，桌边还坐着几个女人，她们说着内容空洞的话，身体前倾，笑声同样恐怖。这场景像刀一样切割着奥克的身体，可他依旧开心地待在那里。人人都围坐着的那张桌上放着几个酒瓶，只要有杯子空了，就会有一只手拧开酒瓶盖，给杯里续上酒。

隐形人奥克趴在地板上，神不知鬼不觉地爬到桌子下面。他手里拿着一个隐形的钻头，没有半分犹豫地将钻头对准桌面底部，然后向上钻去。他很快就钻穿了木头，不过奥克没有停手。他继续钻桌上的玻璃瓶，就在他钻穿瓶底时，烈酒瞬间顺着桌面上的洞均匀细密地流了下来。他认出了桌子底下父亲的鞋子，不敢想如果自己突然又能被人看见会怎样。这时，奥克听到父亲说："都干了吧！"其他人也跟着说："干了，他妈的！"然后奥克所在那个房间里的所有人都站起了身。

奥克跟着父亲下楼，他们来到街上，奥克领着父亲来到出租车站，低声告诉司机正确的地址，然后一步不落地全程跟着，以确保他们走对了方向，这一切父亲都丝毫没有察觉。在离家只剩下几个街区时，奥克希望自己这时能在家里。于是，他再次躺回厨房沙发[1]下，随即听到那辆出租车在街边停下的声音。可当汽车再次启动时，他才听出不是那辆车，而是一辆停在邻居家门前的车。所以，真正载着父亲的那辆车还在路上，或许它

---

1　一种全木制沙发，底层可拉开当床。

在最近的那个十字路口遇到了堵车，又或许它停在了一个被撞倒的骑自行车的人面前。没错，汽车会出现很多不可控的事。

终于，父亲坐的那辆车出现了，它在奥克家楼下前面几栋房子那里开始减速，缓缓驶过邻居的房子，轻轻地嘎吱一声，正好在大门右侧前方停下。一扇车门打开又关上，父亲一边吹着口哨，一边抖着手上的零钱。父亲平时从不吹口哨，不过谁知道呢。为什么他就不能突然开始吹起口哨呢？汽车开动，转过街角后，街道上一片寂静。奥克竖起耳朵，听着楼梯下的动静，但是根本没有人进来后的关门声，根本没有人打开楼梯灯时发出的那种轻微的咔嗒声，也根本没有人上楼时沉闷的脚步声。

奥克想，我为什么要这么早离开他？我本可以一直跟着他到大门口的，反正都已经离家那么近了。现在父亲在楼下，看来是钥匙丢了，进不了门。也许他会一气之下走开，等到明天一大早大门打开再回来。当然，他也不会吹口哨，否则他可能会吹口哨叫我或母亲把钥匙扔下去。

奥克尽可能小声地爬过会发出咯吱声的沙发边缘，

在黑暗中却撞到了厨房的桌子，他站在冰冷的复合木地板上，整个人都冻僵了。而此时母亲的啜泣声响亮而有节奏，如同睡梦中的呼吸声，所以她应该什么也没听见。奥克继续朝窗户那里走去，走到窗边时，他慢慢地把百叶窗帘拉开，向外看去。街上没有人，对面那栋楼大门上方的灯亮着。它会和楼梯上的那盏灯同时亮起。奥克家单元门口的灯也是这样的。

过了一会儿，奥克开始浑身发冷，他踉跄着走回沙发。为了不再撞到桌子，他用手沿着水槽摸索着向前，突然指尖触到了一件冰冷而锋利的东西。他用手指顺着这件物品摸了一会儿，然后抓住了这把切肉刀的刀柄。他拿着这把刀爬回到沙发底层。他把刀放在身边，躺进毯子下面，让自己再次隐身。然后，他又回到了原来那个房间，站在门口看着那些困住他父亲的男男女女。他明白，把父亲从中解救出来，和从维京人手中解救传教士是一回事，当时传教士被绑在木桩上，即将被食人生番们[1]火烤。

于是，奥克悄悄地走过去，举起他那把隐形的刀，

---

1 指维京人。

狠狠地插进了坐在离他父亲最近的那个胖子的后背。胖子死了，奥克继续围着桌子走，这些人一个接一个地从椅子上滑下来，却不知道发生了什么。父亲被解救出来后，奥克带他走下高高的楼梯，由于听不到街上有汽车声，他们下楼的速度很慢，接着穿过马路，上了一辆有轨电车。奥克给父亲在车厢里找到一个座位，并希望售票员不要发现他喝了一点酒，也希望父亲不要对售票员说什么不合适的话，或者无缘无故地突然大笑。

远处弯道上，夜间有轨电车的音乐声无休无止地传进厨房时，已经从有轨电车上离开并再次躺回沙发的奥克发现，在他离开的这片刻里，母亲已经停止了抽泣。卧房里的卷帘随着一声可怕的巨响直冲向天花板，当巨响的回声消失后，母亲打开了窗户。奥克真希望自己能跳下床，跑进房间对母亲大喊，让她最好重新关上窗户，拉下卷帘，安安静静地上床睡觉，因为此时他父亲就要回来了。"他坐在有轨电车上，是我亲自把他弄上去的！"可是奥克明白，这样做毫无意义，她无论如何也不会相信自己。她不知道当母子二人晚上独自在家时，他为她做了什么，她只是以为他睡着了。她不知道他为了她跑去外面做了怎样的旅行和冒险。

当有轨电车停在街转角后面的车站时，奥克也站到了窗前，从百叶窗帘和窗框之间的缝隙向外张望。最先从转角处走过来的是两个年轻人，他们一定是飞快地跳下车的，两个人互相打闹开着玩笑，他们住在对面的新房子里。转角处下了车的人发出的声响越来越大，当有轨电车亮着灯缓缓驶过奥克家所在的街道时，一小群人也随后出现，接着一个个又消失在不同的方向。有个人步履蹒跚，手里拿着顶帽子，看上去像个乞丐，他直接走向奥克家外面的大门，但他不是奥克的父亲，而是奥克家那幢楼的看门人。

奥克还是站在那里等着。他知道转角后面有一些东西会吸引下车乘客的视线——几家商店的橱窗。其中一家是鞋店，他父亲上楼之前有可能在那里给自己选一双鞋。水果杂货店也有一个橱窗，里面有手绘的海报，好多人常会停下来看看，因为这些海报上的卡通人物都特别有趣。水果杂货店有一台自动售货机出了故障，他想此时父亲可能为了给奥克买一盒甘草糖，把一个二十五分的硬币放进自动售货机，却打不开取货口。

奥克站在窗边等待父亲解决完自动售货机的麻烦时，母亲突然从卧房里出来，正经过厨房。她光着脚，所以奥克没有听到一丝声响，不过她应该没有看到他，因为她接着走进了门厅。奥克的手松开了卷帘，站在黑暗中一动不动，而他的母亲则在外套里翻找着什么。一定是手帕，因为过了一会儿，她擤了擤鼻子，又回到卧房里。虽然她光着脚，可奥克注意到她走路时步子迈得很轻，是为了不吵醒他。母亲进房后，立即关上窗户，并使劲快速地拉下卷帘。然后，她迅速躺回床上，再次发出啜泣声，就像是她只能以躺着的姿势啜泣，或是一躺下就必须开始啜泣。

奥克再一次向街上望去，空无一人，对面楼的大门口传来一个女人和一个船员调情的声音。于是他蹑手蹑脚地走回沙发，地板在脚下突然咯吱响了一声，他觉得自己好像掉了什么东西。此时他疲倦极了，走动时睡意像薄雾一样笼罩着他，透过薄雾，他感到楼梯上有脚步声，但方向不对，是上面的人下楼。一钻进被窝，他虽极不情愿，却快速地沉入睡梦的海洋，最后一波浪打在他的头上，轻柔如啜泣。

然而，睡眠是如此脆弱，脆弱到无力让奥克放下那些萦绕于心的事，他一直警醒着。他可能没听到汽车在门前刹车的声音，没听到楼梯灯打开的声音，也没听到上楼的脚步声，但钥匙刺入锁孔的声音却深深扎进他的睡梦之中，他立刻就醒了，喜悦像一道闪电击中了他，让他从头到脚都暖起来。可快乐又旋即消失，消失在一堆疑问中。奥克在这时也有一个小游戏，每次他这般醒来时都会玩这个游戏。他假装变成了父亲，从门厅快速跑进来，站在厨房和卧房当中，这样家里两个人都能听到他大声说："我的一个朋友从脚手架上摔了下来，我不得不送他去医院，还陪了他一整晚，我没能打电话，因为附近没有电话。"或者是："你们肯定想不到吧，我们中了彩票的头奖！我这么晚才回家，就是想让这个惊喜来得更晚一点！"再不就是："你们绝对无法想象发生了什么！老板今天送给我一艘摩托艇！我刚刚一直在试驾，明天早上我们三个人可以一起出海了。很棒吧！"

可现实是，一切都慢很多，而且最重要的是，也没有什么惊喜。父亲找不到门厅的电灯开关，最后他放弃开灯，还踢到了掉在地上的一个挂衣架。他咒骂着衣架，试图把它捡起来，结果碰翻了墙边的一个袋子。于是他放弃捡衣架了，想找个挂钩把大衣挂起来，但当他终于找到一个挂钩时，大衣却滑了下去，啪的一声轻轻地掉在地上。父亲贴着墙走了几步到了厕所前，他打开门，再打开灯，像以往很多次一样，奥克全身僵硬地躺着，听着水花溅到地板上的声音。然后，父亲关了灯，撞开门，骂骂咧咧地穿过放下的门帘走进房间，帘子发出嘎吱嘎吱的响声，仿佛要咬人。

之后是一片死寂。父亲站在房里一言不发，鞋子发出微弱的咯吱声，他的呼吸沉重而杂乱，这两种声音让一切都变得更加寂静可怕。这寂静像另一道闪电击中了奥克。恨意在他心中燃烧，他握紧刀柄，握得手掌生疼，却不觉得痛苦。不过寂静只持续了片刻，父亲开始脱衣服——外套、马甲，他把衣服扔到椅子上。他后背倚着衣橱，把鞋子从脚上甩掉，领带也飘向地面。他又在房间里走了几步，准确说是走向床边，站定，开始给时钟上发条。而后，一切又变得安静下来，和刚才一样静得可怕。只有时钟像老鼠一样啃噬着寂静，像喝醉似的、使人心烦的时钟。

接下来，寂静所等待的事发生了。母亲绝望地伏倒在床上，叫喊声像鲜血般从她嘴里涌出。

"你这混蛋！混蛋！混蛋！混蛋！混蛋混蛋混蛋混蛋！"她大叫着，直到声音消失，一切又寂静如初。只有时钟在不停地噬咬着，而攥着刀的手已被汗水湿透。厨房里的焦虑如此强烈，没有这把武器是无法忍受的，不过奥克最终还是被极度的恐惧弄得疲惫不堪，他毫无抵抗地一头扎进了梦乡。深夜时分，他醒了一会儿，透过敞开的卧房门，他听到房间里的床上发出吱吱嘎嘎的响声，房里弥漫着一种轻柔的呢喃。他不明白这到底意味着什么，但清楚这是两种安全的声音，表明今晚的焦虑已经散去。他还是握着刀，接着又放下，最后把刀推到了一边，心中充满了一种炽热的渴望。在即将再次入睡的那一刻，他玩起了今晚最后一个游戏，一个让他获得最后安宁的游戏。

结束了——其实根本就不存在结束。快到下午六点的时候，母亲走进厨房，奥克正坐在桌边写作业。她一只手夺过他手中的算术书，另一只手把他从沙发上拽下来。

"去你爸那里，"她边说边把他拖到门厅里，然后站在他身后挡住退路，"去找你爸，替我问候他，告诉他你需要钱。"

白天比黑夜更可怕。晚上的游戏比白天的好得多。晚上，你可以隐身，穿过屋顶，冲向需要你的地方。而在白天，你无法隐身。白天的事情不会进展得那么快，白天玩起来也没那么舒服。奥克从大门里走出来，完全没有隐身。看门人的儿子拉着他的衣角，想和他玩弹球，但奥克心里清楚母亲正站在窗边看着他，直到他消失在转角处才会罢休。于是他一言不发地挣开那男孩，跑开了，仿佛后面有人追他一样。不过拐过转角，他就开始用尽可能慢的速度行走，一边走一边数着人行道上的地砖和上面的污渍。看门人的儿子随后追了上来，但奥克没理他，因为不能告诉任何人他是出门找领了薪水却没回家的父亲。最后，看门人的儿子跟累了，奥克也发现离自己不想去的地方越来越近。他想假装自己离那个地方越来越远，但事与愿违。

奥克终于第一次走到了父亲工厂附近的酒馆。他经过时与保安离得很近，那保安还在他身后嘀咕了几句。他转进一条小路，在父亲的工作间前停了下来。停留片刻后，他走进大门，来到场院里，他想象父亲还等在那里，正躲在木桶或麻袋后面的某个地方，好让奥克来找他。奥克掀开颜料桶的盖子，每次他都惊讶地发现父亲并没有蜷在桶里。在场院里找了大约半个小时后，他明白父亲不可能藏在这里，便返回了。

那酒馆旁边有一家瓷器店和一家钟表店。奥克在那里站了一会儿，看着瓷器店橱窗里的展示品。他数起陶瓷狗来，先是数橱窗里的狗，然后又瞥了一眼手的阴影挡住的狗，还扫视了一番店里的货架和柜台。钟表匠此时走了出来，拉下橱窗外面的金属栅栏，但透过栅栏的缝隙，奥克可以看到里面嘀嗒作响的手表。他还看了看走时准确的钟，想着等分针走完十圈后再进去。

趁保安正站在那里和一个给他看报纸上某条消息的人争辩时，奥克溜进了酒馆。为了避免太多人看到他，他迅速跑到右边那张桌子旁。父亲起初没有看到他，但另一个油漆工朝奥克点了点头说：

"你儿子来了。"

父亲把儿子抱在腿上，用胡茬摩挲着儿子的脸颊。奥克尽量不去看父亲的眼睛，但不时还是会忍不住看那眼白上的一道道红血丝。

"你来干吗，儿子？"父亲问，他的舌头在嘴里软塌塌的，同样的话要说好几遍自己才算满意。

"我想要钱。"

听了这话，父亲慢慢地把奥克放在地上，靠在椅背上放声大笑起来，他的朋友们不得不让他小声点。他一边笑一边从外衣口袋里掏出零钱包，解开皮筋，摸索了好久，终于找到一块闪亮的一克朗硬币。

"拿着，奥克，"他说，"用这钱买点好吃的，儿子。"

其他几个油漆工也不甘示弱，奥克从他们每个人那里都得到了一克朗。他手里拿着钱，心里却羞愧难当，不知所措地从几张桌子中间跑了出去。他跑过保安身边时，非常害怕被他看到，怕他去学校说："昨晚奥克从一家啤酒馆出来的时候，我看到了他。"不过他还是在钟表店橱窗外站了一会儿，当指针绕着那只钟的中心转了十圈时，奥克紧紧地贴住橱窗外的铁栅栏站着，他知道今天晚上他又得玩那个游戏了，但他不知道那两个人当中他更恨谁。

当他慢慢转过街角时，与母亲的目光在十米高的地方相接，然后他鼓足勇气尽可能慢地向家里的大门走去。大门旁边有个柴堆，他趴在柴堆上，透过窗户往下看到一个老头儿拎着黑桶在捡煤块。

就在老头儿捡完煤的时候，母亲已然站在奥克身后。她把他拉起来，托住他的下巴，让他看着自己的眼睛。

"他怎么说的?"她低声问，"还是你又胆小没敢进去?"

"他说马上就回来。"奥克低声回道。

"钱呢?"

"闭上眼睛,妈妈,"奥克说,"我们玩今天最后一个游戏。"

当妈妈闭上眼睛时,奥克慢慢地把那四枚一克朗的硬币塞进妈妈伸过来的手里,然后跑到街上,因为太害怕,他的脚在石板上打滑。越来越大的叫喊声沿着房屋的墙面追着他,但没能阻止他。相反,这叫喊声让他跑得越来越快。

第八日 [1]

## 1

马龙加港的水面上漂着一个人，还没死。这人是在午夜跳船的，他在那艘船上快一年了，受够了大海。大海像是一张巨大的床，浪涌如头下的枕垫，得克萨斯牌船用油便是被子。他一边调整枕垫的位置，一边在思考——现在越来越熟悉这里了，起身上岸去吧，可以在标准石油公司找一份样品检验工作。如果现在起身……

此时是圣诞夜，水里倒是暖和，他并没有喝醉。他像只瓶子一样漂浮在停泊锚地的海面上，夹在一艘锈迹

1　基督教中第八日意为复活日。

斑斑的希腊船和拴在七号码头的一艘后部沉重的斯堪的纳维亚船（和他来自同一地方）之间。海湾对面吹来微风，像是有一双温暖的翅膀。南边燃烧的十字架像希腊人码头上点燃的一棵圣诞树。月亮落下时，看不到锈迹，只看得见黯淡的船身。灯光下的埃斯库罗斯号显得有些泼皮无赖，那锈迹斑斑的样子就像一个赤身裸体的男人，而这个男人正混在女士浴室里。船尾的情况更糟：一把闪亮的步枪斜靠在船舷栏杆上，子弹已上膛，保险也打开了，而且还握在一个疯子的手中。水里的这个男人开始下潜，他闭上眼睛并开始思考，盐分刺痛他的下巴时他回想着自己所经历的一切。他张大了嘴，人又漂在了水面上，这个地方连块石头都沉不下去。他名叫布莱克，在英语里是黑色的意思，这他知道，不过也只有这了。白色在英语里怎么说他不知道，真是不幸，这也是他此刻漂在水面上的部分原因。

## 2

平安夜的早晨，埃斯库罗斯号嗅到了陆地的气息。经过四十二天的水上航行，海岸线上出现了一道蓝色线条，天空聚满了信天翁，一种全新的气味钻进希腊人的鼻子里，风热乎乎的，水的颜色也变了。到底发生了什么？大海并不是自由之境，而是一座监狱。一艘船便是一座行进的牢房，地平线则是电网。靠近海岸时，电网便被打破。船上的人看到了什么？自由，囚犯的自由。在这种地方，如果连梦想都无法换取些更糟糕的东西，那自由又有何用？

六个希腊人、两个葡萄牙人、一个法国人和一个意大利人梦到了比在塞德港睡过的姑娘更好的姑娘，可以像柠檬那样被榨干，像老火车站的烟蒂被吸尽，像酒吧旧沙发被坐烂。而年轻的英国人却梦见一个经纪人带着南安普敦一个年轻护士的一捆信上船，现实是他从未收到过任何一封信。斯堪的纳维亚人是老板，他梦到三个十五岁的少年给他呈上三瓶尊尼获加威士忌，他倒酒的时候，那三个少年正在褪下衣衫。澳大利亚人梦见一桶啤酒，还有一个有吊床的酒馆。新西兰人，船上的厨师，梦见了一只白老鼠，但不是淹死在肉汁里的那只，还有一把新口琴。布莱克呢？他梦见自己逃到马龙加港，除了在电影院，再也看不到希腊人，他以为没人知道他的计划。

梦到自由是无法掩藏的，甚至连耳朵都能听出来。七点钟，他直直地站在船长室的地板上，锡盘上放着一个杯子，里面装着用来醒酒的金酒和威士忌。老船长已经起床了，他其实基本上整晚都没有上床睡觉。老板，也就是那个斯堪的纳维亚人，也起了床。他们俩面对面坐在桌子两边，眼睛都大睁着，杯子里却已空无一物。空气中弥漫着宿醉的酸味，轮机舱里热烘烘的，舰桥上也一样。布莱克把托盘夹在胳膊下，准备离开。

"站住！"老板开了口。

布莱克便站住了，耳垂发烫。舱壁上挂着一把步枪，闪着亮光，这枪以前并没有挂在这里。但总之希腊老船长把它拿了下来，推到桌子另一头，然后看着布莱克，咧嘴笑了笑，说了几句话。他的门牙发亮，鼻子发红，山羊胡子还在抖动。老板帮着翻译，他的声音和船上的其他东西一样，也像生了锈似的。

"你看到步枪了吧，小伙子。"他说。

布莱克当然看到了，它是那么显眼，而且可能是整个希腊船队中唯一锃亮的一把枪。布莱克看到枪不假，但他却不是小伙子。他是个成年男人，个子不高，体格强壮，只是运气不好：他在横滨喝醉了酒，大雾中看到了一架舷梯，便跌跌撞撞地上了船，在甲板上醒来时已不知身在何处，他快速爬上甲板，发现四周已是一片汪洋。他上错了船。

"看到了。"布莱克说，他是看到了。

"那就好，再好不过了，因为这老头子问候你并说明这把枪是特制的。他会用一支枪管打老鼠，另一支枪管专门打逃跑的人。话说在前面，以防万一。你明白吗，孩子？"

布莱克明白了。

"我只不过是想上岸买件衬衫过圣诞节。"他结结巴巴地说。

"如果我是你，就留在船上，那样就不会中弹。穿着脏衬衫留下。活着。"老板说。

## 3

三点钟起锚。埃斯库罗斯号像狗一样嗥叫着，火焰如同纠缠着的拳头从各自的出口蹿出来，临时守卫站在了船舷边。几声信号枪响后，眼前出现了一座城市：一座高大而洁白的灯塔，码头上到处是生锈的铁皮棚，一些达戈人[1]在阴影中熟睡，再往前看，是一排枯黄的棕榈树，几座淡黄色的房子，整体看起来就像是被围墙围住的荒漠，里面有几排摇摆不定的游廊，狗吠声不时传过来，一座屋顶上的一串霓虹灯像发了疯的蛇一样在爬行。空气中弥漫着桑拿屋的味道。那举着望远镜的澳大利亚人突然叫骂了一声：

"该死的，必须来点啤酒！"

他的望远镜刚捕捉到一家小酒馆，长廊下一排酒瓶发着幽光，服务生端着丹麦啤酒托盘跑来跑去。那澳大利亚人差点把望远镜掉在地上。这时，一个葡萄牙人把这只望远镜拿过来放到眼前：一条街上，匆匆行走的女人们都掩藏在浅色的面纱里，她们离他如此之近，几乎伸手可触。船员们把望远镜像酒瓶那样传递着，每个人都称心地看到了自己最渴望看到的东西，但那个英国人除外，他想看到的那封信实在太小了。几条绿色的出租船像长矛一样围成半圆形，潜伏在芦苇丛中，船桨滴着水，不过没有猎物出现，几个划船人吐了口唾沫，转过

---

1　美国俚语中对意大利、西班牙、葡萄牙、希腊等地中海地区国家的人的蔑称。

身去。几个船员站在那里咒骂着电报、船运公司和比雷埃夫斯港。因为 11 点钟的时候，比雷埃夫斯港发来了一封电报：给船装好燃料，圣诞夜启航，不得上岸。船舷栏杆边一片怒火，自由之地转身即至之时，悲伤却同时袭来。

有人从舰桥上爬下来，挂起舷梯，像是刚洗过澡，一头梳过的湿发，此人正是布莱克，那个上错船的斯堪的纳维亚人！顺着那掮客的白船放下的缆绳，他爬上白船，那个本地人发动引擎，带他离开了这里。

"他要是把啤酒也带走就完蛋了。"澳大利亚人拿着望远镜追随着布莱克的背影说。

船到码头后，布莱克上了一辆摇摇晃晃的车，这个年轻人看起来如此悲伤，让留在船上的人不禁觉得心情舒畅。

4

"姑娘，威士忌。"[1] 布莱克轻声对司机说，目前为

---

1　此处原文为英语，后文布莱克与司机的对话原文（楷体字部分）也均是英语。

止没有字典还能对付。他们出发了，先开上了一个长长的坡道。太阳就像戳在山上的一根竿子上似的，车内热得像锅炉房，布莱克汗流浃背，疲惫不堪。有些男人躺在墙边睡觉，有的还戴着红色包巾。街道没有尽头，他们一直往前开，他目光四处巡睃，寻找着姑娘和威士忌。最终，他的眼睛上落了只苍蝇，他便把整个头靠在窗框边，睡着了。

梦中他被船长一枪打穿了脑袋，起初他不明白怎么回事。他身边有四个叫来的姑娘，桌上放了一瓶冰镇威士忌。他问老板："他为什么要朝我开枪？"对方的回答是："你快看看面纱后面的人。"这时，那四个姑娘掀开了面纱，他看到的是：四个包着头巾的丑陋男人。接着，他又被打了一枪，这次开枪的是老板。"我教了你怎么去订威士忌，你回来时却带着茶!"老板吼道，他放下冒烟的枪，吐了口唾沫。

这是个充满不祥之兆的梦。布莱克被吓醒了，醒来之后他更觉害怕。他们已驶离了城市，或许早就驶离了，此时太阳已落入沙地的地平线下。他们正穿过一片没有起点也没有终点的沙漠，流沙啃食着狭窄的道路。布莱克摸了摸右边的口袋，钱包还在，鼻烟盒也还在左边口袋里。为了安全，他用力抓住司机的胳膊。那黄皮肤的小个子司机挣开他，松开方向盘，用双手比画出一个人形轮廓。

"姑娘们！"他说完，那司机整个人笑得像一张一英镑或一美元的钞票。

他笑得正是时候，因为车子冲出了公路，陷进了沙子里，轮毂被沙子淹没了。他们下车开始挖，先用手，然后用鞋。挖了一阵子后，他们又回到路上，但布莱克丢了一只鞋。不过也不能再回去找，因为时间来不及了，太阳已经快落山了。由于担心被骗或有误会，他从钱包里拿出一张纸，站在沙地里画了起来。他本来是要画个女人，但画完一看更像个瓶子，为了挽回点面子，他在画中间加了个标识后给司机看，司机还是没有看懂。

"威士忌吧，先生。"司机笑着挤了下眼，指了指地平线的方向。

布莱克几乎想给对方一耳光，不过他突然看到司机手指的地方有个物体：地平线上升出一座白塔，和马龙加港的灯塔一模一样。沙漠中的灯塔——行吧，骆驼不是也被称为沙漠之舟嘛。这时，他想起了一句海上谚语：哪里有灯塔，哪里就有姑娘或威士忌。于是，他返身上车，夜幕迅速笼罩了沙漠，他们继续前行。

## 5

与此同时，在埃斯库罗斯号昏暗的饭厅里，老板、船长和两名大副正坐在一起等待四位美女和几瓶上好的威士忌，老板保证他的同胞会在圣诞夜前备好这些。他们喝着劣质威士忌来打发等待的时间，同时和那部十四世纪的名著——薄伽丘的《十日谈》中的祈祷者们一样，用异谈怪闻相互取乐，一方面缓解心中的焦虑，另一方面增加肉体的欲望。

### I

那位法国大副说：我年轻时在巴黎，爱上了两个漂亮姐妹中的一个，姐妹俩当时都已嫁给了探险家。两人的丈夫在法属赤道非洲探险时，时常被妻子们瞒骗，据说这是在法属赤道非洲的探险家们的共同命运。姐妹俩在孤独中相依为命，我经常遇到她们其中一位的情人——一个名叫亨利的年轻歌手，因而对她们深为同情。我们四人便常在同一时间离开舒适的住所，在清晨走长长一段路去当地的一些小酒馆，并在这些小酒馆里消磨时间，恢复一下整夜奋战消耗的体力。这些清晨散步最后变成一种让人愉悦的日常活动，甚至当我们开始厌倦这对漂亮的姐妹花时，还是继续与她们共度良宵——仅仅是为了一起享受这段清晨时光。

一天早上五点钟，正当我们从摆放着象牙和水牛皮的大厅准备出发时，大门突然打开了：两位身着热带服装、肩披水牛袍的老男人出现在眼前。原来由于缺水断粮，两姐妹的丈夫比计划提前三周回到了文明世界！所有想解释我们是迷路人、来送报的工人或表亲之类的尝试都不过是徒劳。经过自愿选择，我们被安排在巴黎的一座桥下用猎水牛的步枪进行决斗。在我们以为自己在劫难逃时，那两位女友的小计谋意外地救了我们。

"路易·菲利普！菲利普·路易！"她们喊着，"不要急于求胜！这场决斗太草率了。"

我们四个人都一脸惊讶，因为都不明白这本已注定的情形还能怎么避免。

"亲爱的，谁会阻止我和我妻子的情人决斗呢？"我情人的丈夫冷冷地回答，而我感到浑身冰凉。

"这没错！但有个事实是你不知道他是谁，而且你永远也不会知道他是谁。"我的情人答道。

两位丈夫被这句话所说的真实性震住了，他们交换了一个遗憾的眼神。亨利和我感到我们已经有救了。路易·菲利普对菲利普·路易说：

"不过谁能阻止我们惩罚引诱我们妻子的人？"

"最适合亲自实施这种惩罚的正是我们俩，因为没人比姐妹更适合为自家姐妹报仇吧？"

说完这话后，她们把我们拖进隔壁的房间，狠狠地打了我们几个耳光，亨利的情人打了我，我的情人打了亨利。

当天上午，我和亨利开心地庆祝了大难不死，下午还从一个贫穷的美国人手里买下了埃菲尔铁塔。

"原来如此啊！[1]" 船长高喊。

"不错吧，这真不错，我们是用圣心大教堂来付的款。"法国大副说。

---

1　原文用的是希腊语 Heurēka，是一个源自希腊用以表达发现某件事物真相时的感叹词。

"那两姐妹呢？"

"那就不知道了，我们换了情人，然后就出发了，准备在各自的船舱里享受即将到来的快乐。"法国人说。


## II

现在轮到意大利大副了，他声称要讲一个简短却悲伤的故事。他是这样开始的：

我的青少年时代是在一个宁静的山村度过的，那里的平静很少被陌生人打扰。那时候，我在山坡上放羊，长发随意披散在肩上，和一个美少女没什么差别。到村里来的陌生人总是各怀目的，有一次，村里来了位摄影师，他的专长是把拍好的照片嵌在小像章上。他来过以后，我就一直把自己的像章用根链子挂在脖子上。过了一段时间，有个行走乡间的理发师来了，为了让自己看起来像个男人，我就让他给剪了头发。之后，村里来了一个旅店老板，就地开了家小旅店。他有一个非常漂亮的女儿，名叫弗朗西斯卡，我立刻爱上了她。有天晚上，一个巡回电影放映员要来放《征服》[1]。我看准机

---

1  1937 年的美国电影，以拿破仑野史为背景，葛丽泰·嘉宝主演。

会，花了自己仅剩的钱，带着那个漂亮姑娘去了电影院，电影结束后我用一番花言巧语让她相信，她比葛丽泰·嘉宝还要美，而我的前程比拿破仑更远大。那晚，她便成了我的人。

第二天一早，我迈着颤抖的步子来到小旅店向她求婚。半路上，我遇到了旅店老板，他上来就痛打了我一顿，叫嚷着要不是我的脖子太脏，他就会拧断它。对于我想见弗朗西斯卡的请求，他回答说自己已经没有女儿了。最终，我从那位伤心欲绝的母亲口中知道了可怕的真相：弗朗西斯卡哭了一夜后，在黎明时分与那个电影放映员私奔了。据她留下的一封信说，原因是我的不忠。我伤心欲绝，请他们给我看证据。旅店老板威胁着张开他紧攥着的手，手掌上是一个我再熟悉不过的东西：我的像章。原来我在目眩神迷的瞬间，把它落在了姑娘的房间里。我走后，她发现了这像章，打开后看到相片，以为是一位我更心爱的女孩。

于是我在当天就绝望地离开了村庄，去寻找我的爱人。据一位村民说，那个电影放映员在地中海沿岸的一个小镇上有一家自己的电影院。我长途跋涉了六个月，其间靠打零工维持生计。我拜访了圣雷莫和拉斯佩齐亚[1]两地之间的每一家电影院的老板，向他们讲述了我的故事。在这条短短的海岸线上我看了不下二百五十部电影。

你们肯定会问，为什么我的寻人之旅会在拉斯佩齐亚结束？因为在这座城市，我有了一个给生活带来全新方向的发现。有天傍晚，当我第二十四次看完《征服》后，从加富尔大道上的一家电影院出来时，我突然意识到：我爱的不再是弗朗西斯卡，而是葛丽泰·嘉宝。站在卡沃尔大街中央，我做出了一个神圣的决定：我要努力工作且特别节俭，攒到足够的钱，在年老之前拥有一家自己的电影院，专门放映嘉宝的影片。第二天，我便在拉斯佩齐亚港登上了一艘船。

"原来如此啊！"船长惊呼，因为他三年来一直在想，为什么这个该死的意大利人不像别人那样爱喝威士忌。

### III

"一无所有，"老板边说边喝干了杯里的酒，"一文不名，连狗都在你走近时撒腿就跑，这是在那里的第三

---

1　均在意大利西北沿海地区。

天吧，该死的我都不记得那地方叫什么了。我口渴得要命，从早到晚都在找喝的，但哪里能找到愿意给一个又穷又渴、逗留在港口的家伙买杯酒的人？她在哪儿？那天是圣诞节，人们在这天都变得很难搞，处处都碰到冷脸。为了打发时间，我四处溜达，数着有多少家酒吧。我打算走完一百五十家，我想，走完还是找不到的话就放弃。"

我走过了一百四十四家，尼克的酒吧在拐角处，是第一百四十五家。还剩下五家，我走得越来越慢。两姐妹酒吧，运气不佳。七海酒吧，没人理。肯塔基酒吧，倒霉透顶。无尽酒吧，被拒之门外。第一百五十家酒吧，名叫爱与酒，我站在外面挥手。一个胖子正好往下走，他松着皮带，肯定是喝多了。他看到我，摘下帽子，朝我走来。"来喝一杯，小子。"他说。

我以为听错了。"能否再说一遍？"我说。他又说了一遍。是的，是真的。我连忙往里走，让他来不及改变主意。尽管谈不上是什么冒险，在两分钟内，那个矮个的胖子让酒保把每瓶酒几乎都倒空了，我们用最大的那个玻璃杯一饮而尽。我像是条被剖开的鲱鱼、一只烤猪、一块燃烧的针毡——这差不多就是那杯酒下肚后的感觉。

"再来一杯?"那个胖子问，可我叫了停。或者更准确地说，我挥动了一下手，因为我想说的话到嘴边还需要一段时间。不过一旦愿望达成，一切就顺心了。纯粹的节日醉酒，状态极好，哪怕是乔·路易斯[1]俯身过来，我也能立马站起来。过了一会儿，我能认出字了。"酒与爱!"我念了出来，这几个字就写在柜台上方的霓虹灯上。胖子显然也认出了这几个字，甚至还能思考，因为他问了一句:

"再来点爱，怎么样，小子?"

我睁大眼睛。对他心生感激——一个姑娘! 而且听起来应该是完全免费的。我说:"你一定是圣诞老人本人，或者至少是他的弟弟。"

"没什么大不了的，得尽力为我们所有勇敢的水手做些什么。"胖子有点羞涩地说着，同时擦去额头上的汗水。

我感动极了，眼含热泪，站起来为恩人欢呼了四次，几乎就要冲到外面去了。

"啊，别着急，跟我来，看看我能做什么。"胖子说。

---

1 Joe Louis，当时最著名的拳王。

我们穿过酒吧，最里面有两道黑色的楼梯，其中一道楼梯上面挤满了人。我们上了没人的那道。到了楼上，他打开一扇门，我们走进一个房间，里面有年轻女孩的味道。衣架上挂着的都是女人的衣服，从帽子到鞋袜。架子上还放了一双溜冰鞋。

"听着，小子。"那家伙指着一道白色的门说，"房间里有一张像货车一样大的桌子，上面堆满了酒瓶，这让这桌子看起来就像一辆运啤酒的卡车。桌子在房间这头，另一头是一张长宽一致的床，上面铺了块半米厚的垫子。那床上躺着一个裸体的姑娘和……"

我已经准备冲过去，心想不能让他们有时间反悔。但是那道白色的门被锁住了。

"别急，小子。"那家伙说完，从口袋里掏出了钥匙。"听我说明一下。你知道吗？这份奖励附带一个小小的条件。你要明白，我们是一个贫穷的组织。我们当然愿意给每个地方来的水手都准备一份这样的圣诞礼物，但是钱，钱，小子！所以我们只能让那些应得的人在那扇门内获得这份圣诞礼物。"

在一长串的絮叨里，我捂住了耳朵。

"不过，放松点，小子，这事你能够应付。"那"圣诞老人"说。

然后他从架子上拿下了那双溜冰鞋，说现在只要穿上溜冰鞋，她就会是我的了。他给了我一刻钟的时间，并说，大多数人只能得到十分钟。

"我唯一的建议是不要穿得太多，因为这会让你出很多汗。"说罢，他便打开了那道门。

于是，另一个赤裸着的人——我，滑进了房间，为了不至于感到害臊，我后退了一步。我先看到那张桌子，上面堆满了酒瓶，是一种真正的禁欲疗法。这是一个又长又窄的房间，长的那边墙上挂着有洞的黑帷幕，看起来很恐怖。然后我看到了那个姑娘，我想停下来，可那是我第一次穿溜冰鞋，所以摔倒了。姑娘在床上笑得弓起了背，我十分恼怒，尽管对一个年轻、漂亮且裸体的姑娘发火并不容易。虽然很困难，我还是站了起来，然后走向床边，不过操控溜冰鞋还是有些麻烦，结果撞到了门框上，两眼直冒金星。我想最好先喝一口来让身体保持平衡，于是我后退，支在桌边，拿起一瓶尊尼获加威士忌，以便进入状态。

就在这时，那姑娘慢慢地从床上起身，来到桌子前面开始表演，她用溜冰鞋外刃、内刃交叉滑行，有时还用力往上一跳，我用全力扑向了女孩。但她就像在跳转圈舞，有几次我的手指都只能碰到她的皮肤，大多数时候都扑空了。有两个东西在我脑袋里不停地打转：威士忌和溜冰鞋，混合在一起。突然，我摔倒了，头撞在床头上，昏倒了。

当我再次醒来时，墙上的钟敲响了，十五分钟时间已经用完。我感到非常愤怒，于是脱下了溜冰鞋，姑娘在笑，隔壁房间里好像有人在开派对，人们欢呼雀跃，那块黑色帷幕摇摆不停。我还是站了起来，去找那个姑娘，她此时正坐在桌子上。但我的脚下突然开始打滑，我像一枚湿炮弹那样狠狠摔在地上。那个姑娘在地上撒了图钉，到处都是。只有通向门口的一条小道是可以走的，别无选择，我只能朝那个方向走。这时那胖子伸进头来，姑娘在图钉之间快速转圈，咧着嘴咯咯咯地笑着，我从脚趾上拔下两三个图钉。

"时间到了，小子。"有个家伙大喊道。

于是我跌跌撞撞地往外走，因为被脚下的破衣服绊住，我一脸不快，于是"圣诞老人"说："小子，别太难过。站在一双溜冰鞋上并不容易，尤其是在喝了四分之三瓶威士忌之后。"他接着说："不过作为对刚才那烦恼的回报，你会看到一些有趣的东西，小子。"我们走下楼梯，又上了另一道楼梯。一个长相狡诈的人在最高层台阶上喊："五十美分。"一个穿着溜冰鞋的工作人员说："暴风雨中的平静。"

他这话是什么意思？

我们终于走到一条长长的走廊上，那里挤满了人，都是男人。有些人的身体挂在墙上，从一个个小孔往里窥视。还有一些人只是站在那里，他们看到我后，露出像哈罗德·劳埃德[1]一样的笑容。我拿出口袋里的镜子照了照，自己没什么不对劲的。我对他们中的两个人非常恼火，因为其中一个说：

"他可能在中段表现最好。"

然后另一个讥笑着说：

"也可能是站在溜冰鞋上才表现得更好。"

这时一个小孔空了出来，胖子把我推过去，我把眼睛对了上去。

我看到了什么？简而言之：一个穿着溜冰鞋的裸男跌跌撞撞地跟在一个裸女身后转圈，不过这次转圈的是

---

1　美国 20 世纪初著名喜剧演员。

另一个家伙罢了。

已经转过圈的是那个刚出去的小丑。

# 6

那船长的故事是真的吗？不，是个玩笑。至少老板是这么想的。起初他想离开这艘船，但又改变了主意。他走回来，喝完杯中酒，说：

"如果一个同胞背叛另一个同胞，就应该被枪决。我会负责的，如果布莱克不回来，就毙了他。我会亲自动手。要是他回来时没带姑娘和威士忌，那就给他耳朵一枪。要是他回来没带姑娘，那就打两枪。可要是他回来没带威士忌，那就让他见鬼去吧。"

船长讲的故事是关于一个希腊人的。这个希腊人派手下——一个斯堪的纳维亚人、一个法国人和一个意大利人去找姑娘和威士忌。故事的重点，如果有重点的话，那就是他们都没回来：威士忌被那个斯堪的纳维亚人喝光了，法国人和那姑娘待在了一起，而意大利人则拿着钱溜了。

此时，船长、老板和另一个意大利人站在黑夜中的甲板上等待着，油已经加满，黎明时分引航员就会来，现在是最后时刻了。船舱里的音乐声很大，他们可能从陆地上买了酒。那个十九岁的英国司炉工，趴在地上吐了一堆，他可能以为那里有只桶。老板往这小伙子身上倒了一杯酒。过了一会儿，乌云散去，在月光倒影下，他们看到一艘划艇正慢慢靠近。还有很长一段距离，他们只能看到划船人的包巾，船尾有些穿白衣的人聚成一团，船头有个家伙，模样有点像那个英国人。

然而在这艘小船上的其实是只穿了条内裤、带着威士忌且冻得发抖的布莱克，他后面还有四个蒙着面纱的女人。布莱克虽牙关紧咬，但心里十分高兴，因为老板答应如果一切顺利的话，就让他自由离开，还给他一个月房租钱，另外他抵押的证件和手表也都一并奉还。

他们先把威士忌搬上船，然后是美女，最后布莱克顺着绳子爬了上来。

"该死的！怎么拖了这么久啊？"为了强调规矩，老板吼道。

"那司机太狡猾了。我朝他点了头以后，他就开向沙漠，然后又返回了马龙加港，但他却说是到了另一个城市，远得要命，而且车费很贵，因为他要开的路是没有绿洲的沙漠。于是我只好用西装付了威士忌的钱。"

在继续喝酒之前，他们先欣赏了一下来客，四个美女站在那里，就像月亮上下凡的精灵，美得不可方物。那个意大利人想揭下面纱。

"等等再揭，不然的话，谁能拥有最美新娘的争夺战会十分激烈的。"老板说。

大家觉得此言不虚，于是便搂着戴面纱的新娘，摇摇晃晃地向餐厅走去。途中他们悄悄把那个感觉最瘦弱的美女带进了法国大副的舱室，法国人正躺着打鼾，但很快他就会有其他事情要处理了。剩下三个美女被关进了他们各自舱室里，然后几个人走回餐厅，想先尝尝威士忌。

就在他们刚要把酒灌进喉咙时，法国人的舱室里传出一声号叫，然后法国大副从舱室冲了进来，跌跌撞撞，头发倒竖。

"我的房间里有个鬼！"他尖叫着、摇晃着，像个醉汉。

他们跑过去，小心翼翼地打开了门，有人打开手电筒，在微弱的光线下，他们看到了一幕诡异的景象，令人毛骨悚然、心有余悸：一个女人坐在床上，褪去面纱，露出脸来，这是一张被喷砂、酒精和高温严重毁容的女人的脸，一张布满深深纹的面具般的脸，深紫色的纹路永远地嵌刻了进去。

不祥的预感顿时涌遍全身，船长和意大利人跟跄着回到了各自的舱室。老板、布莱克和法国人返回餐厅，寻找能镇定心神的威士忌。老板倒了满满一杯后，说道：

"这威士忌还不错。对我来说这事无所谓，不过该死的是你为什么不看看面纱后面，蠢货！船长想要的是个白皮肤的。"

"可我只穿着短裤，"布莱克低声嘀咕着，他已然崩溃，恐惧又迷茫，"我总不能穿着短裤面对女士们吧！而且我也想不起来英语中的'白色'是怎么说的。'黑色'是 black，今天真是个倒霉日子。"

"赶紧跑。"老板听到他们正在走近，便喊了一声。

但布莱克已经来不及跑了。两个意大利人急冲而入，其中一个气得嘴边直泛白沫。而船长则从额头到下巴都苍白如纸。他挥舞着步枪走上前来。

"我告诉过你，要白皮肤的，现在我得到的是什么？一个怪物！"他咆哮着。

布莱克在船长还没来得及瞄准之前，跑上了甲板，扑通一声跳入水中。老板抓住了步枪。

"不要上岸,"老板冲着下面大声喊道,"因为船长会射中你。尽量在水里漂着,等引航员来。"

于是,布莱克便躺在水面上,在马龙加港的海床上漂浮着。老板和那三个受骗的家伙在船尾一张桌子上摆好威士忌,围坐在桌旁。开喝之前,他们把那四个摘下面纱的女人锁在了锅炉工那里,那地方没人能看到。每隔五分钟,船长便清醒一次:

"难道非要我亲自开枪吗?" 他吼着,往海里吐了一口希腊人的口水。

"马上就开,马上开,"老板边说边摸索着烟斗,"不过先得让他受点折磨。"

希腊人觉得这倒也公平,意大利人和法国人也这么想。

月亮渐渐隐去,晨光升起,这光像是城市和船只上方的一片烟火。一根根桅杆像圣克努特节那天的圣诞树[1],大海瞬间变得一片灰白。9 号码头那边传来响动,一艘没有开灯的摩托艇驶出。引航员出发了。

---

1 圣克努特节是圣诞节后的第二十天,这时的圣诞树已经毫无生气。

"就是现在。" 船长说，接着一场争夺步枪的打斗爆发了。

打斗的时间不长，因为步枪掉下了水，像块石头般沉入水底。大梦中的布莱克听到了落水声，也听到了引航员的摩托艇发出的声响，他渐渐意识到自己获救了。他无法自抑，像收缩肌一样缩成一团，笑得停不下来，即使笑到死，也无法合上嘴巴。他的嘴就像一条排水管，向着整片大海张开。水重如铅，他沉了下去。下沉后便再也没有浮出水面。离他沉入的地方不远，领航员的摩托艇掀起的波浪遇到了一阵巨大的涌浪，几秒钟就形成了一个哗哗作响的水坟，高耸却无人得见。

当领航员登上船后，老板查看了一下海里，看布莱克是否还在。他没见到布莱克，心想这家伙竟游得这么快，都上了岸。戴着面纱的女子们被带上了摩托艇，留下船上那四个失望的人。船长骂骂咧咧，两个意大利人怒气冲冲，法国人扔掉了烟头。领航员皱了皱鼻子，走向驾驶台。船开始抖动，像是要抖掉那些难看的铁锈。老板将一口唾沫吐出船舷栏杆后，走到甲板下面的机舱里。

埃斯库罗斯号的圣诞节结束了。

## 杀死一个孩子

这是个阳光明媚的日子，太阳斜照在平原上。教堂钟声很快就要响起，因为这天是星期天。

在几片黑麦田之间，两个年轻人发现了一条他们从未走过的路，平原上的三座村庄在车窗外闪闪发光。男人对着餐桌上的镜子在刮脸；女人把面包切成做三明治的薄片，用来配咖啡；孩子则坐在地板上扣着救生衣的扣子。这是一个可怕日子的令人愉快的早晨，因为在当天，第三座村庄里的一个孩子会被一个快活的男人杀死。此时这孩子还坐在地板上，扣他救生衣上的那些扣子，刮胡子的男人说，今天他们要一直划到河的下游，女人把火腿夹进面包，把它们放在一只蓝色的托盘上。

此时，厨房上方没有一丝阴影，而那个要杀死孩子的男人正在第一座村庄的一个红色加油泵旁边。这是个快活的男人，他正透过相机看向一辆蓝色的小汽车，车边站着一个咯咯笑的姑娘。就在姑娘大笑的时候，这男子拍下了一张不错的照片。加油站的销售员旋紧了油箱盖，并祝愿他们度过美好的一天。姑娘坐进了车里，而要杀死孩子的男人一边从口袋里掏出钱包，一边说他们要开车到海边，他打算在那里租一条船，然后划向海的深处。

在车窗摇起前，坐在前排的姑娘听到了他所说的话，随后她闭上了双眼。这时她仿佛看到了大海，而身边这个男人正坐在船上。这并不是一个邪恶的男人，而是个开心而快活的男人。上车前，他站在阳光下闪闪发亮的散热器旁边，享受着艳阳的照耀，还有汽油和树篱的芬芳。此时，汽车上方没有阴影，锃亮的保险杠上没有凹痕，也没有血迹。

就在坐进车里的男人关上左侧的车门，拉动开关发动车子时，第三座村庄那个在厨房里忙活的女人正打开橱柜，却没有找到糖。那孩子已经扣好救生衣上的扣子，也系好了鞋带，正跪在沙发上看着桤树间蜿蜒流淌的小河，还有那条拖上岸后停放在草地上的黑色小船。那个就要失去孩子的男人也已经刮好了脸，刚把镜子合上。桌子上摆着咖啡杯、面包、奶油和飞蝇钩。就差糖了，母亲让自己的孩子跑去对面的拉尔森家里借几块糖来。就在孩子打开门的时候，男人在他身后大喊让他快点，因为船已经等在岸上了，今天他们要划到以前从没有到过的地方。当孩子跑着穿过花园时，脑子里不停地想着小河、船、钓鱼，没有人悄悄告诉这孩子他的生命只剩下八分钟了，而那条船将会一整天都停在原地，并且还会停更长的时间。

拉尔森家不远，穿过马路就是。就在孩子过马路的时候，那辆蓝色的小汽车正快速驶过第二座村庄。这座村子不大，有几栋红色房屋，早上刚刚醒来的人们正端起咖啡杯，看着那辆车从篱笆外飞驰而过，扬起一大片灰尘。车子开得很快，苹果树和刚立起来的电线杆在驾车的男人眼前掠过，仿佛一片片灰色的暗影。夏日清风透过车窗吹了进来，他们驶出了这个村子，正美妙而安然地行驶在这条路的正中间，路上空无一人。在这条松软又宽阔的路上独自驾车真是舒服，而窗外的平原风光也显得越发美好。这个男人快活而强壮，通过右肘，他能感觉到自己女友的身体。这是个并不邪恶的男人，他无意捏碎一只黄蜂，可他马上就要杀死一个孩子了。在他们开往第三个村庄时，姑娘又闭上了眼睛，她想着自己在到达海边前都不要睁开双眼，而她梦的韵律正随着车轮滑过路面的节奏起伏，前方将会是怎样的一片光明啊。

由于生活就是如此无情地构建起来的，以至于在一个快活的男人杀死一个孩子的前一分钟，他仍然十分快活，而姑娘在因为恐惧发出惊叫前一分钟仍然可以梦到大海；在孩子生命的最后一分钟里，他的父母可以坐在厨房里等着糖，漫不经心地谈论自己孩子洁白的牙齿、划船之旅；孩子已经关好大门并准备穿过马路，右手还拿着白纸包着的几块方糖，在这最后一分钟里，他除了亮晶晶的小溪、成群的鱼儿和一棵粗壮的橡树外，什么也没看到。

事后一切都太迟了。事后，一辆蓝色的汽车斜横在马路上，一个尖叫的姑娘用手捂着嘴，而她的手正在流血。事后，一个男人打开车门，试图站稳，尽管他的心中已经有了一个恐怖的黑洞。事后，几块白色的方糖毫无意义地散落在血和碎石中，一个孩子趴在地上一动不动，脸紧紧地贴在路面上。事后，两个脸色苍白的还没来得及喝咖啡的人站在了门口，看到了路上的情景，这一幕他们永远不会忘记。因为时间并不能治愈一切创伤。时间不能愈合一个死去孩子的伤口；时间在治愈一位母亲的痛苦上无计可施，因为是她忘记买糖而让孩子到马路对面去借糖；同样，时间也无法治愈那个曾经快活的却杀死了孩子的男人的焦虑。

这个男人杀了孩子，所以不能再去海边。这个杀了孩子的男人只能默默地、慢慢地开车回家，他身边是个手上缠着绷带、无法言语的姑娘，在他们经过的所有村庄里，看不到一个快乐的人。所有的村庄都布满异常黑暗的阴影，即使在他们离开后，这些村庄仍处在沉寂之中，而杀死孩子的男人知道这沉寂是对他的仇恨，他需要很多年时间来打败这沉寂，并且大声喊出这不是他的错。但他知道这是谎言，在一次次的午夜梦回里，他盼着再次回到他生命中的那一分钟，让这一分钟变得不一样。但是，杀了一个孩子的男人的生活终将是残酷的，事后一切都太迟了。

**开门，理查德！**


开门！

他们叫我开门，我没开。他们不只是叫我开门，还在恳求我，恳求无果后，他们便威胁我，威胁无效时，他们沉默了片刻，站在门外一动不动，一边气喘吁吁一边焦急地小声嘀咕着，像是要催眠我。或者也许是通过钥匙孔在对我催眠。

催……眠……

但我没有开门。不仅如此，我还向房间里面越退越远，一直缩到角落里的那张床上。我躺在床上，用枕头把头蒙上，这样就听不到、看不到、察觉不到了。但有时我还是会感觉到，那些我必须知道的事物会经由地狱般的管道强行进入我的身体，这需要用世上全部的枕头来阻挡。可我只有一只枕头，枕头本身不错，厚实、紧密而又柔软，但它能起多大作用呢？

没用！一点用也没有，在这间紧锁着的房间里，有时一切折磨会突然停止，那么这只枕头便足够了，一种平静的喜悦便会像香甜的蜂蜜一样，流入我的心田。在这些瞬间，我的心扉是完全敞开的，想象自己躺在这里，像大海怀抱着一条宽阔、柔软的河流，任由它温暖的水流亲吻，感受着幸福。在这些难得的瞬间，我甚至可以把自己从枕头里解放出来，任由枕头从床上掉下去，我用紧握的双手托着脖子，仰望头顶的天花板。这时，将我与外面的人阻隔开的就不仅仅是一扇紧锁的门，或一间充满着寂静的狭长房间，而是一种有着更强大、更无情力量的东西，它让我变得孤独。

然而，外面像是发生了什么事情，因为突然有一个人，或许是克努特，也可能是英格，迈着沉重的步子走向门口，开始用指关节敲门，尽管敲门的人半醉半醒，但这敲门声仍像是由魔鬼精心策划过一般。它不是在门上东一下西一下地敲，而是集中在门把手上方的一个小点上，以一种极为冷静而可怕的固执不断地敲击，就像是要把门敲出一个洞来，好逼迫我开门。

让他们一直敲下去吧，我心怀喜悦地想着，让他们敲断指关节，把手敲得鲜血淋漓。天啊，他们可真能自欺欺人，以为这样就可以让我主动转动钥匙。

此刻我可以暂时把枕头搁在一边，因为此刻我觉得有些愉悦——有人竟为了我而弄伤自己的指关节。为了我——总算是有一回别人为我做了一件事。我在床上伸了个懒腰，放松下来。我知道这不会持续太久，因为并非第一次这样，所以我知道不会持续太久。很快我就会感受到，敲门人敲的不是冰冷无感的门，而是我温暖疼痛的身体。指关节总是知道自己想要什么——指关节总是知道哪里最疼——指关节已经熟知我的身体，它们会自己找到最敏感的地方。

敲门声停了一会儿。然后克努特（是他敲的门）低声说：

"开门，亲爱的，亲爱的，开门啊。"

接下来便是一片寂静，应该说是门外一片寂静，因为门外如此安静，所以厨房里醉醺醺、不成句子的人声便听得更清楚了。那里面也有女人，我知道他们当中有女人，但此时我对这些毫不在意。只要我有不开门的力量，就什么都不在乎了。

现在，我又听到他们在门外嘀咕，我感到很自豪，也很开心，因为我不想费力气去听他们说我什么。我知道他们是在自欺欺人，我知道自己占了上风。只要厨房里全是那些喝醉的朋友，他们就对我做不了什么。一个男人不能对一个喝醉的朋友说，我妻子把自己锁在房间里不肯出来，这恶魔。这样的话那个喝醉的朋友会大笑不止，每一声笑都会像炸弹碎片一样穿透那个男人的灵魂。他会觉得丢脸，一个丑陋的醉汉最重要的就是脸面，不仅是醉汉，普通人也是如此。一个人的脸面就像门把手。即使是一幢外观丑陋的房子，门把手也应该像银行或酒馆大门的把手那样，看上去非常令人骄傲。而女人的任务就是每天从懦弱和绝望的污点中把这种骄傲擦得锃亮。

克努特不会大声叫喊，因为没人愿意让别人知道自己有个疯老婆。英格也不会破门而入，因为谁会想让别人知道自己有个疯妹妹呢。于是他们站在那里商量着，但他们还是太清醒，对该做什么没商量出个所以然来。这时，厨房里有人喊了起来。我可以确定是个女人，但没人觉得我会在乎这个。我离开枕头躺着，注意到那是一声尖叫，一声玩闹时又细又尖的女声。

"亲爱的，亲爱的，亲爱的，我亲爱的，"在我对着天花板吹口哨时，克努特又说了起来，"我最亲爱的，你为什么不开门？你生我气了吗？我做了什么？你至少可以告诉我我做了什么吧！"

做了什么，做了什么——

亲爱的克努特，我想，或者说至少我是这么想的，亲爱的克努特，你什么也没做。一个正常人不会认为你做了什么。一个正常人会认为你是个该死的好人。但我不正常。因为一个正常人不会把自己关在房间，躺在里面生闷气，只是因为她丈夫在星期六下班后比平时晚了几个小时回家，还带回来几个狐朋狗友，以及他们的妻子或女友或别的什么女孩。

不过事情就是这样。也没什么别的。当我听到他们上楼，大笑着，整个楼梯都弥漫着说话声时，我关掉了煤气，把围裙扔在椅子扶手上，跑进房间锁上了门。然后我站在门边，听着他们先是窸窸窣窣地走进门厅，然后又进了厨房。我听到了女人们压低的笑声，充满暧昧，她们正坐在某些人的膝上。我想桌上会有酒，还有咖啡杯，有一个杯子碎了。克努特大叫着说，这他妈的没关系。

但后来我清楚地听到克努特的声音如何越来越小，

尤其是当他关上厨房门，一个人站在门厅里尴尬地咳了几声之后。我看不见他，不过我知道他什么表情，会做些什么。他应该看起来既生气又羞愧，也许更多的是羞愧，因为一个男人不应该在工作一天回到家里以后，却发现妻子不在自己该在的地方。妻子应该在她自己的位置上，尤其是星期六；她本就应该在那里，和那半瓶酒一定会在橱柜里那样。

克努特开始寻找。他打开了厕所门，虽然可能没必要，但他还是进去了，而且在里面待了好一会儿，因为不能让人看出他是在找妻子。我一直紧贴在门边听着这场喜剧表演，因为他根本就知道我正把自己锁在这间房里。这不是第一次，但却是他第一次不得不为此感到焦急。前几次都是他一个人回家，或是我们俩一起坐在厨房里，我突然起身跑进房间把门锁上。然后他就坐在那里等了一会儿，在灶台和窗户之间来回走了几次，点上烟斗，接着给我哥哥打电话，约他在酒吧门口见面。那几次，他用离开的方式打败了我，让我一个人待着，而不是想法子进来和我待在一起。

这，这是我想要的吗？这，这就是我想要的吗？不把自己锁在房间里就不能独自待着吗？不，我做不到。

第一次发生这种事的时候，克努特和英格一起在外面待了一整夜，回来以后发现我在卧室地毯上哭，头上还裹着湿了的床单，于是他穿着鞋躺在床上，大叫着说他是世上最体贴的男人，当他那该死的妻子想一个人待着的时候，就让她一个人待着。

想——一个人——待着，想一个人待着！

想一个人待着。

想一个人待着。

不过有一次，他来敲门了，我让他先敲着。然后又让他乞求了一番。我这小小的不妥协是可以被体谅的。我只是想让他知道，为了得到一个女人而努力争取一下是什么感觉。我只想让他帮我战胜孤独，让我穿透孤独。在他的哀求下，我一声不响地脱掉了衣服，当我转动钥匙时，几乎已经一丝不挂。他却看也没看我一眼。他径直走进房间，急切得就像一个人走进电话亭一般。他走进去，拉开书桌抽屉，从里面拿出半瓶酒，然后出门，消失了一个晚上。我没有让自己赤身裸体地倒在地板上。我觉得自己像个被抛弃的妓女，就是这样。

但今晚却不同。我站在原地，听着克努特的脚步声，听着它们如何不情愿地、焦急地、有些醉意地靠近房门，越走越慢，因为它们知道要做什么。然后，门把手被轻轻拧了一下，那句骂人的话始终没有说出口，因为他知道应该做什么。

"英格，"他隔着厨房门喊道，"过来一下。有你的电话。"

英格是我哥哥，但也不仅仅是我哥哥。他还是个比这更重要的角色：他是克努特的良心。作为一个男人的良心，随心所欲地公然忽视自己的妻子并不容易做到。于是对克努特来说有英格再好不过。面对英格时他会想：我也许有时确实更愿意待在外面而不想回家，但不管怎么说我是跟她哥哥在一起的，她哥哥，你们想想吧！

无论如何，都没有比这更合适的话了。我知道这句话，也明白当一个人想把另一个人推向深渊的更深处时，可以把这话当推杆来用。

英格还是来了。英格不傻，他立刻就明白发生了什么。我站在门边想，英格，怎么说你都是我哥哥，现在我就靠你了。现在你得帮我离开这里，不要让我失魂落魄。我刚想对他说这句话，可短短几秒钟后，我就把自己的舌头咬破了。因为英格对克努特说了这话：

"既然你已经让她进了门，还要她出来干什么？让她尽情地生闷气吧，只要她愿意。有些女人就喜欢生闷气。别管她，直到她自己认输为止。"

那一刻我觉得自己需要一个枕头。就在那一刻，我爬到了最里面的床上。不，也许我并没有爬行，只是感觉如此。我想，在房门到床这短短的几步路，有一整排醉醺醺的、快乐的、无情的眼睛注视着我，是它们让我在本可以跑的时候却爬了起来。我埋进枕头里，听到外面他们两个人离开的声音，但又听到他们几乎立即返回了。

他们回来了，我想，尽管枕头让我无法好好思考。他们回来了。原来他们把什么东西落在这房间里了。这里有他们想要的东西。不然呢？

于是我从床上起身，在房间里搜寻——拉开抽屉，打开储物柜，翻查内衣，又摸了摸瓷瓶后面，可是没找到哪里藏了酒。我需要枕头来掩饰我的疑虑。我想，我决不能示弱，女人为男人毫无意义地开门只能有一次。当他们站在外面哄我，在他们既怕被厨房里喧闹的人们听见，又怕我听不见的时候，我就躺在那儿，用枕头使劲蒙住头，以此来抑制我那荒唐的冲动——跑过去转动钥匙，向门外那两个男人展示我愚蠢、幸福的脸庞。疼痛悄悄地从枕头里面钻出来，蔓延进我的身体，让我想起那可怕的屈辱时刻，然而快乐又像水蛭般紧紧地吸附着疼痛，水蛭吸走了我的疼痛，我快乐而虚弱地任枕头掉落。

我想我会的，我会打开那扇门。现在我知道，你们敲门是为了我。厨房里有你们想要的一切：酒、女人和开怀大笑的男人。但你们还站在原地。再等一分钟，我就来了。

然而，若是一个人一直非常孤独，那么没有什么比孤独结束前的这几分钟更珍贵了，于是我放缓了要做的事，因为这会让我变得更富有。这孤独的每一分钟，都让我的幸福感越来越强烈。我是一只蟾蜍，此时蟾蜍在想：还不到时间蜕皮。离表皮裂开还有很长时间。

可只是转瞬之间，一切便都太迟了。如果厨房的门没有在那一刻打开，我肯定会冲向自己锁住的房门。可厨房门被打开了，我于是躺在床上，僵直着一动不动，如同一条吞下兔子的蛇。有一个女人先出来，接着其余人也都过来了。那两个等我的男人便停止了哄我。突然之间，他们就不再等我了。他们只是在等待尊严能及时到来。终于尊严来了，英格大声说：

"我们想把我妹妹哄出来，但没用。"

克努特又喊了一声：

"你来还是不来?!"

于是我便不能来了。然后我就瘫软地躺在那里，一只手垂到床边开始摸索着寻找枕头。但还没等那只手摸到枕头，外面一个我不认识的女人已经开始唱歌了。如果那也可以叫作唱歌的话。我疲惫至极，心也飘得很远。

"Open the door, Richard. Open the door and let me in." [1]

"那意思是'开门，理查德'，如果你听不懂的话，小气鬼。"英格大声说。

我应该跳起来，用尽全力喊："我不叫理查德。我不是男的，最重要的是，我不是一个有空为夜夜笙歌的情人去唱片店找唱片的妓女。"

我应该这样，应该这样，我却没有这么做。相反，我用那仁慈的枕头蒙住了头，现在它就像一团面团，挤

---

1　原文此句用的是英语，意为："开门，理查德。开门让我进去!""Open the door, Richard. Open the door and let me in." 是 1947 年热门歌曲 *Open the door, Richard* 的开头一句歌词。

入我脸上的每一条皱纹里，充塞、变硬，接下来发生的一切我都听到了，知晓了，但我无力对抗。我甚至不能让自己的脸因为悲伤而抽搐。

当家里的大门砰的一声关上，整队人马走下楼梯时，笑声回荡着，而我甚至已无力思考：我应该住在临街的那一侧，只要不在靠院子的一侧就好，因为周六下午没有人会走进院子。不，我就那么躺着，枕头越来越大，变成了屋顶，变成了墙壁，变成了地板。然而，我恐惧的并不是这个。我恐惧的是这可怕的清醒，即使是我最擅长的小把戏也无法延迟这种清醒。我将再次变得渺小而平凡。我会起身走到门口，打开门锁，走进厨房喝杯水。然后，我会回到没有上锁的房间，躺在床上，直到睡着，假若我能睡着的话，这期间我只想一件事：唯有一个人独处时，我才能把书念诵出来；只有在没人进来的时候，我才能让门开着。我究竟得把自己弄得多孤独，才能最终有人发现我的孤独并来拯救我？敲响我的门？

# BON SOIR[1]

 

这个十五岁的报童对生活所知还不多。一个星期天，厨娘的丈夫在一片灌木丛间的一块岩石上做的事让他惊呆了，那场景让他既困惑又羞愧。他在峡湾找到了一块长条状的尖头木板，拿着它去那片灌木丛里劈砍了一番，像是有敌人近身时的动作。然后他告诉厨娘的丈夫，那片灌木丛里有个马蜂窝，也可能是些大老鼠。说罢，他收起脸上的骄傲，爬到峡湾上的小山上躺下晒起了太阳，峡湾里有一条沉没的驳船。不远处，一条脏兮兮的小河从峡湾边的灌木丛里流出，上面可以划小船，这小河仿佛是朝清澈的海水中伸出的一根灰色小手指。有天傍晚他们去游泳时，他对厨房里做事的姑娘芭布罗

---

1　原文用的是法语，"晚安"之意。

说："我们——你和我来扮亚当和夏娃怎么样?"她却答道："行啊，不过得你先来。"于是他怕了，心想，要是没说过刚才那句话就好了。

在那个夏天，他有很多想做却不敢做的事情。他在口袋里随身携带的小本子上画了很多简笔画：他觉得自己像一根弦，一根绷得很紧却尚未被弹过的弦，唯恐被人拨断；他也像一台发电机，不停地转动，但也就仅此而已。

此时，他在炽烈阳光照耀下的小山上，画起了一艘在海峡中游弋的小帆船。帆船画起来没问题，但要捕捉正午的炎热下波光粼粼的水面，还有不停地朝着船舷栏杆上水手们放置的一些黄色木箱俯冲的一群海鸥，就比较困难了。在对面小岛的岸边，有两个穿红色泳衣的女孩迈着小碎步怯怯走着，她们头顶上方的一块岩石上留声机正放着音乐。她们害怕的可能是蛇，在赤脚时，就会小心翼翼迈着步子，身体发抖，一直盯着脚下前方的草地。不过要是穿了靴子，就可以大步迈开，朝空中吹吹口哨，但恐惧的表现既可以是迈小步，也可以是迈大步。

他或许对生活还是懂得很多的。他差不多了解所有应当了解的事，比如跟餐馆老板讨要糖水喝的技巧。他还知道雪利酒是什么滋味，有天晚上闲逛时在食堂从一个年轻学生那里分到了半瓶雪利酒。他抽过八种不同牌子的香烟，知道在蒸汽锅炉上蒸出的比尔森啤酒会有多烈。如果有人问他瑞典所有周报的名称，他全都能一一道来。此外，若是有人以学习为名向他购买那本臭名昭著的色情杂志，然后因为底页被他的背包弄花了而对他大吼大叫时，他便是伟大的文化斗士和民粹派[1]。他还知道，如果想被当作成年人看待，就应该转身去看中层甲板上经过的每位超过一定年龄的姑娘的腿。一周前，他还明白了被亲吻是什么感觉。那是芭布罗教他的。一天傍晚，他独自一人在那个小峡湾里游泳，小河里流出来的水总是暖暖的。回来的时候，船上漆黑一片，悄然无声，海峡另一侧的候船亭上挂着一盏煤油灯，有人随着刺耳的留声机音乐在默默地跳舞。昏暗中，他在中层甲板上遇到了芭布罗，她问："想让我亲你一下吗，苏尼？"

---

1 原文为 folkvän，源于俄语 народник，19 世纪末 20 世纪初俄国政治派别之一，参与者多为"平民知识分子"，因其自称为"人民的精粹"，故有"民粹派"之名。

而他却渴望狠狠地吻她，长久地吻她，吻到自己的嘴唇已无力再继续为止，但他担心自己的嘴唇会突然裂开，流出的血会溅到她的牙齿、嘴唇和下巴上。不，他说，但其实他想继续，这样就不用再进一步诱惑她了。不过她推了他一把，他手里的肥皂和毛巾都掉在地上，她只是吻了他的嘴——原来什么也没发生，什么也没有。他们在长凳上坐下来继续亲吻，那晚他学到了很多东西。比如吻久了以后，两人的嘴唇可以远远地分开，而牙齿会互相摩擦，就像小船在沙滩上刮擦那样，他这样想着，因为他今年夏天读了很多书。或者伸出舌头，碰到另一条舌头，痒痒的，或许还可以轻轻咬住对方的嘴唇，嗯，是这样。

有一天晚上，只有他们俩在一起时，她问他是否愿意一起去岛上走走，可他是那根怕被弄断的弦，于是他说不，然后就没了下文。她没有强迫他，也没有把他拉到小河边的森林里、湿漉漉的草地上和光秃秃的岩石上。她让他独自面对自己那可怜的身体，这具躯体应为他在孤独中所受的一切折磨而流血，为他因为白色恶魔的缘故在船尾的漫漫长夜中释放的一切仇恨流血不止。她留下他一个人在暮色中眺望那处可以游泳的小峡湾，和那座可以观看风景的小山，从那里可以看到海峡的一小部分——一艘沉没的驳船、两座码头和中间一条深蓝色的小溪，小溪向南缓缓流淌，接下去可以看到那片几百米长的绿色岩石海滩，然后是属于他们的那条白色的船，船篷上有只救生艇，还有一长排闪闪发亮的通风口，前甲板上摆满了黄色的装鲱鱼的木箱。

从小山上还能看到通向防御工事[1]的那道黑色跳板，保罗就睡在那个防御工事里，他是船员中唯一晚上不回家的人，因为他正和妻子闹别扭。有天晚上，他游完泳后，正浑身发冷地坐在小山上时，看到保罗的情人从跳板上爬了下来，然后合上了头顶上方那块跳板。他在原地坐了很久，身上已不觉得冷了，可也没见到她上来。他便拿出小本子，画了小船和码头，同样的画他画了四遍，可她还是没有上来。一艘亮着灯的大摩托艇驶过海峡，发出低沉的嗡嗡声，当它激起浪花拍打着海岸消失在岬角后面时，她仍旧没有出现。于是他脱掉衣服，游了出去，看着水底如何在暮色中渐渐消失，水温暖而黏腻，拍打着他的嘴，但这些都无济于事：她依然

---

1 瑞典海边常见的一种小型海防设施，有些需要搭跳板才能过去。

没回来，他也不敢像自己希望的那样沉到水底。游完泳，他走进空荡荡的候船室，把门打开，在一块木板上刻上自己的名字和今夜的日期，刻完后，她仍然没有回来。于是，他站在前甲板上，画着那座观景小山、那条旧驳船，以及森林参差错落的轮廓和环顾这一切的月亮，总而言之，月亮一如既往，既照耀着胜利，也辉映着失败。已是夜深人静，他在船尾大厅里赤裸着躺在毯子下，睡梦中听到她悄悄地走过甲板，他像狗一样呜咽着，直到脚步声消失。

星期天到了，厨娘的丈夫在灌木丛边围起了栅栏，这使他吃惊不小。然后他直挺挺地躺在石头上，画画，想心事，他觉得自己看清了眼下的一切。沉睡的小船在午后明亮的峡湾里，投下一道黑色的阴影。只有那骨瘦如柴的厨娘丈夫穿着白衬衫，背着手在码头上来回溜达，转身时还把一两块石头踢进水里。这时，小个子的洗碗工格丽塔和脸色苍白的周日女招待阿尔弗希德手挽着手走了出来，去山坡上做她们的周日散步。她们在他身边停下，低头看了看他。尽管没有什么特别的事情发生，但他觉得自己那件便利店工作服里的身体已是汗水淋漓。

"Bon soir, Bon soir, Bon soir!"格丽塔说。他不用抬头也知道她此时的模样：毫无疑问，她在笑，薄薄的上唇已经滑到了牙齿上方，而牙齿则像是涂了水泥，还是那种湿水泥；这个未老先衰的女人脸上深深的皱纹像扇子一样在眼睛周围展开，她一笑就像是变成了中国人[1]，他讨厌她的皱纹和难看的牙齿。

"你晒太阳的时候应该涂上防晒霜。" 阿尔弗希德说，她从不会让任何人忽视她惯有的像在电影里表演似的状态。她说自己脸上那条从太阳穴到下颌的皱纹，很像西涅·哈索[2]，简直就是一模一样。她的一根食指僵直坚硬，每每有人盯着她时，她便用这根食指顺着那条皱纹滑过，或许她独处时也会这么做。

"下一步她就要展示自己那双和玛琳·黛德丽一样[3]的大腿了，她要是再对我说一句'防御工事外的门一直是开着的'就更好了。"懒洋洋的玩世不恭者保罗说。不过苏尼没有笑，因为此时此刻他恨透了保罗。最近，每

---

1　指两眼眯成一道缝，是当时欧洲人对中国人的刻板印象。

2　西涅·哈索（Signe Hasso），瑞典当时走红的影视明星。

3　玛琳·黛德丽（Marlene Dietrich），当时走红的德国演员兼歌星。

天晚上临睡前，他都会幻想自己拿着一个冰锥[1]，给他和她一个突然袭击，但他没有继续往下想，只是让它高贵地悬在他们汗湿、猥琐、肮脏的身体上，表示自己即使没有意愿也有能力做到。

"你在画些什么?"格丽塔问，他赶紧合上了小本子，因为觉得羞愧，而过后他又会对他羞于给她看这一行为感到羞愧。后来他们三个人坐在一起，眺望海峡另一边，那里有人正在给玩具帆船试水，他们在一艘小划艇上把玩具帆船放下水，它们不一会儿就像一群白鸟般慢慢向南航行而去。

"你没有画下它们。"格丽塔指着小本子说，她的指甲特别脏。

"那个我也没画。"他指着一只鹰说，那只鹰正在海峡上方划出一道带有威慑感的黑色弧线。

就在这时，穿着泳装的芭布罗突然出现在前甲板上，她在阳光下站了一会儿，向他们三个挥了挥手，面带微笑，自信而灵动。他想以前从没在她身上看出来这些，但其实他什么也没看到过。她一般在黄昏时

---

1　一种尖头的破冰工具。

分偷偷溜到保罗那里，然后在天黑透的时候才又悄悄溜回前甲板，什么也看不到。他觉得她不应该看起来这么干净，她那洁白光滑的身体上应该会有点什么，能让大家立刻看到该看到的，可是什么都没有，生活就是这么不公平。

她跃过船舷栏杆跃入水中的姿势优美极了，那道弧线似乎在她入水的同时优雅地在船头的热空气中稍稍停留了片刻，待她浮出水面后，泳帽在蔚蓝的海水中闪耀着白色的光芒。她慢慢地游向他们这里并往上爬，洁白的双腿上那些纤细的绒毛上挂着晶莹的水珠。她走过岩壁时摘下了泳帽，对他笑了笑，也对大家都笑了笑，此时她的头发突然散发出光芒。在离他们十米远的地方，她转身而去，他突然感到空气中弥漫着一种紧张的气氛。这炙热得无遮无拦的空气中响起了雷声，他瞬间停止微笑，脸变得僵硬起来，硬到他不禁觉得它再也无法变柔软了。

他心想，你要下去了，下到防御工事里去，到防御工事里去，让他拥抱你，让他啃咬你，让他用各种姿势占有你。

这时，格丽塔从身后叫芭布罗，她的声音与平时很不一样，极尖锐，极生硬，极无情，他惊讶地抬起头看着她。

"Bon soir, Bon soir!"她喊着。

然后他也看了看阿尔弗希德，她的嘴还没有完全合上，舌头从里面伸出来，嘴角周围出现了一道道僵硬的皱纹。这时他意识到，他们三人之间有种紧密的联系，岩石上的这三个人之间流淌着相互同情的情绪——一个在哀悼逝去的青春，另一个在哀悼逝去的美丽，而他在哀悼逝去的一切。他想向她们二人中的一个哭诉，也想让她们二人中的一个对他哭诉。

"你的法语很好，格丽塔。"他说，想用这几个字来抚慰她。

"Bon soir。"格丽塔说，然后露出了笑容，满口烂牙毕现，但他不再那么介意了，至少他不再觉得想吐了。"Bon soir。女校长总是说，'格丽塔很有语言天赋'。在家里，他们总会谈论我的语言天赋。"

他想，那会是什么样的家，怎样的女主人？然后，他像往常一样不由自主地突然觉得自己很可怜，他一定要告诉她们，从秋天、冬天到春天，他是在上学，他也学法语，他只不过是在暑假才做现在这份工作。他得把自己的可怜高高地置于周遭的残酷、肮脏和异味之上，并以此来拯救可怜的自己。后来，他还是称赞了格丽塔的语言天赋，尽管她只会说 bon soir，他还谎称曾有个法国人来他所在的学校参观，发音和她一样，简直一模一样。

他注意到阿尔弗希德几次张开口想要打断他。他便在对比格丽塔的法语能力和自己的英语水平之间做了一个清晰的停顿，就在这个间歇，她抬起了自己那张苍白的脸，凑近另外两个人，尽管他只有十五岁，但也能看出那张脸上几道坚硬的皱纹是因为焦虑才剧烈地颤抖着。

"你们看这条皱纹，和西涅·哈索的完全一样。"她边说边用手指随意地指着自己的脸。

"没错，这条纹路真的和西涅·哈索的很像，人们会以为你们是亲戚呢。"他撒了句谎，语速很快但充满怜悯。

阳光照耀着一切坏与好，照耀着所有从海峡里像箭一样疾驰而过的船只，挂着大旗的船划出一道道尾波，还有一艘黑色的载满瓦片的长拖船，这情景像是星期一、星期二或星期三，而不是八月里一个阳光明媚的星期天。他们在热烘烘的岩石上坐了半个多小时，要么默不作声，要么说几句无关紧要、毫无意义的话，三人紧紧地靠在一起，在离各自失败的人生相距十米、十五米、二十米高的地方面带微笑。

当自行车在那条小路上发出在煎锅上煎东西的嗞嗞声时，当要进城的人们坐在码头上等船离岸时，当一辆小货车——一辆属于某人的小货车跟在一匹马后面摇摇晃晃地驶来时，便意味着他的夏天快要过去了。格丽塔和阿尔弗希德手挽着手走进船里，准备把船上的厨房收拾整齐。他自己则在海滩上四下游荡，收集些奇形怪状的石头，攒够后便把它们全都毫无意义地扔进海里，毫无意义。然后他回到船上，一个戴大檐帽、蓬头垢面的白发老人说想要一本《大众新闻》[1]，最新一期的《大众新闻》。但他告诉老人，这本杂志很久以前就停刊了，久得不能再久。中层甲板上空无一人，但有人在厨房里放声大笑，通往轮机舱那敞开的舱门，传来锤子和活塞的轻微声响。他走下昏暗的吱吱作响的楼梯，走向船尾那间休息室，他常常在这里睡觉，也经常在躺下时厌恶

---

1 Allt för alla，一本于1912—1932年间发行的瑞典全国性杂志。

自己赤裸的身体。当他经过第一间船舱时，走廊尽头的舱门打开了，格丽塔从里面走了出来。突然，在狭窄的过道上，她伸出双臂站在他面前，现在他只有两个选择：要么转身回到楼梯上，要么直接投入她的怀抱。他没有回到楼梯上，而是由她抱紧了自己，他的手则一直轻轻地放在她的背上，这主要是出于礼貌、怜悯以及害怕伤害她。虽然他只有十五岁，还没有完全长大，可她刚一伸手去摸他的下巴时，他就把她的头发含在了嘴里，直到她把头向后仰，让他正好看到她那张杜宾犬般的小脸，然后他所有的欲望都消失了：那些牙齿，那薄薄的嘴唇，那一道道皱纹。他明白她想让他吻她，难道她不明白他不想吻她吗？

这时，有水花溅在他们身上，有人在船长室里争吵，于是二人在一片混乱中放开了对方。

"今晚，你今晚到我的船舱里来。"她急忙低声说。

"好，今晚。"他低声回答，带着那种高大骗子面对矮小受害者时常有的心安理得撒谎道，"今晚我会去你的船舱。"

他在船尾休息室的沙发上躺了一会儿，里面闷热的半昏暗中总是弥漫着神秘而令人昏昏欲睡的气味，直到他听到船长离开了舱室，正气喘吁吁地拖着自己那一百多公斤重的身体走上狭窄而陡峭的楼梯。片刻之后，起风了，甲板上立刻响起了急促的脚步声和女人心急的声音。轮机开始喷气，螺旋桨呼呼作响。当他走到上面时，船已经驶出海峡，几个水手正匆匆离开原位。

然后，一切又恢复正常，一切变得和以往一样：他从柜子里拿出自己的背包，一些乘客从码头上了船，还有一些则站在原地不动，其中不少人会一直站在原地，像是对缆绳和舷梯很感兴趣，但也很有可能是想看看那个善良却总是醉醺醺的大副这个星期天会不会落水。船从静静晃动的帆船旁边经过，船上半裸的乘客们在大庭广众之下全不设防；挺着肚子、挂着望远镜的绅士们站在前甲板上，争论着远处岛屿的名字；正在度假的年轻女孩们透过舷窗从船上眺望时发出咯咯的笑声。好多人从他那里买报纸，又大又厚的周日报，可以阅读，也能用来包裹裸体杂志。买报纸的人常会问他背包重不重，他总是回答说有三十五公斤，因为这样听起来既厚实，又很有气势。接着，买报的人们便会聊起秋天快到了，他听后总是不禁会想为什么人人都在这么说。船长胖得连鞋带都要别人帮他系，此时他正站在驾驶台上抽着那根几乎一百公斤重的雪茄，大家经常在厨房里开玩笑说，当船长走到左舷的时候人人都会注意到这一点。一个多小时后，天空看起来像是正在慢慢沉入他们身后的水中，船尾最远处的岛屿变成了牛奶那样的淡蓝色，慢慢地被雾气包裹起来。同一航道上，还有三艘白色的船与他们并行，其中一艘支着傲慢的蓝黄相间的大烟囱行驶在前面，就像是在宽阔明亮的道路上犁地一般。另外两艘跟在后面，如同灵缇犬那般在平滑的水面上猛冲。当他们快靠近瓦克斯霍姆岛时，每座栈桥上都挤满了人，看上去像是再也不会有假期似的。在海峡的暮色中，一只小划艇还是如往常那般停靠在他们船下，划艇上正放着他的那堆晚报。船长像往常一样，对划艇员笨拙的动作骂骂咧咧，还跺了跺没有系鞋带的靴子。保罗用船钩替他把那捆晚报钓上船，然后船继续前行，滑过据点，瓦克斯霍姆岛码头上所有的船只都打开了灯，餐馆屋顶上也挂着各式彩灯。

　　他拿着那包报纸走到中层甲板，乘客们都围了过来，急切地想知道最新或次新的新闻事件。此时格丽塔正站在厨房门口看着他，那么认真、那么坚定、那么有神地看着他，似乎还从来没有人如此这般地看着他，不

94

过他依然觉得，到时候也许一切就会迎刃而解。然后，他挎着装满绿色和红色报纸的包在船上走来走去，炎热、沉闷、不通风使得他瞬间汗流浃背，汗水顺着胳膊流到手上，从额头滚到脸上，滴进放报纸的包里。他又走上后甲板，在那些精神焕发、衣着笔挺、身穿网球服的乘客中穿梭，走在那群欢度美好夏日，且拥有晒后肤色和低沉嗓音的人中间，他为自己的汗水和脏兮兮的外套感到羞愧，也为得到小费并在收小费时鞠躬而感到羞愧，而最让他感到羞愧的是在餐厅里，那里铺着白色桌布，摆着闪闪发光的干净玻璃杯，挂着镶金边的镜子，而且在看到阿尔弗希德那件每天都要洗的白衬衫时，他觉得自己从头到脚都是那么倒胃口。每个乘客都有了自己的报纸，大多数人买了《午报》，个别的买了《全新闻》。他挎着减轻了重量的背包走到前甲板时，那里已经坐了不少人，手里拿着足球彩票，有人说"九点"，有人说"八点"，也有人说"接近十点"，还有人说"见鬼去，这周不会赢"。他暗自思忖，乘客们说来说去也就是这些。

　　为了少出点汗，和许多人一样，他也走到前甲板迎风站在栏杆边，倾听甲板下发动机细微的脉动。赫冈岛那些光柱旋转而过，此时附近所有的岛屿都是蓝色的，地平线上一座高大的竖井闪烁着幽幽的绿光，羽毛群岛[1]的那些坐落在山上的餐馆像一盏盏彩色的灯笼在远处闪耀。一艘小帆船刚停靠在码头，放下几个快乐的乘客，他们很快就会喝醉。突然，城市浮出水面，所有的灯都还没点亮，一切建筑都是蓝色的、低低的，塔尖就像一根根小针。这时，他听到身后传来芭布罗的声音，接着是保罗的，芭布罗说："对，当然。"保罗说："整个返航就只有我一个人待在防御工事里，你喜欢杜松子酒吗？"

于是，一切恐惧、厌恶和不情愿都从他身上消失了，他内心充满了坚定的喜悦。他想，这无非就是打开一扇门，然后脱掉衣服、铺开被子的问题，第二天他便可以和其他人一样不经意地谈论这事，正如别人常说的那样，对方长什么样并不重要，这事本身才是重要的。当置身于中层甲板的灯光下时，他觉得自己漂浮在一种火热且怪异的喜悦中。他认为每个人都应该看着他，一

---

1　Fjäderholmarna，斯德哥尔摩外岛中离城市极近的几座小岛，因面积小而被称为羽毛群岛。

个小时后，他会和一个女人躺在这艘船的甲板下的一处船舱铺位上，而当这一切结束时，他会走进船尾的大厅，因为这种火热的喜悦将让他整夜无眠。

当他们的船慢慢驶进新桥湾[1]，向一艘迷航的渡船鸣笛时，他弯腰穿过甲板栏杆，从下甲板的阀门里取出保罗递过来的一个小沙袋，沙袋上系着一根又细又长的绳索，绳索另一端连在粗大的船尾上。他需要以最快的速度把这根细长的绳索抛到岸上，这样便可以把船尾拉近岸边，再把这条绳索拴在固定环上。每到周日要履行这个职责时，他都会十分焦虑，因为有一个周日他抛得太早，没有成功，他们不得不把绳索从新桥湾的泥淖里拉出来，而船尾几乎漂到了尤瑟岛。不过今天他充满了信心，因为有一个泊位和一个女子在等着他，虽然女子不是那个女子，但泊位却是那个泊位。当船靠近码头时，他紧紧攥住那只小沙袋，就像握着一件武器。

码头上，等候的亲人们和往常一样，拿着手帕，带着虚伪的笑容，但他突然注意到泊船处有两个不寻常的男人，一个又矮又瘦，另一个又高又胖，此时是夏天，

---

1 Nybroviken Harbor，即尼布罗维肯港，这里为意译。

但两个人都穿着军用防水上衣，扣子也全都扣得紧紧的，胖子在抽雪茄，而瘦子则背着手站着。他扔沙袋时用力过猛，撞到了站在他身后的一个人的胸口，沙袋远远地落到一辆停在码头上开着车门的蓝色汽车旁边。那胖子捡起沙袋，把船尾拉过去，他嘴里始终叼着雪茄，看上去仿佛一门大炮。瘦子背手走到舷梯旁，站在那里迎接每一个上岸的人。这时，胸口被撞了一下的老先生开始责怪他扔沙袋的方式，苏尼说只有这种方式，而老先生训斥说这是一种无礼的行为。但后来他要去帮忙把舷梯钩挂到上层甲板上，便撇下了那位老先生。上岸后他跑了起来，因为想起自己要帮一个女孩把信投进邮筒。奔跑时，他一直很紧张，生怕自己无法在船离开前赶回来，由于太过紧张，直到跑到斯杜里广场他才找到一个邮筒。

他回到船边时，码头上已站满了人，船上却还是空的，阿尔弗希德已经把餐厅打扫干净，把灰土和纸屑铲起倒进了新桥港。当他准备上船时，注意到醉醺醺的大副和保罗以及其他几个人站在前甲板上等候着什么，这让他觉得有些奇怪并忧心忡忡起来。突然，门开了，那个小个头的瘦子走了出来，转身为格丽塔拉着门。然后高个的胖子在她身后也走了出来，嘴里叼着雪茄，右手拿着一个破旧的小包。他们一个跟着一个走上舷梯，格丽塔突然看到了他，便迅速把头抬起来，而在那之后他经常想，他永远也不会忘记她那个眼神。

"Bon soir，Bon soir！"她说，手提包差点掉在地上，这时他才发现她哭了。

然后人群散开，所有的一切都散开了。那辆车发动后便消失而去，不过除了他，也没人长时间追着看。船长不耐烦地在船桥上来回走动，摇铃提示了一下，通往上层甲板的舷梯嘎吱嘎吱地被卷起，船尾的舷梯从舷环上松开，前甲板的舷梯被放到甲板上。船长再次摇铃，发动机的脉搏开始在甲板下跳动。此时远处的电报大楼响起钟声，船头从码头缓缓离开。一个不耐烦的小伙子松开缆绳，把它扔到船上，没有一处亮灯，一切都是蓝色的：伯恩斯酒店前方高大的树木、驶向罪恶的"大西洋俱乐部"的汽车，以及海岸路[1]上的保险大厦。他们的船在港湾里慢慢地掉头，直到船头指向海军船坞。几艘高高挂着闪亮大灯的船驶入新桥湾，船身都倾斜

---

1 Stranduägen，音译斯特兰德大街。

着，因为左舷上站了好多人。

他打开中层甲板的门时，一切映入眼帘。保罗正两腿交叉站在时钟前，手掌紧贴着天花板。他周围站着阿尔弗希德、机械师和那个喝醉的伙计、一个司炉工、餐厅老板、厨师和芭布罗。

"条子[1]，她又把脏病传给别人了，那些蠢蛋，那些该死的蠢蛋。"保罗说着，同时手掌更用力地顶着天花板。

随后，芭布罗越过餐厅老板的肩膀朝保罗眨了眨眼。不久之后，这几个人就各自散去了，在这艘空荡荡的大船上各奔东西，笑声、脚步声和说话声还在船上回荡着。他独自走进了男厕所，小心翼翼地锁上那扇门，锁好后便拉下舷窗向外张望。此时，他们的船正与一艘白色的舱式游艇错身而过，那船上的人像是高高地挂在上面，黑压压的一大群人，正俯视着他们这艘小船，他们可能在疑惑怎么会有这么小的船。丹维克的老人院里亮起了灯，一列灯火通明的小火车正开过伦德维亚交叉口。可在他想继续看下去的时候，眼前的景色像地图那

---

1  原文为 snut，瑞典语对警察的俗称。

样折叠起来，他瘦弱的身体几乎要分成两半，他弯下腰吐了。

他再次从窗口望出去时，正好看到大磨坊的正中央，他泪眼蒙眬地瞥见快如闪电的海鸥在磨坊建筑黑沉沉的立面上划出白色的线条。更远处，码头上停着一艘孤零零的驳船，一阵风吹过，驳船里的纸片和垃圾就会扬起来。再远处，几个穿着鲜艳裙子的女孩站在沙滩上，手正指着他们这艘船。一个男人在暮色中叠着旗帆。这时，有人不耐烦地拽了几下厕所门。他把舷窗拉上去，听到中层甲板上传来两个响亮的声音，一个是阿尔弗希德的，另一个是芭布罗的，然后芭布罗身后那扇通往前甲板的门关上了，她不会再回到这里了。

"难不成这里是最肮脏的地方吗?"他想，然后冲了马桶。

## 腌肉和黄瓜

　　和其他九岁的孩子一样，我那个时候大概也是少不更事的。我们去学校的路上会经过一条小河，河里的水黄浊不堪。冬天，人们朝河面上扔石头，直到把黄色的冰砸碎为止；到了夏、春、秋季，软木塞、火柴和火柴盒便在河里比速度，最后赢的是火柴，因为软木塞和火柴盒常常会卡在石头间狭窄的缝隙里。有一次，我和小伙伴们发现两条丑陋肥胖的七鳃鳗在河底蠕动，就把它们捞起来放进便当袋里，但家里没人想要。于是我们又把它们扔回河里，希望它们还能活着。在那些日子里，我们的膝盖总是有伤，伤疤全都新鲜而柔嫩，而且往往就在它们要结痂的时候，路上便会出现一辆运酒的槽罐车，我们肯定要扒上车尾；要么河里又会有一批新的原木拢过来[1]，我们当然要去原木上面奔跑。

是的，上学的那条路总是充满各种冒险——与其说是去学校的路，不如说是回家的路更合适。庄园主在这条路上有个苹果园，树上结着青涩的果子。那座废弃的礼拜堂屋檐下有鸟儿在暗影中飞翔，掉落的瓦片铺满了地板，台阶、门、顶窗窗框全都朽烂不堪，看上去让人感到恐惧，但又令人心痒难耐，着迷不已。那些穿着黑衣服的老太婆们经常在这附近的树林和路边小木屋之间若隐若现：我觉得再也没有像那个年代那样老的人了——一两百岁也不过是中年而已。途中还有些被禁止的，即所谓不为人知的事物。这种不为人知仍然不过是种传说，因为那时的生活充满了黏糊的象征，人们所做的每件事几乎都有双重目的：如果纯粹出于恶作剧向女孩们扔石头，可能会被解释成别的企图。有一次，我们在河边的小山上发现了一副被我们自己遗忘的、半残的扑克牌，只有马雅的黑桃皇后保存得还算完好，我清楚地记得那几个年纪稍长的孩子是如何对此做出解释的。

---

1　瑞典有通过河流运送采伐后的原木的传统。

当那几口大烧锅[1]被架在河边的斜坡上，水要烧开时，我们从柴火堆里偷出几根柴火，然后躲在木垛背面的暗处把它们点燃，这便成为一种离奇的乐趣，而且这种乐趣似乎会让生活的快乐加倍。记得有一次，我的一个同学用一根柴火点燃了一整箱偷来的没用过的柴火，当柴火在空气中噼啪作响、熊熊燃烧时，他把它们丢进了小河里。记得当时我心里暗暗地在想，把偷来的东西浪费掉是多么大的罪过呀！不过那个年代，人们并不像现在这般有道德感。

大多数重要的事情通常都是通过悄悄传话得知的。在学校走廊里，恐惧的魔爪会突然伸向某个人。在这里，某一个人会被一些秘密的耳语拎出来，这些耳语从一张嘴传到另一张嘴里，而这人永远不会知道大家传的是什么，这就是怪异之处。有人说他家里有臭虫，有人说她上课时尿裤子了，不得不在课间休息时留在教室里擦干净。然而我自己有什么可被指摘的行为举止还从未被告知过。

---

1 原文为 Tvättgryta，是一种大型金属锅，下面有底座，可以直接通过底座用柴火加热，20 世纪三四十年代瑞典人将家用器皿或衣物等放入其中清洗。

于是，所有应该私下谈论的事情都以这种神秘的方式悄悄地传进了我们的耳朵里。据说，四年级的一个男生虐待了动物——把一只公猫放进了鸡笼里，于是老师去他家进行了一番训诫。虽然这男生才上四年级，却已经穿起了长裤，他个子很高，走路时背有点驼。课间休息的时候，他总是独自一人四处溜达，自己踢着石头玩，因为存在于我们内心深处某个角落的法官已经判了他终生流放。休息时间，我们会躺在绿油油的草地上，把松果砸个稀巴烂，或是试着把一个破网球踢进学校围墙的洞里，我甚至曾经成功地完成过一次这种壮举，尽管我是从斯德哥尔摩来的。而女生们则三五成群地站在教学楼的墙边，男女生之间的界限牢不可破。

说到我们内心的法官，有次课间休息时，老师让虐待动物的那个名叫西维特的男生不要再用已经烂掉的鞋子踢操场上的石头了，那鞋子还是市政府给的，因为他家很穷。老师刚离开，西维特便龇牙咧嘴地在他身后做了个鬼脸。

然后，一个被我们称为"小偷"的男孩跑到老师面前，这个男孩从体育馆做工的木匠那里偷过眼镜，他停住脚步并大叫：

"老师，西维特冲您吐舌头！"

于是老师转过身，捏住西维特的颧骨把他给拎了起来，拎得很高，西维特的眼睛和老师的眼睛几乎齐平，他们就这样默默地对视了几分钟。然后，老师把西维特放回到地上，径直朝教室方向走去。而西维特随后又吐了一次舌头，这次的样子愈发难看。而在"小偷"还没来得及再次喊老师前，我们中的一个人已经用手捂住了他的嘴，强行把它合上了。我们觉得这样就算是可以了。

我们的惩罚表单非常严谨，和虐待动物相比，偷窃不值一提。有一次，"小偷"站在黑板前，老师把手伸进"小偷"的口袋，发现里面塞满了粉笔。下课后，"小偷"被留了堂，我们在教室外的台阶下等他，心下羡慕又害怕。不过当他终于向我们走来时，又觉得他有些不同了：一种气味，一种步态，还是一种吐痰的方式？我们遇到外人时，总是充满敌意，因而当"小偷"兴高采烈地向我们扑过来时，我们全都一脸冷漠。

"粉笔归我了。老师只是揪了我的头发而已，这个混蛋！老师说，偷东西都是'小时候偷针，长大了就会偷金'。不过粉笔还是归我了。"

这是我们在学校里第一次听"小偷"说这种话，后来又听过差不多四百次。当时我们像是要揍他的样子让"小偷"害了怕。他走在我们一大群人前面，一直走到红色大校舍后面，我们蔑视的眼光填满了他和我们之间的空隙。有架梯子直接架到了金属板搭起的屋顶上，因为风的吹动，那架梯子摇摇晃晃的。

"敢不敢打赌，我会爬到最上面，在屋顶上画个十字?""小偷"高喊道，他边说边已经往上爬了几级。

"疯了吧你!"我们中的几个喊道。

我们坐在草地上，眼睛跟随着他那陡峭的攀爬。他像只愤怒的小狗，握成拳的手像牙齿一样咬着梯子的横档，他越爬越高，我们心里清楚他害怕极了。越到高处，他就爬得越慢，希望上课铃声会响起。我们让他爬到了梯子的四分之三处，然后大喊老师来了，四分之三这个高度是对偷东西的惩罚。

之后便一切照旧，课间早餐时，他可以坐在走廊上那张我们共坐的长条凳上，和其他人一起吃三明治。女生们坐在另一张长条凳上，我们会把三明治的包装纸扔在那张凳子上。只有西维特没地方坐，大多数时候他就站在窗边，用铅笔在白色的窗框上画着别人看不懂的图形。在他跑到操场往白桦树上扔石头时，我们便全都跑到窗边看他画的那些东西。我们心中充满了一种莫名的怨恨，希望老师能来看看西维特干的好事。

课间早餐时，我和我一个要好的同学英格总是坐在一起。他父亲是种菜的，或许这就是为什么他的三明治里总是夹着黄瓜，他讨厌黄瓜，但在家里又不敢说出来。而在我家，大人们觉得腌肉是我那时认为最好吃的东西，因为只有去斯德哥尔摩我才会有腌肉吃，可没人知道，我经常把腌肉片塞在学校食堂一张没有人坐的长条凳里。本来我们俩可以交换一下吃的，可我不喜欢黄瓜，我那同学也不爱吃腌肉。所以我们就决定把黄瓜和腌肉片扔到靠墙的那张长条凳后面，随它们掉落到地上。整个秋天和冬天，我们都把黄瓜和腌肉扔到那张长条凳后面，在放学回家的路上，我们经常想，如果挪动一下那张长条凳，腌肉和黄瓜是否会流淌成河，淹没整个学校。不过我们从来没敢挪动那张长条凳，反而一直小心地设法往它后面扔别的三明治夹料，这样它才能尽量保持平衡，稳稳立住。

可就在那个星期，轮到我打扫教室。于是我留在了最后，我打开窗，拿出黑板擦，就在擦黑板上面的涂涂画画时，我被一种可怕的欲望攫住了——我要看看我们的那张长条凳后面到底变成什么样子了。一想到马上会看到的情景，我简直想吐，好几次走到走廊时，我都吹一声口哨便回了头。为了推迟最后下决心的时间，我朝老师的讲桌扔粉笔头，接着是桌子后面墙上的胖子古斯塔夫·阿道夫[1]。然后我又在教室里转圈，掀开女生们的课桌，在她们的东西里一通乱翻，既觉得好奇，又为没偷东西而自豪。但最后必须要离校时，我实在忍不住了。我差不多是把那张早餐长条凳从墙边拽开，等着听腌肉和黄瓜掉落发出的闷响。可整个黑漆漆的教学楼里连个啪嗒声都没有，我跪下来把墙整个都摸了一遍，本以为手会碰到滑腻的东西，但只摸到光秃秃的木头。长条凳后面根本就没有我们的三明治夹料。

第二天早上，趁家人没注意，我多装了一小袋腌肉，起码有十几片。吃早饭的时候，我把这些腌肉全都倒在长凳后的墙边。等到全校只剩我一个，我坐在老师的讲桌前，假装是在监考。我已经把天花板上的灯关了，坐在那里装作在闻预祝考试成功的花香，这花通常

---

1　当时的瑞典国王。

都是我和同学们去森林里采摘的。就在这时，我突然听到走廊里传来急促的脚步声。我吓呆了，以为自己坐在老师讲桌边做了不被允许的事。可脚步声在教室外面停住了，我松了一口气，站起来假装在黑板前擦黑板，以防有人进来。然后，我听到那张早餐长条凳被挪动的声音，凳子拉出来又被推回去时摩擦着地板，发出吱吱呀呀的声音。接着，是一阵脚步声，朝着靠外面的窗边走去，那靴子嗒嗒地响着，即使这人停下时这响声还在。于是我打开教室的灯，跑到门边，门打开时灯光照进昏暗的走廊里，我看到西维特站在那里，俯身向前，正贪婪地吃着手里的腌肉和黄瓜。他看起来饿极了，脑袋狂乱地摇动着，仿佛一条狗在撕咬着肉块。这个冬天积聚在我心中的一切：秘密的欲望、压抑的想法、用不上的知识、对有经验者的羡慕、似懂非懂的内疚，它们全都同时猛烈而沉重地朝我的内心压过来，直到我禁不住大叫一声：

"你这该死的小偷，你这该死的小偷，你这该死的小偷！"

接着，我追着西维特穿过漆黑的走廊，跑到楼梯上，西维特摔倒在雪地里，打着滚，我迅速跳到他身上，用膝盖顶住他的肩膀。很快，几个正朝着学校地下室窗户扔雪球的男孩跑了过来。

"他刚偷过东西，他刚偷了我和英格的东西!"我怒吼着。

我们一起把他瘦长的身体翻转过来，其中一个人坐在他的腿上，把鞋带从他靴子上扯下来扔进雪里，另一个人把他的袖子拉上去，让空中的雪掉落在他的皮肤上，还有一个人用手揉搓他裸露的胸膛，而我则解开他衬衫的扣子，用尽全力把雪塞进他的后背。他的眼睛被雪盖住了，嘴巴也被雪塞满了。突然，我们像是听到了某个秘密信号，一齐跑上了楼，把他一个人留在原地。我兴奋地跑进教学楼里面，觉得身体忽冷忽热，走廊的地上到处是黄瓜和腌肉的碎屑。我推开一扇窗户，摸了摸手中这些像青蛙一样冰冷的碎屑，带着一种难以形容的厌恶，把它们扔到了雪地里。

我又走进教室，还是觉得身体忽冷忽热。一种从未体验过的压迫感在我体内膨胀着，我觉得自己正在慢慢接近爆炸，于是我在教室里四处游走，掀开每张课桌的上盖，想弄明白接下来要怎么做，但只是徒劳。我只好坐在班里块头最大的那个女生的凳子上，用粉笔在她的课桌盖下面画了一个龌龊的图案。

最终，我内心的法官（他的年龄肯定不止九岁）告诉我，我的行为是多么懦弱。难道拿了我们丢弃的东西就算偷窃？我心里尽管还是不服气，但这信念慢慢在瓦解，于是我关了灯离开学校。我在外面的雪堆里找到了西维特的靴带，把它们放进口袋里。为了避免与我内心的法官独处太久，我在回家的路上走得飞快。突然，我看到西维特就在前面，正把一块冰从路的一边踢到另一边。

"喂!"我喊了一声，又在他肩膀上拍了一下。

他便走到路的左边，边走边往路边的排水沟里看。但我想再次对他示好，于是走近他，对他说：

"你想吃三明治吗，西维特?"

他却走到路的右边，好像我根本不存在似的。

"你想吃三明治吗?"我又大声说了一遍，他没有回答。

这个唯一能把我从之前所作所为的耻辱中解救出来的人令我感到绝望——我当时觉得这将是终生的耻辱，可他不想帮助我，于是我紧紧地勾住他，把全身的力气都倾泻在他身上，我用尽全力只希望最终能听到他大喊一声："滚蛋!"这样我至少可以对自己说："我是想示好的，但他却让我滚蛋!"

可他就让我那样勾在他身上，任由我摆布。于是我便把他推倒在路边的雪地里，希望自己可以说："我本想示好的，可他却打了我。"然而西维特却心甘情愿地被推倒在雪堆里。我对着他身上能打的地方一通拳打脚踢，在他紧闭的双眼上方大口地喘着气：

"你这该死的小偷你这该死的虐待动物的家伙你这该死的小偷你这该死的虐待动物的家伙。"[1]

但一切似乎都发生在别人身上。在这种纯粹的绝望之中，我从西维特身边离去，一路跑啊跑，在离教堂还有一半路程的时候，我突然放声大哭。大概我是一路哭回家的，因为我什么也看不到。我闻到空气中农民们正推着板车在田里播撒肥料的味道；我听到钟声，那钟声像一只蓝色的鸟儿飞过暮色深沉里整个雪白的平原；我还知道，冬日的白雾下，林间飘出了几缕炊烟，因为此时正是时候。第二天，磨坊主的孩子们告诉我，他们当时正站在他们父亲的那棵挪威枫旁边，邀请我和他们一

---

1 原文即无标点。

起回家，去麦草垛里玩"草埋人"游戏，可我却没瞧他们一眼。而事实是，我看不到他们。

我的冰岛毛衣呢？

没错，我受到了绅士般的迎接。乌尔里克穿着镶边皮靴，戴着他最好的那顶宽檐帽，神情忧郁地望向车站广场。他还佩戴着黑臂纱和黑色蝴蝶结，那匹马在他身后的花坛里嗅着花。此时我终于可以坐上这种轻便的双轮马车了，小时候我还从来没坐过。因为父亲去世了，我才会得到绅士般的待遇。若非如此，我只能一路走回家，让鞋帮沾满泥土。当然，母亲的葬礼我也无法忘却。

情形和此时一模一样。乌尔里克看到我从那节车厢上下来，却也没来接一下。我两只手都被花圈和装了烧酒的袋子占满了。花圈我本来可以托运的，可鬼才知道会发生什么。我记得很清楚，那次托运母亲的花圈的遭遇，它们最后被放在铁轨边整理了一番，所谓的整理只不过是哄人罢了。在葬礼上，我只能为眼前这一切感到羞愧。我把缎带摆在花朵上，这样就没人能看到花朵原来那副样子。有人认为事先对铁路工人说明情况应该有用，真是异想天开。我能做的不过是自责，然后像个混蛋一样站在那里。

一切都没变。不过乌尔里克——小时候被人叫作卢里克——现在至少会打一个像样的招呼了。他把手举到帽檐，微笑着跟我打了招呼。他看上去还是像个乡巴佬，但还能有什么期待呢？每逢周六都喝得醉醺醺的铁匠在我面前停下来，想聊两句。他看到袋子里装的东西，便说了句："请节哀顺变！老人家走得太突然了。前一天看到他还很精神，可现在竟去了天堂。"父亲晚年酗酒，这我都知道，但铁匠不该在车站前提到这些。我不知道铁匠有没有被邀请。他最近常和父亲一起喝酒，但这并不值得被邀请。

该死！黑臂纱歪下来了。上次葬礼我弄丢了黑臂纱，那是个周六，我在外面喝得烂醉，回家后黑臂纱就不见了。哀悼时衣服上少了它倒也没什么关系，可在喝酒的时候把它弄丢却糟糕透顶！即使葬礼已经过去了一个月，我还是觉得很沮丧。妻子这次买的黑臂纱太大了，要么就是我瘦了，鬼知道是怎么回事。反正此时黑臂纱掉到了手腕上，而且某种程度上看上去很土。

还有乌尔里克，乌尔里克的待人之道就是这样，即使你放下提包，想和他握手，他都不会跟你握。他也不说话，即使跟他打了两次招呼，也不会得到回应。在他还是卢里克的时候，就一直这样固执而暴躁。

"看好花圈，哥哥。"我拍拍乌尔里克的肩膀说。不管怎么说，大家都算是兄弟，不应该无谓地生气。当然，放花圈的纸盒放在后座下面正合适。不过放酒的袋子就得我自己拎在手里了。乌尔里克拍了一下马。布兰达，这匹该死的马转过身来，嘴里塞满了石子和花瓣。"把袋子放下吧，小子。"乌尔里克说。但大家都知道母亲的葬礼上发生了什么事，弟弟塔吉自告奋勇地帮我搬运装酒的袋子，结果袋子撞到了门柱上，两瓶酒都碎了。我只好在炎热的周六下午跑出去买烧酒，所以这次我坚持要自己拿着袋子。

老家倒是挺暖和的。"最近下雨了吗？""没有，至少一个月没下雨了。"不得不说，十月的天气着实不错。乌尔里克说："那些卡片寄得晚了一点，不过一切都还算顺利，不是吗？"

那些卡片。马车经过银行、医生诊所和高尔夫球场旁的咖啡馆，这是弗丽达工作的地方，弗丽达人不错。我经常从后面那条路穿过，来这间咖啡馆喝咖啡、吃东西，只要店里还有咖啡和吃的，就都不用花钱。弗丽达在的时候，总是能省下钱。乌尔里克说："现在还有时间，不用太着急。"卡片、致哀信，乌尔里克本来是可以早点写好的，他平日沉默寡言，写东西也同样惜字如金。

上周日致哀信不期而至。那天我在索尔瓦拉赛马场待了一整天，赢了一百五十克朗，这种情况多久才能发生一次？如果当时不是特别清醒，倒是可以拿这个借口原谅自己。致哀信，妻子已经把它放在电表上了，我一进门她就开始不停地打量着我，看我如何第一时间拿起它。就像母亲去世时那样。不过那时先收到了一封家常信件，是住在疗养院里的妹妹莉娜寄来的，所以我平心静气地打开了信，但反复读了又读，过了好一会儿才明白发生了什么。直接收到死亡通知书的感觉有点蒙，而且宿醉并未全醒。妻子忍不住还是说起这些，也得到了预料中的回答。我说："好吧，你说说，我家老爷子尽管并不是完全不贪杯中物的人，可谁知道真相，说不定他死的时候是完全清醒的呢?"整件事我还是觉得有点不真实,如同在母亲的葬礼上,我为了答谢宴出门借烧酒,傍晚回来时心情好了不少,在整个下葬过程中都有点醉意朦胧。

妻子说:"衣服你已经有了,黑臂纱,当然得买,原来那块你上次喝醉的时候弄丢了。"在死人的日子里听这些话真是够了。

我说:"听说村里的事务官[1]家的屋顶被人弄塌了。屋顶竟然被弄塌了。事务官本人此时应该正坐在一片空地上,抽着烟斗,手里拿着一张纸。我上次回去的时候,他已经添置了一把椅子。现在他可能正盯着消息,想看看是谁把他的屋顶给弄塌了。不过这还不是大事,因为地区司法官遇到的情况更糟糕。"

"有辆车超过我们了,是一辆全新的雪佛[2],崭新崭新的。"我对哥哥说,虽然他并不知道雪佛是什么,也不太可能知道雪佛兰是什么。哥哥挤出一句话:"莉娜太不幸了,她这次都没法回家。"是的,莉娜这个小妹

---

1 Fjärdingsman,是瑞典社会 16 世纪开始延续到 19 世纪的一个半军事基层管理职位,主要负责募兵、治安以及道路畅通等。

2 当时瑞典把雪佛兰新出的一款车称为 Cheva。

妹确实很可怜。她有一些特别之处，不像卢里克，固执又爱发脾气；也不像姐姐莉迪亚，自从嫁给市场上那个卖收音机的商人以后，就变得傲慢又自大，每逢星期天都会穿一身传统服饰跑来跑去，像是中了彩票似的。她们可都是我的亲姐妹啊！我知道莉迪亚看不起别人，也清楚地记得在母亲的葬礼上，她因为我在葬礼当天早上犯了一点小错而呼喝不止，全然不把我这个弟弟放在眼里，也不考虑后果。但有时候，她也不这样。莉娜是另一种情况，她更像另一种人，不害怕开口说话，也完全不高人一等，看不起人，她从没那样做过。可她到那个混蛋伦德博姆家工作后却得了肺炎，而且全是因为那家伙连房间里都舍不得生火。给这种蠢货当女管家，简直是倒霉透了。

那辆雪佛在"游客"酒馆那里掉头回来了。人们大老远从镇子里来，就是为了在"游客"酒馆喝喝酒。我想我晚上可能会出去，尽管我仍记得母亲葬礼上发生的事，以及事后没完没了的责骂——各种指责和怨怼。雪佛放慢了速度，这倒不是因为我们的马受到了惊吓，布兰达曾经在军团里给下士们拉炮车。马车停了下来，汽车也停了下来，我侧身站起来，有人摇下车窗，伸出头来，原来是面包师霍尔姆格伦。比起母亲葬礼的时候，他的头更秃了一些，但快乐的鼻子还和从前一样。他的脸色也红润了一点，但可能是晒的。应该是。

面包师说："我对你们失去亲人深表哀悼。"可他看上去还是一副高兴的样子，"你父亲真是太不幸了，不过要是你今晚没事，就过来坐坐吧"。面包师继续说："克努特，你不是每天都会来这地方的。""自从母亲的葬礼后就没来过了。"我一边说，一边想在脸上挤出点悲伤的样子，但一想到和面包师一起度过的快乐时光，这就不那么容易了。夸张点说，我和面包师一起喝过的烧酒足够让人醉上半年。"再说吧，再说吧。"我回答说，不想在乌尔里克在场的时候答应这事。乌尔里克拍了拍马，挥舞着鞭子，马开始小跑，然后一阵颠簸。烧酒袋子还是牢牢地夹在我两膝之间，并不会有太大的危险。雪佛也开动起来。

"好漂亮的车。"我说，不禁有点好奇面包师是怎么做到开上汽车招摇过市的。上次他还跟我借了十克朗给他妻子买鞋。她已经三天没出门了，至少他是这么说的。不过鬼知道是不是真的，面包师太能信口开河，除此之外倒是个不错的人。

乌尔里克说:"他先是靠赌博赚钱,然后又中了彩票,所以现在可能很快就会喝死自己。"听起来像是嫉妒。心怀不满且嫉妒成性,这就是乌尔里克的一贯作风。他挥着鞭子坐在马车上,布兰达慢慢地向"游客"酒馆走去。在"游客"酒馆外面,停着酿酒厂的卡车。"家里有啤酒吗?要不停下来买一箱?"我问。然而乌尔里克突然狂躁起来,他挥动马鞭,在马屁股上用力抽了三下,那马便往桥上跑了几步。他说:"就连自己父亲死了这种时候,你都不能想点别的吗?!除了啤酒和烧酒,你脑子里还有别的东西吗?!"我当然可以肯定地回答他。我甚至可以提醒他我给父亲寄了八年之久的烟钱,而且有了妻子以后,母亲不知收到过多少长裙!这就是我脑子里一直装着的事!况且提出买箱啤酒也只不过是出于好意,因为我还记得那次母亲的葬礼到最后只剩下水,这让乌尔里克和我都感到羞愧。如果必要的话,这点我也可以提醒他一下。

但旧事重提不是我的作风,母亲留下的房子他们是怎么处理的谁还不清楚吗?这个季节小河里没什么水,石头裸露出来。我们轻松上了那个坡,无论如何,布兰达可真能跑,它也是父亲所购置的东西之一。乌尔里克此时正在琢磨着什么问题，一副有话要说又说不出口的样子，但最后还是说了出来，就像吐出一块鱼骨头那样："最近和妻子相处得怎么样？和伊琳达？"

天真的问题需要天真的回答。我说："她感冒了。"我还告诉他，她骑车的时候裙摆被自行车后轮夹住了，所以她狠狠地摔了一跤，扭伤了胳膊。除此之外，她的日子过得很惬意。"你也得过上好日子！卢里克！"他明白我是什么意思，他不傻，从来都不傻。他知道这点，家里人也知道。不过莉迪亚很早以前就对他不抱希望了，除了她还有她丈夫，那个开着货车到处跑，骗人买收音机的胖子。他是做什么生意发财的，我们都不想说了。当然，如果有必要，我还是会大声说出来。

乌尔里克又沉默起来，不知道他在想什么。他一直还算精明，精明且心怀不满。卡尔森咖啡馆的花园里装了些遮阳伞，格林小木屋有了迷你高尔夫球场，可以打球打到傍晚。如果他对父亲的事耿耿于怀，或许是因为心中已有了答案。父亲从不会责怪任何人，我记得母亲葬礼时他的样子。葬礼之后，傍晚时他对我说："到我房间来，儿子，别让任何人看到你。"然后，他从梳镜柜的抽屉里拿出两个杯子和自己存的白兰地。

于是我们父子俩便挨着坐在沙发上，啜着杯中酒。父亲说："小子，我喜欢你。你不吝啬，也不傲慢。"父亲总是很公允，也很能慧眼识人。他一般是不会喝醉的，尽管那时他已经七十二岁了。现在父亲死了，我回家还能做什么？

不过这会儿也许该让乌尔里克高兴起来，因为让他开心的事并不多。他一个人待在农场，不去寻找爱情。女管家也走了，他们说是在母亲死后，父亲对她不好。别人总是多嘴多舌，事实上，母亲去世后他们要女管家干什么？她躺着什么都不做，只顾自己。而父亲到最后还能四处走动——他都那么老了，还能做点农家菜，把一切都料理得很好。幸好乌尔里克留下那个干农活儿的帮工，否则，不管别人怎么称赞乌尔里克有多强壮，他也无法独自支撑农场。

到了村子里，就是我所谓的家，几乎看不到一个人。有个拎着纸袋的高个子男人站在路边，等到我们的马车经过才离开。我猜他可能是个流浪汉，因为我们过去后，他就穿过栅栏门进了彼得森的商店。不过，他可捞不到什么好，因为彼得森不会为一个流浪汉掏一分钱。此人十分吝啬，和村子里的每个人都差不多。可父亲就不一样了，要是家里来了流浪汉，都会有吃有住。当然那是因为他想有人聊天，父亲是个快活的人。而乌尔里克不一样，乌尔里克总是一言不发。所以，母亲的葬礼结束后，我们坐在房里时，父亲说："如果想在这屋里喝一杯，你得偷偷去拿。"虽然乌尔里克不会说什么，但他两眼会直瞪着你，眼中冒着火。要想从他嘴里挤出一句话，得真惹他发怒才行。

那是我这辈子最后一次和父亲说话，所以记得很清楚。他们大概都知道，父亲不是那种不正眼看人的人。乌尔里克曾是多么出色啊，自我进了城之后，每次回去他都让我吃得饱饱的。他为三个人的生活操劳，而我却在城里享乐。除了生气的时候，他从不说脏话。他也不抽烟，而且从那一年起就不喝酒了。那年父亲过七十大寿的时候，父亲和我把一些烧酒倒进普通饮料瓶里，然后又倒进乌尔里克的杯子里，乌尔里克正好口渴，以为是饮料，就猛灌了下去。接着乌尔里克像快要死了一样，跑出去在草坪上狂吐，回来以后就像条农庄犬一样对我们狂吼不止。不过有时他也沾几滴酒。

这时，我们遇到了那位新来的校长，人很固执，他几乎没有脱下过帽子让自己舒服一点。我听乌尔里克说，我们那个时候的老校长雅各布，如今已经死了，是坐在花园的椅子上死的。乌尔里克说："老人都死了，先是母亲，然后是管磨坊的约恩松，他去年秋天在磨坊下的小河里淹死了。记得广播里说：'磨坊园地区，八十二岁的前磨坊主埃洛夫·约恩松于周二晚上溺水身亡。'同一周，一位老太太在高速公路上被车撞死，不过没人认识她。"乌尔里克继续说："雅各布和史丹伦都是得了癌症，死于济贫院，然后是父亲。"

一个骑自行车的人从身后跟上来，按了下车铃，乌尔里克放慢速度，把马车驶向路边。他把帽子往额头上推了推，环顾四周，往身后也看了看，又盯着路两边看了看。好像只剩我们两个人，可以谈谈父亲了。乌尔里克现在真的想说话了，这情形并不常见，记得只有几次。一次是维克伦德的公牛失控，用牛角顶断了弟弟塔吉的肋骨时，他整晚都在谈家人受到的伤害和相关法律条文，大家都吃惊不已。乌尔里克这么能说话，这在当时可是件新鲜事。还记得母亲下葬时，乌尔里克也说个不停，人们还以为他永远也停不下来了。

"他那天去找护士，"乌尔里克说，"你知道，父亲经常有点聋，那天他一起床就对我说：'乌尔里克，今天，就是今天，我得去护士那儿一趟，趁我还没完全聋掉。我一整个星期都没听你说过一句话，乌尔里克。'然后他像以前那样，上午骑着自行车出门了。我要去铁匠那里取犁，所以正在给布兰达套马具，看到他骑着自行车过来。我便隔着马厩的门朝他喊：'爸爸，你能等我一起走吗？我要去铁匠铺，离护士站也不远。'他已经一年没骑过自行车了，有一段时间，他的腿跨不上去车架，他得了风湿。父亲说：'你别管，还没到那个地步，我骑这么点路还是完全可以的。'于是我就让他去了，尽管有些担心。等我到了铁匠铺，铁匠正站在院子里，我驾车进了门洞，他冲我大声喊：'你怎么敢让你父亲一个人跑那么远？'我说：'远？去护士站算远吗？''护士站？'铁匠说，'我去买东西，顺着码头往回走时，在莫恩街遇到了你父亲，他走路摇摇晃晃的样子，很容易出意外的。'我马上就意识到他是要做什么了。铁匠就住在莫恩街上，我知道铁匠是不会拒绝喝酒的人，跟谁喝酒他也不在乎。然后我仔细回想了一下，父亲出门时外套看起来确实有些鼓鼓囊囊的。我带着犁便往回赶，到家之后，我径直去他的卧室查看了一下梳镜柜，但上了锁，钥匙也不见了。我心下起疑，我以前就怀疑过，但从没想过去偷偷查看梳镜柜。后来我就一直站在棚子里修理几个锄头和马铃薯耙子，再过一个星期就能收马铃薯了。我一直把门开着，这样就能不时地看看外面路上。但午饭和三杯咖啡后，父亲还是没回来。我们请的那个帮工一直在柴堆附近转悠，一副很可疑的样子，我想他可能知道是怎么回事。"

"我骑上自行车，沿着村子往北走，一路上一个老头都没见到。"乌尔里克继续说，"为保险起见，我去了一趟护士那儿，她打开门接待了我，我很开心，因为她说父亲确实来了。他至少没有撒谎，这让我心情好了不少。但当我走进护士工作间时，却看到父亲躺在床上，头被包扎了起来，正打着呼噜。我担心起来，看着窗外。护士说父亲是骑车来的，当时身上有不少伤，情况很不好。护士看见他摇摇晃晃着从坡道上摔了下来，就在他身后，面包师霍尔姆格伦正开着汽车，幸亏面包师及时刹住了车，还帮我把他抬了进来。他那个样子能骑上自行车真是个奇迹，他已经喝得大醉了。"

乌尔里克接着说道："人人都觉得父亲就在我身边，我应该能阻止他喝醉酒。现在莉迪亚和她丈夫又添了可以数落我的话柄。"我还记得他们两口子在母亲的葬礼上是怎么咒骂我的，因为我很有风度地说明了自己的理由。看起来乌尔里克还有话说，因为他放松了布兰达的缰绳，让它信步走着。他已经无力再把车赶快一些，这确实有点不寻常。

乌尔里克又开了口："我问现在怎么办，护士摇摇头，说他可能需要休息几天，要是我想把他带回家，她第二天上午会来家里看他。眼下是马铃薯和其他作物收获的季节，让护士的工作间一直弥漫着烧酒的味道确实不太好。[1]我骑着自行车回家了。护士站楼梯外面停着父亲的自行车，已老旧不堪，但看起来还能骑。我一直等到天色暗下来，因为我不想让父亲成为全村人的笑谈。然后我把平板拖车挂在马车上，回到护士那儿，我和护士抬着他出来时，父亲还是不省人事。回到家后，帮工咧嘴笑了一下，我们把父亲放在沙发上。我没有力气给他脱衣服，于是给他盖了条毯子，然后出去挤牛奶，把几匹马拴好。晚上有人来取牛奶时，大家都知道了父亲的事，他们一脸坏笑地说：'你父亲一直离不开酒，不过，在他这个年纪……'我不止一次听到他们这

---

[1]　那个年代有人用马铃薯酿私酒，这在瑞典是违法行为。

么说。所以，为了父亲，我有很多事情要忍受。晚上，我好像听到他房间里有些奇怪的声音，于是便起床用火柴点了一盏灯进去看了看。我心里很怕，于是又打开电灯，父亲已经死了。帮工马上去找护士，但她只是在房间里和爸爸单独待了几分钟，然后出来对等在厨房里的我们说，事情发生得太快了，真是不敢相信。"

此时我们的马车路过护士站，她并没有站在窗口盯着我们看。父亲上次来，从车上摔下来并昏迷的时候，她就是站在那里。正是在这条路上，雅各布家的篱笆外面。我小时候在这条路上跑过无数次，在那些坑上踩踏过无数次，也在冬天摔倒无数次，就在那个地方，那个人们一直说的地方，父亲骑自行车摔倒了，并撞到了头。乌尔里克扬了扬马鞭，布兰达就像脱了缰那般飞驰起来。但到了转角的那家旅馆，他又让马停了下来，从这里看着护士站的白房子和雅各布家的篱笆之间的那一小块路面，仿佛是在注视父亲的坟墓。这块路面让我意识到父亲已经离开了人世。

旅馆对面就是墓园，殓房的门此时正开着。母亲下葬时，从路上是看不到殓房的，当时是七月，挪威枫遮住了它。在墓园围墙的起始处，乌尔里克放慢速度，摘下帽子，把它平放在膝盖上，直到经过教堂[1]。乌尔里克总是很有主见，就像以前经过殓房时，他会帮父亲摘下帽子那样。这时有人过来关上了殓房门，父亲此时被关在了里面，但我这一刻的感觉与刚才看着那块路面时的感觉不太一样。而且很奇怪的是，想到父亲时的感觉也不同了。父亲是个充满活力的人，所以一般想起他时只会是和他在一起的快乐时光。母亲葬礼当天早上，乌尔里克用自己的剃须刀给父亲刮胡子，父亲高兴得差点哭出来。他说："乌尔里克为我做了这事，虽然乌尔里克才不管刮胡子时我会不会因为颤抖而被割到喉咙。"

此时乌尔里克坐在那里看着膝上的帽子，现在要想把那顶帽子从死者的头颅上摘下，就只能撕开它才行。刚才路过的旅馆里有个我曾经认识的姑娘，叫伊尔玛，她人挺聪明。很多个夜晚，我们在旅馆后面的树林里见面时，她都会用餐巾包一些旅馆的食物带过来。所以那些日子我过得很开心。可后来伦德夫人来了，我们的事情便告吹了。伊尔玛和一个在旅馆住了四天的中尉走了，姑娘直截了当地对我说："天下没有免费的午餐。"

---

1　瑞典的墓园都在教堂旁边。

我承受了很多痛苦，但也不是没有回报。

乌尔里克戴上帽子，戴上了曾是卢里克的帽子。他戴帽子的时候，我们正驶过墓园的最后一座坟墓。布兰达被拍了一下，站定在坡道下的亮光处。铁匠正趴在墓园栅栏门上，看起来醉得不轻，只有一丝意识尚存。马车路过那条我小时候以为可以钓鱼的小溪，再经过牧师住所，远远地可以看到我家的农场了。我对乌尔里克说，要不要把花圈拿下车，但乌尔里克一点也没有想要回答的意思。他此时一脸不快，胡子都垂了下去。这时我发现院子里有辆车，然后那个家伙，莉迪亚的丈夫，从台阶上下来。他穿着白衬衫，当然还抽着雪茄。我家屋子很小，每次回家都会觉得它更小。在母亲的葬礼上，我就已经觉得这小屋本身已经小得可怜，现在缩得更小，何况它本就不宽敞。

乌尔里克也在一旁盯着那家伙瞧。他可能是在想：好好看看吧，这是你最后一次被允许免费盯着我的房子看。当马车往里面驶进去时，莉迪亚的胖男人打开了大门，还打了个招呼。于是我把装了酒的袋子递给他，下车时我拍了拍胖子的肩膀。可那个收音机商人却像被马蜂蜇了一样跳了起来，拿着袋子就走开了。当然，他以为我又喝醉了。或者是他的衬衫太白了，只有体面的人才能碰。乌尔里克把马车拉到井边，让布兰达从桶里喝水。我可不想跟在屁股后面去追收音机商人。我觉得胖子可以走慢一点等我，而他竟真的慢了下来，不过只是为了能够吹嘘一下他的汽车。

"对，我现在有一辆新车，是一辆六座车，庞蒂克，跑业务的理想选择。"他一丝不苟地说着，好像我问过他似的。

这个混蛋的生意挺顺利。到了小门前，他终于像是想到了什么，于是打开门，安慰般地对我说了句节哀顺变。莉迪亚走出来，站在台阶上，她胖了不少，这次没有穿成像中了彩票那样，但也不是家常打扮。她使劲抱住我，我觉得自己的脊椎都要裂开了。她把头垂在我肩上，不住地打嗝。她丈夫就站在边上，瞪着眼睛，仿佛在看马戏表演。后来我终于进到屋里，刚进门我还觉得一切和往常一样。父亲的衣服还挂在客厅里，柜子上放着那顶学生帽，顶部凹了进去，落满了灰尘。走进厨房时，我并没有察觉有什么不对劲，但站在厨房里听到莉迪亚打嗝的声音，越听越觉得厨房空荡起来。卧室的门没有打开，父亲也没蹒跚着走出来，后面也没有拖着皮带。还有墙上的日历，父亲离开后就没人管它了。上面的日期是 10 月 8 日，看来那天早上他也没忘记撕日历。莉迪亚又打了个嗝，乌尔里克去关上了马厩的门，收音机商人不知所措地站在房中央，手里还拿着装酒的袋子，他可能以为里面装的是枚炸弹。人们说，如果有不幸的事发生，就会觉得房子里空空荡荡，会觉得少了些什么东西。确实如此，我心里说了一句。

突然莉迪亚像是被拔掉了身上的一个塞子，她开始真的哭起来。她坐在厨房沙发上，从手提包里拉出一条手帕。收音机商人拿着装酒的袋子说暂时把它放到地下室去，可能还同时念叨了一句酒瓶数量已经清点过了，让他做这事是大材小用了。莉迪亚此时倒是需要有人安抚一下，她泪花四溅，最后已经不能自持，特别是当我靠近她身旁时，她便直接把头靠在我肩膀上。哭声最终还是停了下来，莉迪亚开始说话，也能走动了。莉迪亚说："现在我们的情况开始好转了，也终于可以接父亲来住，或者在钱财等方面帮衬一下，他难道不应该好好活下去吗？"听起来她真的很生气，因为父亲太不配合，在莉迪亚还没来得及照管他的时候就死了。

或许莉迪亚很"可怜"，真是太"可怜"了，我是这么对她说的："你的运气一直不好，莉迪亚。当你终于能给母亲在疗养院找到床位的时候，她死了。现在你终于可以把父亲接到你那里，他也死了。"我还说："莉迪亚，有些人就是运气差，这很奇怪。而当你运气好到可以借钱给别人，能让你侄子英格维进学校读书的时候，他也死了。"

而莉迪亚呢，莉迪亚此时不再打嗝，她瞪着眼睛，眼神中充满了怒气，显而易见的怒气。她迅速起身，走出厨房，一身肥肉在怒气中晃荡着。她出去抱怨了一番，告诉收音机商人她兄弟是个暴脾气，所以最好别理他。我走进父亲的房间，关上门，不想有人打扰。两年前的夏天，我和父亲在这里度过了最后一个属于我们俩的夜晚。屋里不通风，弥漫着灰尘的味道，那个沙发就是我和父亲曾坐在一起的地方。当时窗户是开着的，不过父亲去把它关上了，说万一有人在偷听呢。父亲是个有些多疑的人，这点乌尔里克说得没错。我此时坐在这里回忆起当时的情景，感觉很奇怪，我曾以为自己再也不会进到这屋里。母亲葬礼那天大家曾围坐在一起的桌子上，放着一份本地报纸，上面有父亲的讣告。版面很大，乌尔里克肯定花了不少钱登讣告，他不想显得吝蔷。但我还是记得他上次如何被人责怪，因为母亲的讣告小到看不见。那么小的一块，得用放大镜才能看到。尽管乌尔里克辩称自己也不知道讣告上了报纸会是什么样子，但大家认为就是吝啬，没有别的。

"原来你坐在这里。"乌尔里克打开了房门，看上去一脸疑问，可能以为我把自己锁在屋里独自喝完了一瓶酒。莉迪亚大概也是这么想的，不过她的眼睛只看了我一下就避开了，她一直不能忍受和我对视。他们不是来找我的，而是来找父亲的钟，父亲那只布谷鸟钟，那是他年轻时自己雕刻的。钟就挂在他的床头，他一直以此为傲。第一次来家里的人，都会被先领进房间，看看父亲的这只钟。父亲还总是自己给钟上发条，他把那个上发条的旋钮锁在梳镜柜里，这样就没人能拿到。只有在小时候，父亲表示对我们的喜爱，才会允许我们上一次发条。父亲喝醉的时候会说，你要是敢上发条，小混蛋，那……

因此莉迪亚不可能是来吹嘘她曾给布谷鸟钟上过条的，乌尔里克也不是，这时候没人会想到做这事。乌尔里克对莉迪亚说：如果想听我说，不管你信不信，父亲的钟就在他去世那晚停了。乌尔里克说，钟就停在那一刻。我们在场的三个人都看了看钟，是一点半，准确地说，是一点二十分。

莉迪亚对自己的身体不太上心，母亲的葬礼过后，她就开始发胖，现在几乎进不来房间的门，不过终于还是进来了。她进来后站在父亲床前，说如果乌尔里克不能把钟修好，那么就让她丈夫尼斯来修，他能修好。"尼斯的手很巧。"她早已经开始故作高雅，几乎不会用尼斯这个名字来称呼丈夫。如果有机会再见到她，她肯定会称丈夫为约翰森先生。不过，乌尔里克和我互相看了一眼，在这一点上我们的想法是一致的：如果这只钟正好在父亲去世时停了，那么至少在葬礼之前不必让它再动起来。

现在，厨房里的食物已经准备就绪。这几天，邻居家的大女儿被借给乌尔里克帮忙，姑娘看起来不错，长得像弗丽达最美的时候。她站在灶台前翻动平底锅的时候，我上去轻轻地碰了一下她的胳膊，却被莉迪亚看到了，这让我觉得不舒服。邻家姑娘没有和我们一起上餐桌，我们吃东西的时候她就坐在沙发上看报纸。本来想小酌一杯，但收音机商人看起来没什么兴趣，所以也就没有提起。大家开始都不说话，似乎没人想说什么，见没人说话，我便说了句："尼斯买的这辆车真不错。"

尼斯起了兴，眼看大家就要一起喝上一杯时，莉迪亚却发话了，可恶的莉迪亚毁了一切。因为她觉得坐在这里的某人是在胡闹，她还加了一句，有些人就只会把钱都花在酒上，尽管她所说的那个人从踏进这家门起还没提到与酒有关的任何一个字。我已经当众感到尴尬过很多次了，但被一个没权让我难堪的人弄得难堪，心里烦躁极了。邻家姑娘没有从报纸上抬起头，尽管她听到了这些话，而且这是个什么情况一眼也看得出来。我越来越觉得这一晚待在家里纯粹是在找不痛快。有些话还可以回应一下，比如提到曾给父亲寄了长达八年的烟钱，还给母亲寄过衣服。如果有人开始算具体的钱数，我可以拒绝回答，说数字不清楚，不然可就没完没了了。

饭后我去了地下室，乌尔里克把保存花圈的箱子放在那里，地下室的地板上还有几个花圈，是乌尔里克收到的。还有莉迪亚的，她也送了一个花圈。即使不小心眼的人也会觉得莉迪亚和尼斯买的花圈寒酸，连像样的缎带都没有。乌尔里克准备的花圈是真正的农民用的那种，不过放在家里的这只和通常能买到的还是不一样。

莉娜只送了一朵花，但很漂亮，她在疗养院住了近六个月，怎么可能买得起一个花圈。弟弟塔吉什么也没送来，但他可能会在连夜赶来时带上自己准备的花圈。不能忘记要去祭扫一下母亲的墓，我已给母亲准备了一束小花，放在纸盒子里，我把那个盒子拿起来，因为今晚就打算去墓园。我打开袋子，放了瓶酒进去。没有想过专门去找面包师，但总归会遇到老朋友，有东西请人一起分享还是愉快的。

我从地下室返回厨房，其他人像在教堂里那样端坐着。邻家姑娘正在洗碗，没有人帮她。于是我便拿了一条毛巾去擦干碗碟。莉迪亚却说："你不用做这种事了，你的故事人人皆知，没有哪个正派女孩会接受你的帮助。"邻家姑娘自然想做个体面人，于是她涨红了脸，抓过毛巾大声说不用了。然后我就像个恶人一样站在那里。谁知道我在地下室的时候他们说了些什么！

随便他们吧，我拿起为母亲准备的那束花，说现在要去看看母亲的墓。可莉迪亚却一副担心的样子，而且态度很明显，因为她立即说："尼斯可以载我们去墓地，亲爱的克努特。"她像是突然对去母亲的墓地有了极大的兴趣，但其实她只是不想在这件事上被落下，她可能担心会像上次一样。是的，她不是为了别人，她才不会管别人，她更担心的可能是流言。上次有点闲言碎语，说在母亲葬礼前一晚有个家伙喝得酩酊大醉，但尼斯和莉迪亚都弃之不顾，尼斯回来后看到那家伙趴在大门外，还从草场那里绕了个路，以避免和那醉鬼打照面。

我这些兄弟姐妹真是有意思。有人几乎一次都没去过母亲的墓地。乌尔里克语带讽刺地说，耙子[1]和水罐都可以在墓园借到，只要去就行。"去就行!"他们可能以为我会把这束花扔进河里，这束花值八克朗，谁能说我没有尽力为父母做些什么？假如兄弟姐妹们都和我做得一样多，那我会更能容忍他们的指责。

不得不说这是个美好的十月。森林对面的田野上马铃薯叶一片火红色，维克伦德家买的那台收割机停在谷仓旁。假如乌尔里克主动点，完全可以跟维克伦德合用这台收割机，这样他就不用那么辛苦了。我每次回家都会提到这事，但乌尔里克自己要搏命，别人也干涉不了。路上铺满落叶，天色渐渐暗下来，我加快了脚步，

---

1 瑞典人的墓地前大多围有碎石，因此扫墓时需要用耙子把碎石整理一下。

希望在天黑前赶到墓园。牧师住所的窗户前面，主牧师一个人在抽着烟斗。一个抽烟斗的牧师，看起来颇为奇异。这条路很平坦，不过对铁匠来说却并非如此，他总是东摇西晃地走在路上，随时都可能会跌进路边的水沟里。他很难不把自己灌醉，不过他是个好人，对他来说，我父亲是他那群朋友中的最后一个。也许在回去之前应该先和铁匠谈谈，喝酒的事无可厚非，可在父亲醉成那样后让他独自回家——这一点我得找铁匠谈谈。

此时四下没什么人，尽管已是十月中旬，不过亭子[1]里倒是有舞会。这条消息是从告示栏上看到的，如果不是父亲去世，我本可以去那里。如果要去打高尔夫，现在已经太暗了。浪费一百五十克朗，却进不了一个洞，我太擅长干这个了。所以还是选择了走对的那一条路，我打开了墓园的大门。家族墓地很容易找到，时间正好，因为很快就会太过昏暗，那就不容易找对墓地了。墓地正对着殡房大门，母亲葬礼时，我们抬棺经过已经打开的墓穴，走进教堂，再沿着同样的线路返回。

---

1  20世纪初，瑞典各地建了一些法式亭子建筑作为公共聚会、娱乐的场所。

这一过程让大家都出了不少汗，那时正是七月中旬，热浪滚滚。

母亲的墓上放着一个花瓶，有几朵正在枯萎的花，看来乌尔里克没照管过，也没用耙子理过碎石。不过此时光线如此昏暗，这些对我来说也就无所谓了。这样一想便觉得母亲的墓看起来还过得去，有漂亮的花朵，没什么可抱怨的。这么晚了，殓房里有人还在钉东西。我脑子里冒出一句恼怒的话："你们不要钉东西，不要惊醒我父亲!"这些人真是蠢得让人生气，他们正在把装饰物往棺材上钉，在花圃做事的小伙计不时从里面往外看，不过没认出我来，这或许是好事。这么晚了，我也没心情进去看一眼。我只往母亲的墓——即将是父母的合墓上加了块石头，这样看起来多少像点样。我能说的无非是：一切还算过得去。

天色完全暗下来，风吹得树叶沙沙作响。教堂顶部发出一阵嘎吱声。我想找个去处，至少找一间咖啡馆，可以坐一会儿，或许会遇到些熟人。既然已经回了老家，总该露个面。不然人们会说克努特现在真是目中无人啊，都不在镇上露面，只有在火车站和来去火车站的路上才能见到他。

或者也可去找面包师，记得母亲葬礼时，我曾跑到面包师那里想要借点烧酒，去补上弟弟打碎的那两瓶，结果在面包师那里待到半夜。我完全不记得回家之前我们还去了些什么地方，但在面包师那里时，还是和平常一样热闹。我还是有兴趣去面包师那里打听一些关于父亲的事情，毕竟当时面包师就在父亲身后开着车，并且想从父亲身边超车过去。所以去面包师那里问问关于父亲的事并无不可，就算莉迪亚和尼斯还有其他人可能不高兴。随便他们怎么想，父亲活着的时候，他们在乎过他了吗?! 现在父亲躺在殓房里，他们却又说三道四，装模作样。父亲活着时，只有我一个人关心他，八年来每个月都寄钱给他，我倒想看看莉迪亚在父亲开口时是如何从钱包里挤出几张可怜的钞票。现在只是想去面包师那里听听他怎么说，不要让父亲死得不明不白，这可能是我能为他做的最后一件事了。究竟发生了什么，面包师多少知道一些，是他帮忙把父亲抬进去的。为了面包师对父亲做的这些去表达一下感谢是应当的，也是我至少能做到的。

　　于是我关上了墓园的栅栏门，从口袋里找到了一根烟头，在路灯下点燃。这时有辆车打着近光灯缓慢地顺着围墙开过来，像是在找什么人。就在我站定的地方，车门打开了，面包师正在往外看。

"上车吧，小子。"面包师说，我便上了车，因为我要找的不是别人，就是面包师。

"我去过你家了，你姐姐说你去了墓园。才九点你姐姐就喝得满脸通红。"面包师说。

坐在前座的我有点生气。人人都知道是面包师把父亲送去护士站的，莉迪亚至少应该说声谢谢吧。面包师打开车灯，路上白茫茫一片，像座舞池。我们开着车，车里的味道很好闻，面包师应该是抹足了护发水，坐在车里就像在理发室里一样。这车不错，驾驶时声音很轻，我显然是在和尼斯那辆车做对比，尽管我是混得最差的那个。

面包师车开得很好，无可挑剔。开到护士站外面，他刹住了车，用右手朝那边挥了一下。不过面包师什么也没说，他不开口，便意味着有些事得自己去理解。于是我看向车窗外，觉得路上仿佛躺着一个人，就在雅各布家的篱笆外面，然而这只是幻觉，该死的想象力罢了。

"我们先去家一趟。"面包师说，然后加速，车弹跳了一下。"去家"——这该死的本地土话。上次葬礼后，他学会了这个词，也许是从某个泡打粉代理商那里听来的。我考虑着是否现在就问问关于父亲的事，不过，最好还是等到了面包师家再问吧。现在他得专心开车，为这个打扰他，他可能会很生气。我带着瓶酒，先用这个向面包师表示感谢他应该会接受，还可以请面包师去我家，询问和致谢可以同时达成。

当面包师在门外停下车时，我一句话也没说，面包师大概觉得我还在为父亲的事难过，所以在我下车前拍了拍我的肩膀。

"小子，振作点。"他说。

于是我笑了笑，下了车。面包师看来过得不错，他介绍说主客厅里的扶手椅是全新的，房子的隔墙用全砖替换了原来的纸板。面包师还说他从镇上买了一台带收音机的留声机，但不是从尼斯那个混蛋那儿买的。他在椅子上铺了软垫，可以放心地把自己陷进去。面包师放上一张唱片，说聊天之前得先听听唱片，有好几张要听，得花点时间。听唱片的时候，面包师在桌子上放了杯子，又从柜子里拿出一瓶威士忌。我也不甘示弱，拿出自己带的酒，面包师瞪大了眼睛。我说："面包师——"我拿瓶酒出来是个幌子,准备找个由头开始说我父亲的事。他让我先坐下来暖和一会儿。

"抬抬手,抬抬手。"面包师拧开酒瓶倒酒的时候,我用手紧紧按住酒杯。我不是来喝酒的。我也不想让此时一起坐在我家厨房里的莉迪亚、收音机商人、乌尔里克还有邻居女孩说:"克努特在和那个醉醺醺的面包师对饮。"这话大概藏在他们心里很久了。我总是被误解,正如我在环卫所工作就不能是个体面人一样。但他们想怎么说就怎么说吧。

"怎么了? 你自己带来的酒也不喝吗?"

"我没心情喝。"我说,但面包师插嘴道:"如果你这么对待我的盛情,那我真是太伤心了。"我不想让他伤心,尤其是想到他做过的事,毕竟是他在父亲摔倒时伸出了援手。于是我和面包师碰了一杯,他的酒杯很大,所以只能喝一杯,最多两杯。

他过得真是不错,上次来可不是这样,那时他只有一张铁床和几把椅子,我不知道他是否还记得十年前。我想问问父亲的事,可那该死的留声机就是停不下来,于是只能先这样了。他妻子不在家,为了在问父亲的事之前有点铺垫,我就先问了问她的情况。可面包师儿乎要发怒:"你要知道,她已经离我而去了,不是跟什么人跑了,而是回到在梅德尔帕德的父母家了。"面包师继续说:"赢了彩票以后我除了喝酒啥也不干,可那天却成了个被诅咒的日子,更准确说是那晚。我回家以后,厨房的桌子上有一封信,家里一点吃的也没有。这怎么能让人不生气?"缓了一会儿,面包师说:"我现在一个人住。"他哭了起来,这个大男人哭了,盯着自己的手泣不成声。

我可怜起面包师来,他是个好人。于是我给他的杯子倒上我带来的酒,也给自己倒了一点,主要是让他少些难过。父亲的事还是再等等,现在不能去打搅面包师。他正趴在桌子上大哭,我得克制一下自己。我说:"振作点,我母亲的葬礼之后我们还没见过面呢,现在得碰一杯。"为了安慰面包师,我又喝了一杯,因为面包师是个好人。

面包师又说:"她把狗也带走了,这真令人十分生气。"确实,把狗带走是会惹恼人的,这点我认同。面包师说:"你还算好,哀悼的是个死去的人。而为一个活着的人伤心,那感觉真是糟透了。"他这么说,我此时就更不能提父亲的事了,得等他平静下来。不过从他眼中流露出来的悲伤来看，大概是没什么指望了。于是我们又碰了一杯，为了安慰面包师，我一口喝完了这杯酒，一大杯酒。现在我有点醉了，我不是为了给莉迪亚和站在她那边的人多提供一项罪证而喝醉，只是这一杯酒的量比想象中的要多。

可面包师的情绪还没有缓和下来，所以还不能提及父亲的事，于是我慢慢说起了伊琳达的事："别以为只有你和妻子有矛盾。"我提起了话头，听到伊琳达这个名字，面包师的眼睛立刻亮了起来，甚至比立刻还迅速，只是一瞬。这是个老调重弹的事，面包师用手掌拭了拭眼睛，然后拔出威士忌酒软木塞，我赶紧让他停下。面包师立即显得颇不情愿。让他把酒倒进去是容易做到的，但把这瓶酒喝完，那就是另一回事了。

伊琳达的事在我心里放了很久，因为放得太久，所以很受伤，但拿出来也同样不好受。面包师敬了我一杯，我便也回敬。如果只是坐在那里结结巴巴地说事，听起来就像在撒谎。喝了酒之后就顺其自然多了，除了面包师帮着提示的几句，我也不用多说什么，他可能事先就知道了些什么。我得感谢莉迪亚和尼斯，我回家之前他们已经把我的事说给别人听了，肯定是这么回事。

事情从一开始就很糟，我在部队服役时，伊琳达随便找个什么人都会比那个白白胖胖的商人更合适。此人曾是尼斯的同学，尼斯生病休养的时候，他去尼斯家探望，然后就四处闲逛找人聊天。这人如果再出现，我是会认出他的。尼斯也不是言行得当的人，否则他就不会在事后的六个月里穿着白衬衫到处乱说话了。我又喝干了杯里的酒，跟面包师讲述了事情的真相，他应该不知道真相。

我告诉他，我在部队待了八个月后，有次行军要从耶姆特兰去林雪平，在斯德哥尔摩停留期间可以趁机回家和妻子共度一晚，我心想真是不错。于是我租了辆车回家，花了十六克朗，包括油钱和清洗费，但能躺在自家的床铺上，这也值了。可当我走进厨房时，却看到那个商人正光着脚坐在沙发上，我妻子跪着给他套袜子。很快我就明白发生了什么事，我从妻子手里夺过袜子："拿着你的袜子滚出去，不然我先打肿你的眼睛，你个混蛋。"那家伙以比我语速还快的速度穿上了袜子，还有鞋。不过我发现他穿的是我妻子的低跟鞋，于是他最后只穿着袜子就出去了。

面包师咧嘴一笑，拔出软木塞，尽管我们已经喝得够多了。因为此时我看到瓶子开始摇晃，身上也开始出汗。我向面包师做了个停止的手势，但面包师只是笑了笑，继续把酒倒进酒杯。倒进去是一回事，喝干则是另一回事。我是个有骨气的人。我才不在意我家厨房里坐着的那帮人的胡言乱语。"可我听说，被赶出门的人是你。"面包师说，"有人告诉我，尼斯说你挨了打。"我挨了打？你相信尼斯那个该死笑面人的话？不，如果有人要挨打，那一定得是尼斯，我回家后得跟他谈谈，假如我状态还不错的话。而且等我喝了几杯后又会成为他们——那帮坐在家里的人的谈资。所以我干了杯中酒，接着开始讲述事情的真相。

"我刚从北方兵营回来——"我说，"面包师，上次那场行军你要是在就好了。我们有十个人，喝了十升烧酒，你真该应该跟我们在一起。我们晚上到达城里，准备第二天早上去林雪平时，我的状态很好。所以我从北站租车开回家，包括清洗费一共二十克朗。面包师你是知道的，我在为妻子花钱的事上从不小气。我心想，她一定会很高兴的。可一打开门，这个坏女人正和一个男人坐在厨房里亲热。那男的半裸着，所以不难猜出他们在干什么。"我继续说："我一直对妻子很好，这你知道，面包师，所以我只是把她拉到一边，但把那个家伙从沙发里拽了起来。我对他大吼：'穿上衣服来跟我决斗！'我脱下军大衣，平静地对他说：'打这以后不会再有人看得上你了。'然后他就自己出去了，你可以想象那情形，面包师。他是光着脚出去的，我一个手指都没动他一下，面包师。要是有人说我的坏话，这就是回应，你懂的，面包师。那些说我的人自己身上就没有把柄了吗？那个收音机商人还有其他几个，如果他们几个以为有权对别人说三道四，那就大错特错了。你知道吧，面包师，我在北方兵营里待了八个月，一个女人也没碰过，就等着那天回到妻子身边，还花二十五克朗租了车，你知道吧，面包师，一分不多一分不少。我总是会先想到妻子。"

我的眼泪在眼眶里直打转，面包师对我刚说的话不予置评，他拍拍我的肩膀，说："别哭，克努特。你还有朋友，这你知道，克努特，在老家你还有朋友。他们相信你。"我说："面包师，我倒也想这样拍拍家里那帮说我坏话的人。"面包师说："你不应该坐在这儿想妻子的事，不是说想这件事有什么不对，而是当你想她的时候，谁知道她今晚在做什么？你这么伤心，离家来参加父亲的葬礼，而此时，她可能在外面寻欢作乐。你孤身一人，没人可以信任，让我们来干了这杯吧。"虽然我不认为妻子在我离家和悲伤的时候能玩得开心，但还是干了杯中酒。

我说："我在北方军营里待了八个月。""知道了，知道了。"面包师说，这话他刚听过。他不想干坐在这里，他一定想要找更大的乐子来安慰眼前这人，这人很孤独，没有一个人可信赖，所以这样哭泣也不奇怪。面包师说："振作起来，小子！我们去亭子看看，你和我。"于是，我试着从椅子里站起来，可身体却深陷在面包师的椅子里，很难起身。我说去亭子太远了，根本走不到。面包师说可以开车去，于是他拉着我的胳膊，想把我拽起来。可该死的是，当我想扶住桌子时，地板摇晃起来，一个玻璃杯掉到了地上。把玻璃杯放在桌边可真蠢。此时桌子也摇晃起来，我便去抓留声收音机，结果又把一个花瓶碰掉在地上。桌上最后还剩一杯酒，我可能不该拿起它，在这之前，我脑子是完全清醒的。不过，我想到不能让妻子以为这世上只有她会出去找乐子。

"别管那该死的花瓶了，我们走吧。"面包师说完，关上灯，我们走了出来。房子里闷得让人想吐，出来透透气好多了。门前小路上有不少大石块，我绊倒了，跪在地上。这让我心烦不已，因为这会让面包师以为我醉了。其实面包师不用想法子安慰我，他已经是个有钱人了，我想他应该还记得曾跟我借过十克朗吧。所以，今晚我可能会一如既往地有几句真心话要对他说。那个尼斯，总有一天会抽他一巴掌，让他记住我是不好惹的。还有那个铁匠，要是他也在亭子里，我真不知道会对他做些什么。

坐在车里感觉真不错，不管怎样，面包师的确是个值得相信的人。他坐在方向盘前东找西找，有个按钮他始终找不到，所以我们就一直停在原地。面包师像揉捏女孩一样揉捏着仪表盘，看起来很搞笑。他一定是喝醉了，喝醉的人看起来总是那么滑稽！虽然我心怀歉意，但还是笑了起来，更要命的是笑出了声，我笑得不小心打开了门，人差点摔出去。面包师气得发疯，醉醺醺又怒冲冲的家伙，没有比这更好笑的了！我一直笑，笑得眼泪都出来了。终于，面包师把车子弄出了响动，可我们却是在一条坡路上开倒车，结果撞到了一根电线杆。面包师拍了拍手，然后踩了下油门，我们的车像炮弹般飞了出去。面包师以这种速度一直开着，路过的骑自行车的人大叫着为我们助威，人们都停在路边目不转睛地看着我们飞驰而过。面包师没有打开车灯，就这样一直往前开，我在一边笑得直流泪，因为面包师醉得太厉害了。

以这样的速度，我们几秒钟就到了亭子。里面有很多人，一个个因为我的大笑而盯着我看，正如我在这该死的地方也找不到别的什么乐趣那样。入口处有一个小坑，我绊了一跤，摔倒在那里，守门人当然认为我是喝醉了，所以不让我进去。守门人做了一个停止的手势。"不让进？"我生气了，对守门人说，"这是一个射击派对没错，但你不必做射击手势。"我才不会为了这几个黄色开门按钮而低三下四。不过面包师没有帮我，他没有。他反而先让我平静下来，然后用一种听起来他身上至少揣着五万克朗的口气对守门人说："你知道现在有好多种报纸在发行吧？"

我一向脑子反应快，马上明白了面包师的意思。于是对那守门人说："面包师你信不信，等我回到城里就写一篇社论，谈一下农村地区的守卫者们是怎么对待百姓的，我可以给任何一家报社投稿。"可守门人只是笑了一下。人还是得见风使舵，这时面包师抓住我的胳膊，于是我们绕过亭子，往森林那边走。路上我又被一个树桩绊倒了，面包师生气地说："你要是再摔倒，我会让你自己躺个够。"不过面包师自己也走不了，谁也扶不起那个脚下被树根绊住的人，而我们两个人正纠缠着倒在一起。

亭子周围只有一圈寻常的农家院墙，墙上有带刺的铁丝网，我觉得我能翻过去，面包师便过来帮我。尽管我被卡住了一下，但这不过是小事一桩，骗过了守门人才是最要紧的。"我是个好人，面包师。"我搂着他的肩膀说，"我在北方兵营里待了八个月啊。""知道了，知道了。"面包师边说边推了我一把，好像我说什么都无关紧要似的。他以为自己可以这样随心所欲地对待别人。面包师丝毫不理会我在后面大喊大叫，继续在场子里游走着。他在舞池里找到一个女孩跳起舞来，而我刚才请她的时候却被拒绝了。看来钱才是生活中的一切，得先赢了彩票才能来这里跳舞。我一个熟人也没看到，不过我也不是以前那个我了。我出生在这里，可已经在城里住了十二年，想到这里我觉得有了点底气。于是我四下转悠，跟人聊起天来。我不害羞而且还很风趣，这一面展露无遗时我便是个有趣的人。那些姑娘全都站到我身边来，找我聊天，她们一定觉得我很风趣，因为有几个笑得前仰后合。此时我不再是个乡巴佬了，我知道怎么讨姑娘欢心，这一点没人可以否认。

过了一会儿，铁匠来了。他醉醺醺的，也不知道守门人放他进来是怎么想的。不过能过去跟他说几句也不错。于是我揪住铁匠的衣领对他说："听着，如果你以为可以随意对待我父亲，那你就大错特错了。"铁匠说："这是哪个家伙在说话？""是克努特·林德奎斯特。"我自报家门。"我父亲是个实在人，你把他灌醉后让他自己回家，对此你会后悔的。"我越说越生气，因为明天早上父亲就要下葬了，而铁匠并没把父亲放在眼里，在这天的前一晚照样喝得烂醉。我说："你得挨我一巴掌。"不过这时有人走过来，紧紧抓住了我的胳膊。人们全都围过来盯着我们看，这对我来说无所谓，至少可以让他们听听铁匠的所作所为。我转过身来，看到村里的事务官站在面前，胸前的纽扣扣得紧紧的。

这个混蛋事务官说："林德奎斯特，你现在不要惹麻烦，赶紧回家，明天早上还要埋葬你父亲，你好好想想吧。"我刚想好要怎么回答他，面包师走了过来，他胳臂下搂着一个女孩，对我说："过来，克努特，我们走。我家里还有半瓶酒，我们去把它喝了。半瓶！"面包师以为我已经醉得糊里糊涂了，其实他被骗了。他当然是想给铁匠解围，正如事务官所言，喝醉不过是个狗屁借口，不然早就把面包师的半瓶酒喝完了。这事务官已经一把年纪，但余威尚存。而铁匠却不见了，当然，他是个懦夫。不过也许他只是虚晃一招，可能正躲在外面，或在路上狂奔。我请求面包师开车去追上他，看看到底谁厉害。面包师是个好人，他会这么做的。

于是我顺从地走了，事务官还在身后抱怨着，他从不觉得自己是个独裁者，也根本不相信我。"有好多种报纸在发行呢。"我对面包师和他的姑娘说。"知道了，知道了。"面包师说，好像我说什么都无关紧要似的。没过一会儿，我们就停下了脚步，因为事务官走到我身后，在我背上拍了一下，他说："听着，林德奎斯特。你得记住这一点，事务官并非不能随心所欲地处置一个人。"走到门口时，守门人大睁着眼睛盯着我看。他以为自己能看到什么，傻瓜。"有好多种报纸在发行呢。"我冲他说，他看上去很害怕。用报纸做威胁，农村人还是吃这一套的。

又是那个倒霉的坑。此时面包师的姑娘确信我喝醉了，但这也没什么要紧的。面包师走在我后面，他们两个互相掐来掐去，面包师嘴上说着这姑娘真不好惹。他这人酒量太差，不过好在还能走。面包师上了车，那姑娘坐在他身边，我也坐进了前排。他们以为我会坐在后面，但我他妈的没有。和姑娘挤在一起才有趣，有机会我就要抓住。

这会儿面包师开车终于可以走直线了，他慢慢地开在路上，还打开了车灯。但过了一会儿，他加了速，女孩在座位上摇晃起来，她很漂亮，我们还没决定谁和她睡。我不是花花公子，但勾搭个女人对我来说从来都不是问题。我对那姑娘说："我在北方兵营里待了八个月。"可她听后只是笑了笑。"知道了，知道了。"面包师边说边加快了速度。"知道了，知道了！"就好像我说什么都无关紧要似的。

突然间我觉得想吐，身上开始大汗淋漓。发动机的声音敲打着耳鼓，威士忌蹿到了嗓子眼。这车的排气管肯定坏了，不然汽油味怎么会进到车里？可面包师不说话，那姑娘坐在他身旁抚摸着他的下巴。我越来越想吐，浑身燥热，感觉像是有台该死的油泵正把威士忌，还有在家吃的那些该死的布丁泵到我的嗓子眼。此时道路也开始七扭八拐，大风刮过路面，把每条路都缠在一起，栅栏也被吹得摇摇晃晃，我觉得自己像是晕船一样。我想打开车窗，但弄错了把手，竟把车门打开了。

"你疯了吗!"面包师大喊起来，然后减速。他不用大喊大叫，他也不应该认为我会允许他像个愤怒的新贵那样来对待我，他还没还清欠我的旧债呢。这时一阵微风吹过，堵在嗓子眼的东西落了回去。我们很快开到了护士站，面包师那次就是这样开到这里的，我得对他说声谢谢，因为面包师做了应该做的事。可铁匠，要是我这会儿在路前方看到他，一定会求面包师继续开，不要踩刹车。不过面包师此时正在减速，我得在他发火之前把车门关上。我要说声谢谢，因为我们正好到了这个地方。

我刚开口，可那堆东西又蹿上了嗓子眼。车里肯定有汽油味，我觉得恶心想吐。"下车，混蛋!"面包师说，车门正好还没关上，下车倒是很容易。我一瞬间就已经躺在了路上，只听见面包师在车里大喊大叫："他是不是吐在我车里了? 混蛋，吐在我……"那姑娘关上了车门，他们扬长而去。

躺在这里可真不舒服，我倒是没有吐，恶心感也慢慢过去了。可当我想试着站起来时，却发觉双腿瘫如烂泥。于是我继续仰躺着，伸出手去抓篱笆，雅各布家的篱笆。我不知道自己会不会马上冻僵。护士站里一片漆黑，这条路上也伸手不见五指。天上没有一颗星星，我备感孤独，一如往日那长久的孤独。我还记得母亲葬礼上大家相互交换眼神，然后不屑地瞥了我一眼。我一直都极为孤独，只有父亲还算有人情味，可如今他也走了。现在我正仰面躺在父亲最后一次踏足的地方。如果这会儿路上过来一辆车，不知道司机会不会来得及刹车。这么一想我不禁哭了起来，我觉得身上发冷，天上下起了雨，我躺在地上，全身透湿。我怎么就晕车了呢？这会儿坐在厨房里的那帮人肯定又在胡说八道，说什么克努特会和以前一样喝得烂醉。我难道想让自己一腿烂泥吗？我难道想晕车吗？还有那该死的布丁，他们大概已经吃光了，他们吃光了很多东西。母亲去世后的财产清单上，尼斯去家里后是如何做了手脚的，他们不会没有听说。只有父亲会惦记着我，所以我为他哭泣也没什么奇怪的。我没喝醉，因为喝醉了就不可能想起遗产清单的事，我以前喝醉的时候从来想不到这事。现在我头脑是清醒的，所以回家以后得对那几个人保持警惕。对于这帮人中的某些人来说，我喝醉是个好把柄。他们买的花圈可真寒碜，本来明明有能力买得起最好的花圈，而我这么一个垃圾清运工都没那么吝啬。我从来就不吝啬，谁能说我是小气鬼？可我做的事没人感激过，谁会感谢我去墓园给母亲的墓上献一束八克朗的鲜花？以及感谢我这八年来每月准时给父亲寄烟钱？我从北方兵营回城里花二十克朗租了辆车，到家时却被人赶出家门，妻子还帮着那人把我往外赶。从来没人感谢我做的事，此时我躺在雅各布家的篱笆边哭泣也就没什么可奇怪的。这时转弯处出现一道光，是一辆车，假如我被碾死了，那也没什么大不了的，看看接下来他们会说什么。看看这帮此时坐在厨房里的该死的家伙，会不会收回他们曾说过的关于我的坏话。在我的葬礼上，莉迪亚和她的收音机商人或许会为他们对我的所作所为感到后悔。或者说，我确实应该以这种方式死去，因为此时漆黑一片，汽车是来不及刹车的。

可就在我"死"了一阵子后，有人用光照着我的脸大叫道："天啊，这是林德奎斯特家的克努特。他醉得像个死鬼，我们能把他抬到自行车上推回家吗？他老爹明天就要下葬了，他可不能躺在马路中间。"

现在他们又多了借口，人人都会以为我喝醉了，因为我腿上全是泥。不过等坐在自行车后座上的我被带回家的那一刻，他们不仅知道我醉没醉，还会知道更多的事。"我在北方军营里待过八个月，我是见过些世面的。"我说，"我从北站租车开回家，坐在厨房里的那个家伙就像一颗子弹一样从窗户飞了出去，妻子的拖鞋也跟着飞了出去。我不想放过妻子，但还是控制住了。我在北方兵营里待了八个月。""知道了，知道了。"推车的人回答，就像我说什么都无关紧要似的。他们一直往前赶路，认为我此时已经是没什么指望了。我本可以让自己不晕车，因为有治晕车的药片，下次应该先吃点，这样就不会让他们误会我了。有个男的在后面托着我的背，好像是事务官。我刚才说的话，他可能一句也没听进去。于是我转过头，开始说："我在北方兵营待了八个月。"可那人说："闭嘴，你个蠢货。"好像他也在北方兵营待过八个月似的。我不该跟这些农村人多费口舌，等他们进了城，经历一下我所经历过的事再说吧。

道路颠簸不平，自行车被他们推得摇摇晃晃，于是我又睡着了。等我醒来时，发现他们已经把我放在一处栅栏边上了。鬼知道是谁家的栅栏！不过最后我还是看清是自己家的。于是，我沿着栅栏走到小门边上，栅栏不见了，我又摔倒在地，腿上又沾了点泥，不过我还是站了起来。其实我是摔到门里面去了，这里怎么这么黑？他们知道有人要回家，难道不应该把灯开着吗？从来没有人想到过我，我只好自己爬到父亲那间房的门口，抓住门把手想站起来。我希望没人听到我从父亲房间门口摔进去的声音。要是他们听到了，肯定又会说我在父亲葬礼的前一天醉得站都站不稳。我想不会有这种可能，这么晚了他们一定都睡着了。

　　然而事情糟透了，当我打开厨房门时，那帮人全都围坐在餐桌旁，像看到幽灵一样盯着我。弟弟塔吉已经到家了，正喝着咖啡，他身上穿着制服。有人一定会开始冷嘲热讽，比如乌尔里克，他开口了："你这是已经去过墓园了？我看你压根没去，还摔了一跤。"莉迪亚也开始没完没了地大呼小叫起来。我还是朝他们走近了一点，可晕车的感觉仍然挥之不去，所以我没能直接坐到该坐的那把椅子上，于是便说了句抱歉。我大概根本也没想坐到椅子上，而是走到水槽边，因为邻家那姑娘正在那里洗碗。虽然是个农村姑娘，但很甜美。还没等我去搂住她时，她已经开始大叫起来，鬼知道我还在院子里的时候他们说了我什么坏话。收音机商人说："你别碰那姑娘！"语气很傲慢。莉迪亚面无表情地冷笑道："你们看看他像什么样子！衣衫不整，从上到下都脏兮兮的，裤脚还破了一个口子，帽子也不戴，醉得都要站不住了。"

我也不知道此时身后有没有椅子，转身的时候会不会被绊倒，但无论如何我不能被椅子绊倒！这种纯粹的侮辱是我无法容忍的。他们趾高气扬，却受不了我为母亲的墓买一朵花。他们现在对父亲如此在乎，那么去那个把父亲抬进护士站的人家里问问一切是怎么发生的好了，我对他们的要求就这么多。

想到这里，我走到桌前，用拳头猛砸了一下桌子，桌上的杯子都掉到了地上。他们必须得听到几句实话。我说："这八个月[1]我一直给父亲寄烟钱，我倒是想知道在座的各位谁给过他更多的钱。母亲到死前一直都能从伊琳达那里收到衣服。我现在是个垃圾清运工，大家都

---

[1] 前文一直是"八年"，但此时主人公半醉半醒，混淆了时间。（他在兵营待的时间是八个月。）

知道，这工作对其他人来说有点难忍受，因为扔垃圾容易，但把它们打扫干净就比较难了。"

桌边的这帮人全都不知所措，于是他们开始谈论起我的西装来，好像我有再好的西装也不配参加一次农村的葬礼。我说："你们都闭嘴，不是每个人都能靠老式收音机骗人为生，有钱隔三差五就买件白衬衫的。清运垃圾这份工作不是好活儿，我自己可以为这个职业感到羞耻，但其他该死的人就不可以。"

这真是可悲，我，站在兄弟姐妹和一个垃圾中间絮絮叨叨，可有人在听吗？为此我怒不可遏，我很孤独，我一向都是孤独的，我不知道自己会不会哭出来。塔吉说："他可以穿我的西装，我有为葬礼专门定做的衣服。"那个该死的收音机商人说："塔吉的衣服倒是能穿，当然，只要塔吉不担心自己的衣服上沾满呕吐物。"我对那个收音机小丑说："晕车这事可能发生在任何一个人身上，不是每个人都能天天坐在沃尔沃39或别的什么鬼车里的。"他说："我的车是庞蒂克。你控制一下，都已经三十三岁了，还像个新兵一样。"我给这大人物回了一句："虽然我没有某些人那么胖，必要时我或许可以用同样的力气揍他。"我在想这卖收音机的肥猪会怎么回应，他却说："那你就从伊琳达的追求者下手吧，在他们把你赶出你的家门之前。"

我孤立无援地站在桌前，悲从中来。与此同时，我自己的妻子却正和另一个人上床。还有我这些兄弟姐妹们，他们会听我说半句话吗？不，我简直太自欺欺人了！我很孤独，我一向都很孤独。我哭了起来，不是因为莉迪亚用尽全力朝我走过来才哭。最后，莉迪亚走到我身边说："去睡觉吧。"她已经准备好让我扶着她一直走进房间。房间里闷得要命，我又开始觉得在晕车了，在呕吐之前，我总算及时倒在了父亲的沙发上。我没吐出来，因为我已经学过如何控制自己了。我想起身去撒尿，但莉迪亚走过来厉声说道："躺着别动。"说完开始脱我的裤子。这下人们以后可以听到"父亲去世的时候，克努特在父亲葬礼前一天喝得烂醉，他姐姐不得不替他脱掉裤子"这类话了。她又脱掉了我的西装，就好像我是她的玩偶。我对莉迪亚说，不管怎么样，莉迪亚和她的收音机商人都不该觉得他们可以这样对待别人。莉迪亚又开始哭起来，说我是该死的骗子，根本没有带着花去母亲的墓地。"不，我去了，还平整了墓前的石子。莉迪亚你怎么知道我没去？"我大叫道。于是她真的生气了，拽着我的袖子，我胳膊都快脱臼了。莉迪亚说："你喝醉了，还撒谎！因为咱们家族墓为了爸爸的下葬是要被打开的，所以晚饭后我和尼斯去了，那时候，墓地前根本就没有被平整过。"

如此说来，我是把花放在别人的墓上了。如果这花明天早上已经不在那儿的话，那我的八克朗就白花了，还会被贴上骗子的标签。我在老家生着病，自己的老婆却在家里和别人上床，还有英格维，我那个儿子，我一到家他就会以最快的速度躲起来。两边的熟人都在说我的坏话，所以我不哭才怪呢。我此时几乎一丝不挂地躺在父亲的沙发上哭泣，这个沙发父亲无数次地躺过，我们——我和父亲最后一次见面的时候也坐在这里。莉迪亚你是否知道，父亲心里一直在牵挂着我？我们坐在沙发上的时候，父亲起身走到梳镜柜前，拉开一个抽屉翻找着，过了一会儿，他找到了想找的东西，然后把它放在桌上。那是一件小毛衣。"你还记得它吗，克努特？"父亲问，"你还记得这件冰岛毛衣吗？有年圣诞夜，我在城里买的，你收到的时候简直高兴坏了。"所以我现在想到的就是那件冰岛毛衣。上次我们来的时候，爸爸把它拿出来，我现在应该把它放在毯子下面来思念父亲。

我问莉迪亚:"我的冰岛毛衣呢?"莉迪亚就站在沙发旁边,她的鼻子像铜锅上的手柄,脸又红又亮。我又问:"我的冰岛毛衣呢?"但没有得到回答。我想她肯定以为我是神志不清。但一会儿她又说了声:"冰岛毛衣,你当然应该在葬礼上穿它。不要穿你那身西装了,可以把它送给济贫院。"莉迪亚确实什么都不明白,一点都不明白。我又不能自己去找,因为一旦抬头,堵在嗓子眼的东西就要涌出来了,晕车真是地狱般的折磨。

莉迪亚胳膊上搭着我的西装,她盯着看,好像西装做了什么事一样。她说:"你的黑臂纱丢了。"

黑臂纱!这让我打了个冷战。接着我的气消了,不再觉得被迫害了,也忘了伊琳达。我不想把事搞砸,便不再哭泣。我正躺在父亲的沙发上,发觉自己就是头该死的猪,丢了黑臂纱,就如同遗失了悲伤。我脚步一歪,就那样让黑臂纱从胳膊上滑落了。别人对父亲念念不忘,我却在醉酒后丢了黑臂纱,所以我就是个混蛋,我从来就是个混蛋,永远都是个混蛋。我闭上眼睛,这样就不用看到那一切痛苦,但这么做也一样糟糕。此时黑臂纱可能就躺在车上那摊呕吐物里,或者挂在亭子四周的铁丝网上。也可能会有人在舞池旁边发现它，说有人在这里丢了一块黑臂纱，这人肯定是那个该死的克努特，那个该死的酒鬼，在他父亲的葬礼上也不能保持清醒，他母亲下葬时候他也是这副德性。所以克努特·林德奎斯特是个混蛋，一个十足的混蛋。"扫大街的。"正如我对事务官说，我这体面人自从去城里以后就是个扫大街的。

当我渐渐陷进那团恶心的、发黄且微热的东西里时，又想起了母亲葬礼时的情景。那天清晨，当我把头伸出窗外再次呕吐时，乌尔里克正提着牛奶桶路过，他一脸鄙夷地说："吐在外面你不用擦，但吐在父亲屋子里你必须得擦干净。"等再次醒来时，我发现自己没穿裤子。原来我醉醺醺地爬过门槛的时候，裤子膝盖处被扯烂了，莉迪亚正坐在厨房里帮我补裤子。于是，我悄悄溜到地下室里拧开一瓶酒喝了一口，酒精斜刺着滑进空空如也的肚子。若不是父亲，我还得自己爬上车，是父亲用胳膊夹着我上了车。我不仅醉了，还晕车了，所以在最后一刻才到达教堂。他们开得太慢了。尼斯和乌尔里克已经在墓地里打开了棺材盖，母亲躺在里面，她又黄又瘦，鼻子尖尖的，乌尔里克用手帕重新盖住她的脸，我手里拿着蜡烛开始哭泣，眼泪几乎要把蜡烛浇灭了。接着是最后一次拧上棺材盖时发出的吱吱声。然后墓园看守人和他们一起抬着棺材走在前面，我只能跟在后面，因为乌尔里克说我是最虚弱的，而且穿西装也不好看。所以我最后一个走进教堂，里面已经挤满了人，大部分都是老人，他们盯着我看。那时是七月，我虽然汗流浃背，但被允许站在圣坛前时还是很高兴。牧师们摇着声响如响尾蛇的沙锤时，我一直举着手帕，然后再站起来，再举起，肩膀疼得我几乎要喊出声来。我很紧张，动作节奏弄乱了，我能看出来尼斯想对我说几句轻蔑的话，但他想到是在教堂里便不了了之。然后又是缓缓地抬棺回到殓房，我觉得很不舒服。我闻到了母亲的气味，虽然只有那么一点点，或许只有我一个人能感觉到。接着又来到了墓地，但我已虚弱不堪，很快就全身无力了，尽管我平时比他们谁都强壮，但这时身体已散了架。我想说话，但泣不成声，花圈也从手上掉了下来。最后终于上了车，在葬礼答谢宴上我喝了很多烧酒，坐在身边的莉迪亚不停地小声嘘着我。老人们也都喝醉了，我说母亲要是也在这里，那她会很开心的。我说得很大声，兄弟姐妹们看我的眼神像在示意不要再说下去了。不过父亲倒是不反对，他自斟自饮，乐得自在。父亲也并不总是很开心。那天晚上，我和父亲坐在他的房间里，那一切令我永生难忘。

虽然我现在迷迷糊糊，但心里清楚明天早上的情形还会和上次一样，但不完全一样，因为再也没有父亲把我叫进他的房间，像对待一个人那样和我说话了。再也没有一个不想欺骗我，也不会对我发火的人了。明天早上，我将独自一人，该死的孤独。我躺在这间房里，任由自己的姐姐给我脱掉衣服，沉入醉酒的昏睡之中，没人会在意我是否很想抚摸那件能拿来放在毯子下面的旧冰岛毛衣。

我问莉迪亚："我的冰岛毛衣呢?"但话已经来不及出口了，只一秒钟我的鼻子就被遮住，什么也听不见，什么也弄不懂了。不过，在这愤怒的一秒钟里我还活着。

我听到莉迪亚嘘了一声，虽然微弱，但却非常清晰。

还有布谷鸟在高空的一声鸣叫。

父亲的钟又动了起来。

# 陌生人

这是一个雷雨来临之前的傍晚。是个适合拍照或写信的傍晚。可以给关系冷淡下来的朋友或远方的亲人写一封平静的、无关紧要的信。或是看看照片。一整盒照片被倾倒在桌上，昏暗的光线中，仿佛雪花飘落在棕黄色的漆面上。因为有些照片是背面朝上落下的。那女人先是用指尖捏住这些反过来的照片，然后把它们狠狠翻转过来，就像翻开一块平整的石头，期待有小动物们倾巢而出。

房间里很暖和，那男人叠起报纸，打开窗户。他静静地站着，向外看了看空地里高大的松树和深色的云杉。一棵看不见的杨树在马路对面沙沙作响。女人从照片上抬起头，仔细观察着男人的背影。他的背瘦小且弯曲。衬衫湿答答地包裹着他的后背，就像是另一层皮肤。他的头上总是冒着蓝色的烟柱。当然，只是看上去如此，实则不然。

男人在她桌子对面坐下时，远处传来汽车的喇叭声。一阵微风吹进房间，吹动了窗帘，但始终没有吹出去。白色的窗帘悄无声息地落下，仿佛是风把它们吸了回来。男人聆听着一切声响，聆听着影像最清晰的照片从桌子上被拿起检视，再被放下时发出的刺耳声。还有一些其他声音，比如地窖里的一次响动发出的微弱咔嗒声，一只鸟停在靠窗的玫瑰丛中，时而发出的清脆又尖锐的鸣叫。

男人推开椅子，走到房间角落处挂钟下面的收音机前。可就在他要打开收音机时，手却停在了半空。他慢慢地转过身，俯身向前看着他的妻子。他发现自己起身离开的这段时间，她一直坐在那里盯着他看。这让他很不舒服，他觉得自己像是被监视着，他不敢转过身去打开收音机。总之他还没这么做。他想，无论如何我都不会做这件事，我并不想听收音机，不过要是她再不说话，我会疯掉的。

但妻子仍一语不发，她举起手中的一张照片，眯着眼看着它，仿佛照片里正挂着一轮耀眼的太阳。他又一次坐在她对面的桌边，看着她，看着她的手，看着她的眼睛，她的眼睛温柔而长久地停留在一件逝去的事情上。他随手从桌上的一堆照片中挑出一张，只想随意看一眼，但却被其中的场景所吸引，这个被遗忘的事件已消失，它只在很久很久以前短暂地存在过。照片中他和妻子正坐在游乐场的秋千上。那一定是间乡村游乐场，因为秋千很简陋，周围也没什么人。他搂住妻子的肩膀，因为秋千太窄了，不这样的话两个人根本坐不进去。看了一会儿，他把照片放回桌上，闭上眼睛，用两根手指轻轻压住双眼，想努力回忆起这个被遗忘的游乐场。他们一起去过的游乐场并不多，但还是没有想起来。无论怎样让自己的幻想和记忆拼凑起曾经去过的游乐场——有着简陋秋千的乡村游乐场，他还是无法重建起那个切实存在的游乐场。

当他完全放弃了希望，把手指从眼睛上松开时，照片已不在他面前了。妻子已从他手中拿走照片，此时正盯着看。他把身体倾向桌子，焦急地看着她的脸，想知道这张照片给她留下了什么记忆。起初，他并没有发现什么，她还是一如往常，保持着冷淡且略带讽刺的表情，就像在听别人讲述自己的梦那样。她双眼平静而沉稳，一动不动，没有一丝可被参透的眼神。可是突然，不可思议的事情发生了。妻子的面部出现了极大的变化，突然变得灵动起来，眼里带着笑意，如同一张久违的熟悉面孔突然重现。这让他不敢相信，那些他已不再记得的、曾和她共同经历的往事竟勾起了她甜蜜的或好歹也算愉快的回忆。她慢慢放下照片，双手交叠，看着他，或至少是朝他的方向看着。

"你还记得吗？"她低声问，像是不愿意用太高的声调来扯断这根细线，因为这根细线现在把一座郊外别墅的餐桌前的这一刻与在游乐场秋千上的那一刻系在了一起。

男人还有几秒钟时间，而这有限的几秒钟被他拉伸到了极致，他正在疯狂地寻找这段丢失的记忆。他拉开了几百万个抽屉，像是置身于一个堆满游乐场记忆的仓库中，他用颤抖的双手翻找着所有的抽屉，每个抽屉里都装满了游乐场：雨中的游乐场、大都市里设施完善的大型游乐场、偏远地区的迷你游乐场——里面有蹦蹦跳跳的吉卜赛人和一个四下里转悠着检查玩轮盘赌和玩纸牌的人是否作弊的事务官。他闭上眼睛，眼前的黑暗被秋千、老虎机、舞蹈列队和射击场的花哨旋涡撕成碎片。但那座真正需要想起来的游乐场却毫无头绪，他再也无法保持沉默。他睁开眼睛，正好与桌对面妻子的目光相遇。负罪感让他觉得妻子的目光充满了期待与好奇。

"不记得，很遗憾，不记得了。"他终于闭上眼睛说。

房间里的气氛凝固了片刻。只有车库门那里发出微弱的吱呀声，或许有只猫从里面跑了出来。骑车经过的年轻人大声咒骂着一些模糊不清的话。妻子用食指敲着桌面。他想，一般只有男人才会做这个动作。要是她不这么做，我可能早就做了——坐着敲桌面，直到她被迫再次和我说话为止。现在是她在逼我说话，无非就是因为我恰巧忘记了在很久很久以前的一次游乐场之行。

他想淡化眼下这事，便沮丧地晃了晃脑袋想把额前的头发甩上去，却失败了。他察觉到一种微弱却明显令人烦乱的羞耻感。这种感觉就像考试或测验失败一样，沉默的时间越长久，羞耻感就越强烈。最后，他意识到自己必须说点什么，随便说什么都可以，这样才不至于失败得太过彻底。

"我今天刚在报纸上读到……"他犹豫不决地说道，一边慌乱地寻找着一些可以说的话题，一些可能让说话人自己也被奇异感笼罩的话。

妻子停止了敲打，但当丈夫无法填补沉默时，她又开始敲了起来。

"是吗?"她冷笑了一声。

他终于找到了话题。

"美国人发明了一种处决死囚的新方法。"他说，又停了片刻，以便让后面的话更有效果。

"是吗?"妻子说，停止了敲桌子。

"他们往水里射两支箭，箭入水之后会产生气体。死囚在死前需要吸入两次这种气体。"

"是两支什么样的箭?"妻子问。

丈夫想了一会儿，但想不出答案。

"我不知道，报纸上没写。"他答道。

"也许是汤博拉箭[1]。"妻子说，她盯着丈夫，直到他再次显得迷茫和羞愧。

"我不知道，报上没写。"他说。

---

1 Tombola，是一种源于意大利的博彩游戏。

"那水是什么水呢?"妻子问。

什么水？这太可笑了，报上也没写。他应该想到，听自己这番话的人当然想知道答案。

"我不知道，报纸上没写。"他说。

一次新的失败。他告诉她一条内容如此愚蠢的新闻，只会让自己的情形显得更糟。新闻的愚蠢也打击了他本人。房间里一片寂静，死一般的寂静。即将到来的雷雨天气正用一种炙热而可怕的重力压向大地。鸟儿飞起，消失在视野之中。市郊地面上日常的响动——有轨电车在弯道上发出的啸叫声、哐当声或汽车的鸣笛声也都听不到了。窗帘上看不出一丝微风的拂动。

"雷雨要来了，晚上肯定有雷雨。"男人说。

妻子一言不发，只是转过身从敞开的窗户向外望了一眼。她又拨弄起那些照片来，把它们举到眼前，看够了便随意扔回桌面上。突然，她举在半空中的手僵住了，十分惊讶地盯着丈夫。他刚才在笑，但不是他惯常的那种半高不低、尴尬不堪的笑，而是大声挑衅的笑。

"你能想象这有多荒唐吗?"他边说边握紧桌子边缘，仿佛要从木头中汲取力量似的，"以我的好记性，竟然忘了游乐场的事！我们去那里的时候，我一定是生了什么病，不然我肯定会记得的。我敢跟你打赌，桌子上的这些照片，没有一张是我不记得什么时候拍的。"

妻子便从一堆照片中随意抽出几张，默默地递给他。丈夫心满意足地笑着接过这些照片，终于有机会挽回颜面了。妻子也不再摆弄照片，她的双手静静地放在桌上，一双毫无期待的眼睛盯着丈夫的脸。他对照片突如其来的兴趣起初让她起了疑心，随后又被触动。男人用右手拿着那些照片，微笑着准备看第一张。突然，女人也笑了，他们之间的距离一下子拉近了，她成为男人笑容的镜像。

这时，令人费解的事发生了。从她眼中看去，丈夫似乎突然间不再微笑，笑容爬上他的嘴角后凝固了，变得苦涩而坚硬。有那么一瞬间，他的脸上不仅仅少了笑容，也没有任何其他的东西。然后，焦虑像花朵一样慢慢在他脸上绽开。

对丈夫而言，他正坐在闷热、寂静的房间里看着一张照片，一张他和妻子的合影。他们一起坐在一辆汽车的上车踏板上。他低头看着地面，左腿上的伤痕很明显，像是一条粉笔画下的线。妻子则抬头看着镜头，嘟起嘴，孩童般地一脸期待。那辆车，只能看到它的一小部分，但一眼就能发现是辆崭新的豪车。到目前为止还算顺利，唯一的灾难是他怎么也想不起来这张照片是什么时候拍的。他到底有没有经历过这件事？坐在一个朋友的汽车踏板上，之所以认为是朋友的，是因为他不会坐在陌生人的汽车踏板上拍照，然而这样一个不同寻常的插曲竟然从他的记忆中完全抹去了，这对他极好的记忆力来说简直不可思议。拍这张照片的时间肯定是在很久以前，因为相纸已经泛黄，而他甚至不记得他们曾有过一个有车的朋友。可是他自己的脸就在照片里，这是照片真实性的明证。

他既恼火又焦虑，因为记忆竟这般致命地愚弄了他。而妻子此刻正兴趣盎然地紧盯着他，于是他把目光转到另一张照片上，想迅速而果断地揭开它的秘密。啊，这是我的办公室，他立刻想了起来。照片中他的妻子正双腿交叉坐在他的办公桌上，他自己则坐在转椅上，脸上带着那种纹丝不动的办公室笑容。一切都很顺利，可他却记不起照片拍摄的时刻，不过至少这个地点对他来说是熟悉的。然而就在这时，他有了一个可怕的发现，照片里的一切都不对劲。他们所在的地方确实是一间办公室，但却是一间陌生的办公室，而非他工作了近十四年的那家家具公司的那间办公室。首先，办公桌不是他的，这张桌子要比他自己的大得多，上面堆满了对他来说陌生而普通的物品。办公桌上方的墙上贴满了各种家具的海报，还有一幅画着海上救生艇的画，就是通常火车站里挂在或悬在船难遇难者募捐箱上方的那幅。

面对着又一次可怕的失败前景，他用一个猛烈而强力的动作抓起第三张照片。此时，他看起来像是要在无意义的激动中将照片撕碎一般。不过，照片的内容让他稍稍平静下来。游泳海滩，他一边给自己注入了一针镇静剂，一边想着没人可以要求他记住和妻子一起拍过照的每一个游泳海滩。这是一处根本无法辨认的海滩，有沙子、沙滩植被和远处的遮阳伞。妻子和他一起坐在沙滩上，不过不只有他们。如果照片里只有他们俩，那他还可以蒙混过关，可照片中他正坐在两个女人之间的沙地上——他妻子和一个完全不认识的女人。如果他们是以一种单纯、正常的方式坐着，一切便不会像照片里看到的那样令他绝望！他的双臂同时搂着两个女人的肩膀，像在保护着她们。所以，那个陌生女人不应该是外人，一定是个极为亲密的熟人。他从来没有如此大胆地去搂住一个陌生人。但是，无论他多么仔细观察那个女人的脸，都无法从对方的脸上看出哪怕一丝熟悉的线条。那的确是一张陌生人的脸。

然后，他带着一种沉闷的绝望——这种绝望充斥着整个房间和窗外闷热的夏日黄昏——将第四张照片，也就是溺水者的倒数第二根救命稻草举到眼前，像是要以此来催眠他那不靠谱的记忆。但这无济于事。照片里他和妻子站在一个城市上空的露台上，这是一座陌生城市的高处。妻子爬上了栏杆，坐在上面，身体面向城市，一只手搭在丈夫的肩膀上。丈夫则靠在石头栏杆上，看上去像在用眼睛吸摄着风景。照片是从侧面拍摄的，他们脚下，城市的钟塔和瓦砾清晰可见，一座高大的工厂烟囱一直延伸到照片顶部，一座教堂上有个像被拦腰截断的塔楼。在他游览过的所有城市中，没有哪座城市的景色可以让他想起这是哪里。他那一刻就站在妻子身边，睁大眼睛看着那城市。

他几乎没有勇气去看最后一张照片。房间里闷热难耐，汗水透湿全身。他发觉自己坐在这间闷热得要死的房间里的软椅上，通过妻子的眼睛，或者说通过别人的眼睛看到自己：浑身是汗，由于窘迫和羞愧而满脸通红，嘴巴因惊讶和恐惧而大张着，拿起最后一张照片并将它举到桌子上方几厘米处的那只手惨白得吓人且颤抖不已。

当他预备性地扫了那张照片第一眼时，心里至少平静了一些。照片里有两个人站在一棵树下 ——可能是一棵橡树，他们相互挽着对方的胳膊。他认出了其中的一个，是他妻子，但另一个人，一个男人，他却完全不认识。他想，对曾经发生过的，且我本人参与其中的事情失忆可能令我尴尬无比，但如果我不记得自己未曾亲身经历过的事，她就不能因此而指责我。他感觉对妻子产生了一股强烈的恨意，因为她正静静地坐在他对面，将羞耻和恐惧强加于他。他不耐烦地把那张有陌生男人的照片扔回给她，这个十足的陌生人和那张灿烂的面孔丝毫没有唤起他任何的生活记忆。

"和你一起站在橡树下的那个男人是谁?"他近乎责备般地质问妻子。

妻子只是瞟了一眼照片，然后抬起头来。她脸上那即刻显现出来的讶异让丈夫惊愕不已。

"是你自己。"她说，连看也没有看他一眼。

于是他缓缓从桌边站起身，像是要把压在头上的重物顶向天花板。他一边迟缓地离开房间，一边说：

"我去地窖一趟，劈点柴加到壁炉里。"

他在门口转过身来，看到妻子正忧心忡忡地盯着自己。走到门厅时，为了避开镜子，他以尽可能快的速度穿过，一件可怕的事正发生在自己身上。看这些老照片时记忆失灵一次是可以理解的，甚至可以说是自然的。第二次也不是什么灾难，但第三次就令人担忧了，而第四次和第五次就必然可以得出结论，连自己都认不出来那简直是毁灭性的灾难，如此一来每面镜子都成了背叛者。谁能预知它们将映照出的是哪张面孔呢？

震惊过后，他坐在地窖里的锯木架上让自己平静了一下。过了一会儿，他的妻子听到了锯子在干木头上快速摩擦的声音。她收起照片，放回盒子里。市郊上方一架飞机在低空嗡嗡作响，这是雷雨的前兆。她走到窗前向外望去，静止的云层紧紧地包裹着森林上空，不时有浓重的黑云压下来。飞机消失后，又是一片寂静。一只孤独的狗在路边散步，经过住宅时不安地呜呜叫着。地窖里也暂时安静下来。然后，传来了锋利的斧头劈开木头时又狠又快的声音。她脑门发烫，疲惫不堪，仿佛是经历了一个不眠之夜，于是她走进卧室，打开一扇窗。

当她躺上床时，一阵寂寞的微风吹进来，拂动了窗帘。她赤身躺进毯子里，接着又掀开毯子，想让自己更凉快一些，但微风还没触碰到她就消失得无影无踪。男人还在地窖里，他又开始锯木头了，锯那些讨厌而顽固的木头。他没必要干这么久，为壁炉添点柴也没必要花这么长时间。她觉得他在躲她，他把自己关在地窖里是因为已经无法再陪伴她了。他以前曾多次表现出这种举动，但从未如此明显。

就在锯木头和砍柴的间歇，终于出现了第一道闪电。她仰面躺在床上，从打开的窗户向外平静地看着闪电。一束火光划在乌云和幽暗筑起的黑色壁垒上，只是距离太远，甚至听不到一声巨响。但渐渐地，雷雨临近了。一道尖锐的闪电用它炙热的长矛穿透厚重的云层，紧接着是一阵如清喉咙般微弱的轰隆声。然后，闪电突然变了形，褪去了坚固的轮廓，消失在一片光晕之中，如同烟花骤然亮起时的光芒一样耀眼夺目。与此同时，轰隆声越来越大，也发生了变化，不再是闷响，而是变得尖锐刺耳且具有破坏性。听起来就像上帝在空中，在别墅上方无边无际的高处，用愤怒的动作撕毁一只巨大的信封。亮眼的光芒和撕裂的声音之间的停顿并不长，但也够她观察家里发生的一切。

男人已经把斧头架在了木墩上。很快，她听到他走上了地窖的楼梯，穿过门厅，进了浴室。水在流淌，她听到他搓洗着手。过了一会儿，他漱了漱口。在片刻的黑暗中，浴室里不再有任何声音，可突然一阵尖锐、恐怖的声音传来，这让她从床上坐了起来。听上去像是男人打碎了一面镜子，或者也可能是一个玻璃杯摔碎在浴室的地板上，但不是掉在地上，而是被猛地扔到了瓷砖上。但一切又都平静下来了，也许只是个意外而已。她听到他穿着拖鞋踱步走过客厅，然后轻轻地打开了卧室的门，他大概以为她已经睡着了。她钻进毯子里，瞥了一眼房门。就在这时，房间里亮了起来，一道耀眼的绿光照亮整个房间。绿光中，她看到他站在床前，脸色惨白，嘴唇紧紧地抿在一起，像是在阻止尖叫声从口中涌出，他双手伸向前方，仿佛正在黑暗中摸索行进。

当那束光熄灭，雷声滚滚而来时，她听到他匆忙脱去衣服，倒在床上。她怨恨地想着："他竟然连晚安都没说。"她早已不再期待他靠近自己，甚至在入睡前轻抚她的脸颊和脖颈。在她等待下一道闪电时，她听到他在床上辗转反侧，显然无法入睡。最后，他起身咕哝了一句像是道歉的话，她没听清他说了什么。他用脚在黑暗中找着拖鞋，把睡衣披在肩上。在闪电亮起的那一刻，她看到他已站在门口，面朝窗户，嘴里叼着一支未点燃的香烟。他一动不动地站着，直到雷声结束，准备离开房间时，他用几乎听不见的声音告诉妻子，他要去书房拿本书。她听到他在壁炉边停了一会儿，从灶台上取下火柴点燃了香烟。然后，他的拖鞋嗒嗒地穿过房间，这种微弱的如同动物发出的声响第一次让她感到不舒服。她听到他上楼时楼梯发出嘎吱嘎吱的声音，当他爬到楼上，地板又发出轻微的嘎吱声。当他走到她头顶上方的正中间时，有种动物摩擦爪子的声音传进她耳朵里。接着又是一道闪电，然后是一声剧烈的雷声。窗框发出微弱的咔嗒声。楼上的一扇门砰地关上了。男人走进书房，关上了身后的门。

女人此时疲惫至极。雷雨并没有缓解什么，低气压和闷热依旧。雷雨只是照出了房间的闷热，却没有把它吹散。她闭上眼睛，把头使劲往枕头上一沉，下定决心要睡一觉。光线偶尔从她紧闭的眼皮上划过，但闪电已不再能诱惑她睁开眼睛——她一定是睡着了。一声轰响让她抽搐了一下，迷迷糊糊地睁开眼睛。房间里一片漆黑，并不是打雷声，声音是从房子的某个地方传来的。她竖起耳朵，但没有任何声音。她用手摸了下男人那边的床，床上空空如也。这时，她突然想起他是去拿书了。显然，他刚关上书房的门，然后下了楼。

当她半梦半醒地躺在床上，思量着那门是以怎样的力度关上时，脚步声突然响起。男人从她头顶走过，她还没有完全清醒，但她感到很奇怪，因为他的步伐如此沉重，步调如此缓慢。通常，他的步态轻巧、快速，如同女人走路那般。当他走到楼梯前，她从枕头上抬起头，摇了摇，像是要摆脱掉不愉快的印象或噩梦的记忆。她惊讶地听着楼梯上方有力的、咔嗒作响的脚步声。她想，他一定是在书房里换了鞋，因为他上楼时只穿着拖鞋。但让她猛然一惊，心跳加速地从床上坐起来的，是在楼梯转角上发出的声响。他原本一直待在那里，有一刻悄无声息，但突然一阵可怕的咳嗽声打破了寂静，空洞的咳嗽声仿佛在房子里每一堵幽暗的墙壁间回响，最后变得歇斯底里地响亮。她本能地用手捂住耳朵，生怕自己的耳膜会受不了，尽管这种恐惧在她看来是多么荒谬。

这生了病的咳嗽声——因为一个健康人不可能咳得那么厉害——终于停止了。她把双手从耳朵上放下，让自己深陷进床里，也深陷在自己极度的惊愕中。她完全不知道他病了，更重要的是，他的肺一直都很健康有力。听到踩在楼梯木板上的脚步声时，她惊讶地发现男人在她不知情的情况下买了一双新鞋，甚至还是一双带前铁掌的鞋，他以往一直很讨厌这种鞋，因为会显得很轻佻。

他走到最后一级楼梯时，出现了片刻的寂静，这种寂静让人感到孤独。有一瞬间，她像是听到了自行车铃发出的声音，但铃声很快就消失了，她以为自己听错了。但寂静终于被打破，这让她松了一口气。在走下最后一级楼梯时，男人又咳了起来，此时他和她处在同一层，咳嗽声比在楼梯上那会儿更吓人。她没有真正想清楚自己在做什么，为什么要这样做，这样做意味着什么，她只是钻进毯子下面，拉起毯子遮住眼睛。但毯子却不能隔绝她的听力，当咳嗽声终于停止时，她听到那艰难而缓慢的脚步正向她走来。

她心中暗想："我不想见到他，他活着只是为了折磨我。他已经很久没有抚摸过我了，要是他这会儿想抚摸我，我会恨他的。他连一次晚安都没说过。"这时耳边传来微弱的嘎吱声，她意识到门被打开了。男人正站在房间里，她猜想他正试着在黑暗中找到她。黑夜里没有一丝声响，此刻她唯一害怕的是那骇人的咳嗽声，但它并没有出现。在一片寂静中，男人开始脱衣服。他用一种很不寻常的方式在脱衣服，一只鞋掉在床边的地毯上，虽然是轻轻掉落，但还是发出了很大的声音，这对她紧绷的神经无疑是沉重的一击。

她想，他刚才为什么穿上了衣服，而且穿着睡衣就出去了？紧接着，一股难闻的气味扑面而来，她用鼻子连吸了几口，马上就辨认出这气味。是雪茄的味道，一股浓烈的雪茄味。他离她而去时，竟点了一支雪茄，而他是一直无法忍受雪茄的。男人脱下衣服后，她听到他走到床头柜前，把什么东西放在上面。她想，是书，是他要拿的那本书。但声音听起来却不像是纸质的，如果不是房间里太暗，她会从毯子边抬起头，看看他把什么硬东西放在了床头柜那脆弱的木板上，而且差不多是扔在了上面。接着，她惊讶地听到男人突然光着脚离开了房间，走到客厅角落里的收音机旁。她的头与男人之间只隔着一堵墙，男人打开了收音机，搜索着深夜电台，收音机发出无数噪声和尖锐的啸叫声。突然，她听到了音乐声，一首夜晚的爵士乐曲飘进卧室，唤醒了蛰伏在她体内的一切。可音乐被一个欢快的男声打断，男声用生硬的美式英语念出一串德国城市的名字：法兰克福、斯图加特、慕尼黑、纽伦堡。然后一切归于寂静。男人关掉了收音机。

他又回来站在卧室里，但没有站多久。他差不多是把自己扔倒在床上，盖上毯子，然后在床垫上扭来扭去，直到找到合适的睡势。妻子的身体一直紧绷着，一动不动地躺在毯子下面。她一边想，假如他靠近我，我就咬他，一边用门牙不停地摩擦着舌头。但他并没有靠过来，他似乎睡着了。片刻间，她惊讶地听着那些她不熟悉的呼吸声。她曾在许多个夜晚男人睡着后清醒地躺着，她常常称这一段时间为"活了下来"，并学会在世上所有的呼吸声中辨别出他的。他的呼吸与众不同，占据的空间更大，声音也更高。她想着这一夜的音乐、衣服、鞋子、脚步、咳嗽、雪茄。她一动不动地躺着，几乎不敢呼吸，同时那个可怕的决定，唯一剩下的决定，在她心中渐渐成熟。房间里闷热得像火炉，灼热的黑暗从窗外一波一波地袭来。漫长的等待过后，她浑身是汗，无声的泪水浸没脸庞，终于她鼓起勇气拉开毯子，下了床。最后她悄无声息地站在床和敞开的窗户之间的地毯上，几乎无法呼吸。路上一辆飞驰的自行车呼地一闪而过，远处一道闪电照亮了森林，像一条火蛇在树丛间蜿蜒而下。她迅速转过身，在闪电消失前瞥见男人身体的大致轮廓，那轮廓与往日完全不同，这让她不得不靠在窗台上以免摔倒。

当整个世界都沉浸在一片广袤而深邃的黑暗中时，她悄悄地绕过床，绕过男人，走到他身边，来到他的床头柜前。他依然睡得很沉，尽管她觉得自己的心跳声和紧张吞咽的咕咚声早就应该把他吵醒了。她拿起他从书房里拿下来的东西。那不是一本书，她的手指告诉她这是一把锤子，沉甸甸的，闻上去还是一把新的。她一只手痉挛着握住锤柄最前端，朝那熟睡的人弯下腰，另一只手小心翼翼地让他的头从毯子里露出来，就像揭开死人脸上的布那样，她看了他最后一眼。当房间被一道无形的灯所发出的恐怖光芒照亮时，她带着一种骇人的解脱感，将锤子狠狠地砸进了那个陌生人满是汗水的太阳穴。

## 在奶奶家

奶奶家安静极了。那个小男孩蹑手蹑脚地从一个房间走到另一个房间。他在寻找宁静，它肯定就在某个地方；它可能正坐在某个地方的一把椅子上，摇晃着身子读着一本大大的书。小男孩推开一扇又一扇门，凝神细听。这些门又厚又重，门槛也很高，上面还镶着金边。相比之下，他自己那么矮小，这让他焦急不安起来。他的心在胸腔里扑通扑通地跳着，仿佛一只永远都跑得过快的时钟。此时，他站在了最后一道门槛上，他一定要闭上双眼，因为谁也不知道宁静是什么样子。他把耳朵转向房间，想听听宁静是否就在这里。

他听到了好多声音。他听到一艘大船正在暴风雨肆虐的海面上航行。他还听到一个小女孩的声音，她被埋葬在花丛中，所以看不到她，她正在哭泣，因为她已经死了。接着，他听到爷爷的靴子在嘎吱作响的宽阔地板上来回走动的声音。然而他听不到宁静本身，于是他睁开眼睛，走进了最后一个房间。

这是个小房间，一间小厢房，不过在房间正中央，亮锃锃的地板上，有一个大大的阳光格子。小男孩走进格子里，站着聆听了很久。奶奶家如此静谧，除了他不安的心，什么都是静止不动。画上的船停了下来，梳妆台上死去的女孩也不再哭泣。壁炉和顶窗间的那处角落的凳子上放着爷爷的黑靴子，它们也默然不语。爷爷此时正站在阳光里，在阳光灿烂的时候，爷爷便很高兴，会用慈祥的目光看着他。可每当乌云密布时，爷爷就变得十分悲伤，会把自己关在屋子里。小男孩想，在下雨的时候死去肯定很麻烦。

此时已是傍晚，阳光格子越来越小。不过小男孩没注意到这点，他又闭上了眼睛，然后奇怪的事情发生了：光线变得越来越强，直到他自己被光线完全包裹住。突然，他听到有人在低声说："现在是时候行动了！现在，此刻！钟敲响了。"于是他轻手轻脚地从狭小的光圈里退出来。再次睁开眼睛时，他就站在那里，怀里抱着祖父的一只沉沉的靴子。他小心翼翼地把它放在地板上。整个世界寂静无声。

这双靴子一直并排立在那里已有千年，它们和石头、太阳以及林中小路一样古老。此时，当它们突然被分开时，竟发出了一种听不见的声音，像一声哀鸣，似乎撼动了整个房间。小男孩浑身颤抖着爬上板凳，匆匆做完了一个长长的梦。他一下子直直地掉进了靴子里，在靴筒里一点点沉下去，最终沉入靴底。

就这样，小男孩站在了靴子里，在做什么呢？什么也没做，他就这么站着，太阳已经落山了。寂静像猫一样悄无声息地溜进了厢房。小男孩闭上眼睛，和往常一样，他一闭上眼睛，奇怪的事情就会发生。这会儿，靴子开始走动起来，小男孩用尽全力抓住靴底。靴子穿墙而出，来到花园，接着又走出花园，穿过马路，来到光秃秃的田野，再涉过沼泽，进入茂密的森林。它所到之处，万籁俱寂。鸟儿在树上屏声静气，麋鹿叼着一团树叶结默默站在沼泽地里，石楠花丛中的蛇像一根根黑棍子般僵直不动。小男孩对靴子低声说："我们要去哪儿呢？"靴子答道："我们去寂静之地。"突然，一座山像一堵黑墙般挡在他们面前，靴子悄悄说："我们要进到这里面去。"

但他们永远也进不去了，因为这时传来了一声叫喊，这声叫喊使小男孩睁开了双眼。是奶奶。他半梦半醒地环顾着狭小的房间，他被奶奶喊了回来。天色已经暗下来，靴子里又恢复了一片寂静。奶奶又喊了一声，他想从靴子里出来，可惊恐地发现自己出不去了。他被卡在里面，双脚在狭窄的靴筒里互相摩擦，靴子那一层像石头般坚硬的皮紧紧箍住了他的屁股。他想尖叫，可只有双脚在靴子深处发出嘶鸣。它们像动物一样在黑暗中与某种东西缠斗。这时可怕而意料之外的事发生了，靴筒裂了开来，男孩摔在地板上，当他惊恐地躺在原地缩成一团时，奶奶第三次叫了他。

他用无声而僵硬的动作挣脱了出来。他抱着那只破了的靴子笔直地站了一会儿。他使劲闭上眼睛，但什么也没发生。眼前只有一片寂静的黑暗，靴子在他的面前无声地尖叫着。奶奶家安静极了，可这是一种邪恶而危险的安静。这种静仿佛一只巨大的野兽正潜伏在黑暗中。他一定要逃走，而为了逃走，他必须做出那件令人感到屈辱的事。他弯下腰，把爷爷的靴子深深地推入奶奶床下那片邪恶的暗影之中。接着，他轻轻推开通往客厅的门，像猫一样溜了进去。

奶奶依旧坐在那张高靠背的椅子上。客厅光线昏暗，花也没了颜色。奶奶一盏灯都没点亮。他在地毯上蹑手蹑脚地走着，没一会儿就到了奶奶身边，可奶奶并没有发觉他已经来了。他带着审视的冰冷神情观察着她苍白的面庞。她闭着眼，他疑惑她此时身在何方。或许她正在往厢房走！他抓住了她的胳膊，她必须离开那里。奶奶尖叫了一声，猛地睁开双眼。他一眼就看出，她去的是一个完全不同的方向。现在，奶奶像狗那样晃动着身体，对他微微一笑，说：

"你在干什么呢，孩子？"

"奶奶，宁静在哪里？"小男孩问。

他们面前的小桌子上放着一只白色的贝壳，他已经听过很多很多遍了。这时，奶奶把它拿起来，贴在他的耳朵上。贝壳又冷又硬，他想逃开。

"你听到了什么？"

"大海。"小男孩说。

其实他在撒谎，他什么都没听到。他没有听到一丝声响，他知道这只贝壳已经死了。是他弄死了贝壳。他悲痛难忍，不顾一切地把贝壳放回桌子上。

"不，这世上不存在宁静。一切响动都会被听到。"

奶奶说，"我们所说的宁静并不是宁静，而是我们自己的失聪。如果我们不那么耳聋，世界就不会那么糟糕。好在有些人是能听得到的，他们是可以站在平原上的人——你明白我在说什么吗？"

奶奶来自一个有平原的国家。

"我明白，平原就像是宝藏。"小男孩说。

"那些站在平原上的人能听到山的歌唱。不仅如此，他们还能听到山脊另一边发生的事，能听到山谷里的人们怎样生活。这还不算，他们也能听到城里的人们如何受苦和战斗。他们的听力远及海边，能听到船只在夜间行驶，浮标发出响声。他们甚至听得更远，远到海的另一边，听到战争来临时人们的尖叫。你明白我在说什么吗？"

"战争就是一群士兵。"小男孩回答。

奶奶默不作声，但她的话像浓烟一样飘散在小男孩周围。他弯腰趴在桌子上，在贝壳旁边的圆盘里，有一个大大的黄色阿斯特拉罕苹果[1]。

"奶奶，人能听到苹果的声音吗？"

---

1 瑞典当地常见的苹果品种，名称来自俄罗斯城市阿斯特拉罕。

"人能听到一切想听到的声音。"奶奶说。

那只苹果冰凉极了，他把苹果贴在耳朵上。

"你听到了什么?"奶奶问。

"我听到了风声。"小男孩说。

但这是个彻头彻尾的谎言。实际上他什么也没听到，而且可能再也听不到任何声音了。

"奶奶什么都能听到吗?"他心生疑问。

她没有注意到他的疑问，也没有回答他，而是灵巧且轻盈地站起身，并拉住他的手。他以为她想进厢房，便想拒绝，不过他们是在往外走。两人站在廊外的台阶上，眺望着花园里霜打过的大丽花和挂满果实的苹果树。没有一丝风，路上也没有行人。村子里既无鸟叫，也没有狗吠，四周一片宁静，天空高高地挂在他们的头顶，无比湛蓝。星星在清冷的寂静中闪烁，更远处，有一堵红墙从地面升起，那是城市无声的光芒在天空中闪耀。

男孩用尽全力在听，他派听觉去往世界各处，但每次都一无所获。这时，当他们站在台阶那片发着光的寂静中时，一只苹果从树上掉了下来。随着一声清脆的轻响，它掉在了坚硬的地面上。

"你听到了吗?"奶奶问罢,便搂住他的肩膀,准备发表一番讲话。

"听到了,一定是只狗。"小男孩答道。

他其实什么也没听见。奶奶的手臂突然开始颤抖,他一开始不明白为什么。

"我听到了,"小男孩继续说,"先是有一只狗在路上走,然后……然后士兵们就来了。"

说"士兵们"这几个词时他语气有些得意,这下他明白了奶奶颤抖的原因。她是在害怕,她害怕自己没有听到他所听到的——她没有听到狗叫。也许她比自己更加害怕。在这种优越感中,他察觉到了自己的救赎之路。于是,他继续着自己的毁灭之举。奶奶却低声问道:

"跟在士兵们后面来的是什么?"

小男孩聆听着黑暗,可他还是什么都听不到,甚至连自己恐惧的喘息声也没听到。

"士兵们后面,"他小声说,"跟在士兵们后面的是一辆重重的马车。"

"你怎么知道马车很重?"

"因为车轮发出碾压的声音。"

奶奶喘不过气来。一阵风缓缓吹过树丛，但他们谁也没听见。

"在那辆马车后面还有什么?"

"马车后面，有个人在敲鼓。"

"为什么我听不到鼓声?"奶奶喘息着说。

"因为天黑了，所以他敲得很轻。"小男孩答道。

过了好一会儿。或许，男孩心里害怕，感到异常寒冷，他心想，或许她永远都不会进到厢房里，如果她永远都不进去，那就永远不会注意到有只靴子不见了。奶奶还在颤抖着，如果这里有个耳朵不聋的人在，就能听到奶奶体内的骨头像破旧的车厢一样发出咯吱咯吱的声音。但这里除了这聋孩子外，没有别人。外面的马路上，那列看不到头的列车在浓密的黑暗中驶过。

奶奶低声问:

"那鼓的后面又是什么?"

"鼓的后面，"小男孩说，"跟着两匹马。"

"为什么我听不到它们?"奶奶抱怨道。

小男孩回答:

"因为天黑，它们的蹄子被包了起来。"

他感到邪恶像一棵石头树一般在自己的心中生长

起来。

"那马后面跟着什么呢?"

"马的后面跟着一个哭泣的人。"

就在这时,篱笆里传来一声鸟叫。小男孩没听见,但奶奶听见了。她说:

"我听到了,我听到了。我觉得很冷,我们进屋去吧。"

她急匆匆走进屋里,想把那邪恶锁在门外,可等她回头找小男孩时,他却不在身边。他意识到一切都完了,便大喊着冲进了花园:

"我去把我的球拿回来。"

他没有球,他什么也没有。可他还是直挺挺地躺在一棵树下,大声祈祷起来:亲爱的上帝,让靴子成双吧。亲爱的上帝,让我重新听到声音吧。可上帝没有听到他的祈祷,上帝只是让寂静像巨大的黑色羽翼一样笼罩着小男孩。

小溪还在原地,在路的另一边流淌。它从石间流过,发出急切的低语。他得去那里听一听。他站了起来,飞快地向大门跑去。但他没能跑到门外,因为路上来了一个人。

有个人从黑暗中走过来，他显然走错了路。首先，他的步伐有些奇怪，踉踉跄跄地从路一边的沟槽走到另一边的沟槽，大致上是往前方走的，但有时又在往回走。其次，他发出的声音也很奇怪。前一秒他还在和一个不存在的人争吵，但下一秒他又哼上几句小曲，等他停止唱歌时，又会争吵起来。站在篱笆里的小男孩心惊胆战地跟随着这奇怪的脚步，直到那人消失在夜色中，再也听不到他的声音。

有人听到了他的动静？是的，有人听到了，他不过就是个人，人的动静总是会被听到的，所以人才会存在。小男孩一定要听到那些不存在的事物的声音，但他没听到，所以他又溜回了家。

当他走进厨房时，奶奶正站在厢房的门槛上，他一看到奶奶的脸就明白了。她的脸就像被人用铲子挖过一样深陷进去，那双直勾勾的大眼睛死死地盯着他。他意识到她知道了一切。突然，他无法控制地对她大声说：

"奶奶，路上躺着一个人！"

他沉迷于自己的谎言，这时他看到奶奶朝自己走过来，她颤抖不已，虚弱无力。她的嘴巴动了几下，却一句话也说不出来。仿佛身在梦中，他看到她那可怜的、抖动的手臂伸向挂钩上的开衫。就在下一刻，他们已经在黑暗中来到门外。两人穿过寂静的花园，他们颤抖着，手牵手走在了那条黑漆漆的路上。外面寒冷而寂静，缀满星星的夜空在宇宙间晃动着。突然，奶奶在篱笆边停下脚步，低声问道：

"在哪里？"

"不在这里。"小男孩低声说，并继续往前走。

他们走在篱笆的阴影里，篱笆保护着他们，但是篱笆到了尽头，奶奶停了下来。她不敢再往前走了，小男孩也不敢。但他不得不继续走，他一步步地向未知的黑暗走去。走了没多远，他在路边的碎石上停下来，弯下腰。

"在这里。"他小心翼翼地对奶奶喊了一声。

她没有跟过来，但他听到她说了一句：

"他长什么样？"

小男孩低头看了看碎石。他捡起几块小石头放在手里，回答说：

"他很高。他高极了。脸上还盖着顶帽子。"

"把那帽子摘下来。"奶奶说。

小男孩把手从路上抬起来。

"他还有呼吸吗?"奶奶问。

小男孩转过头,把耳朵贴在碎石上。他感到绝望而迷茫,一双无泪的眼睛凝视着深夜。整个世界寂静无声。几棵黑黢黢的树耸立在草地上,仿佛黑暗中的一片黑暗。他觉得这些树正向自己走过来,他闭上眼睛,把耳朵压得更低了。就在这时,奇异的事情发生了。一股温暖的气流钻入小男孩的耳朵。路边的碎石中传来了一个熟睡的人平静的呼吸声。

"奶奶,"小男孩高兴地叫道,"他睡着了! 他睡着了!"

篱笆那里传来一声低沉的叹息。

"叫醒他,"奶奶说,"他不能这样躺在寒风里。"

小男孩在空中晃了晃他空空的手,然后闭上眼睛,把耳朵贴下去。碎石中传来嘟哝声和嘶嘶的低语。

"他在说什么?"奶奶又问。

"他说:'大家都进屋去吧。我没睡觉。我只是在休息,过一会儿还要赶路。'"

小男孩快步跑到篱笆边,他看到奶奶插在开衫里的手,他拉起她的手,跟着她沿着安全的阴影往回走。突然,一阵大风从黑暗中吹来,树枝全都开始摇摆,树叶沙沙作响。路的另一边是小溪，潺潺的溪水让石头一直醒着，从云雾缭绕的树林里传来一阵阵强劲而平静的沙沙声。

"奶奶，"小男孩说，"你不用担心，他没死。"

他用手摸了摸她的手，发现她已经不再颤抖了。他们穿过花园，草丛沙沙作响，一只苹果掉了下来。他们都听到了。

"奶奶，"小男孩轻声说，"爷爷的一只靴子坏了。"

奶奶说：

"亲爱的，没关系。我们修好它就是。"

然后，他们一路无言地回到了安静而明亮的屋子里，一起度过了又一个美好的夜晚。

## 钟塔与清泉

一个周一的正午，他从钟塔往下走的时候，听到一辆汽车减速并停在大路上。他站在最后一级台阶的红色碎石上倾听，但这一刻却没听到什么。只有些大黄蜂在修道院花园的玫瑰丛间嗡嗡地飞着。远处，一台割草机像只不开心的鸟儿似的吱吱叫嚷着，毫无疑问，应该有几公里远。然而他却没有听到汽车关门的声音，也没有听见有人朝修道院走来的脚步声。他们可能还坐在车上，他一边这么想着，一边沿着那条玫瑰小径走出来，手里一直拿着帽子。这会儿他把帽子戴在头上，用手擦了擦一颗失去光泽的纽扣。他解开这颗扣子，往上面吐了口唾沫，就一点点唾沫。空气中弥漫着愉悦的气息。每条小径上都没有带着汗臭、烟草味甚至酒味游荡的游客，他们有时还挂着相机，到处乱扔恼人的透明包装纸和烟头。他会把周日的傍晚用来打扫，如此一来周一便会是个好日子，成为一个干净、安宁和独处的日子。在那泓清泉前，他会小心翼翼地在刚修剪过的柔软的草地上跪下，以免弄皱裤子。这是周一的一个惯常举动，他不是在拜祭泉水，而是向泉水献上自己的倒影，弯腰对着那面冰冷坚硬的水之镜，凝视里面自己的那双眼睛。

当他走出那道开裂的拱门时，一举一动便拥有了一种全新的尊严。在那受尽屈辱的周六和周日，被歇斯底里的女老师们以及对修道院废墟厌烦透顶而没好气的导游们来回指使之后，修道院又属于他了。他可以轻抚着灌木丛四处走动，可以坐在钟塔凹凸不平的地板上做梦，可以透过钟塔那些狭小的孔隙眺望平原的平缓起伏，还可以趴在泉水上方，让影子浸在里面。如果哪个访客周一来拜访修道院，那就只能怪他自己了。因为几乎没人会搭理他，提供给他的讯息也少得可怜，口吻还十分严厉，所以他会感到自己的每一步都被监视着，来访也总是很短暂。

有条狭窄的小径从外层拱门通往大路，小径两旁玫瑰和野玫瑰交错成荫。春天，还没有人来访的时候，这条小径便开始铺起一层深绿色的草毯。赤脚走在上面感觉很舒服。那时节，只有偶尔骑自行车的人经过外面，随意地瞟一下修道院的围墙，在春天给这几道围墙披上斗篷之前，它们是灰暗的、光秃秃的。那时节，在那段树叶凋零的短暂时节，修道院完全是属于他的，而不仅仅只有周一。可不久之后"公众们"便会来到此地。这时他会把自己关在钟塔里，对"公众们"的所作所为耿耿于怀。"公众们"是个巨人，他践踏草地、随地扔纸、乱折玫瑰、污染水源，填饱胃肠后喧闹大笑，毫不在意地毁坏古老的墙砖。在那时节，他是"公众们"卑微的奴仆。只有在周一，"公众们"才会有所收敛，而他才能像驯兽师对待狮子那样显出主宰一切的威严。

当他正缓慢而坚定地朝外面大路的方向走去时，"公众们"的汽车喇叭声在大路上响起，于是他放慢了脚步，费了点功夫扔掉了卡在野玫瑰花丛中的一个接满了雨水的铁罐。等经过拐角时，他看到了前方那辆崭新锃亮的汽车，敞篷是放下的，车灯像一对傲慢的眼睛，乌黑的轮胎像是刚在水中行驶了很久，他极力保持着镇定。有两个年轻人一动不动地坐在挡风玻璃后面，这让他想到最近一次进城时在一个商店橱窗里看到的那两个穿着宽肩西装的人体模特。他只是笑了笑，便加快脚步往前走。

他也只能往前走，这时他从两个年轻人光秃秃的脑袋后面，看到了两顶飘动着的女式帽。他变得提防和担心起来：造成最严重破坏的总是那些开着车的年轻男女，他们为自己女人的裙子采摘玫瑰；用讥笑和脏话扰乱他的讲述；他们在钟塔里逗留许久，甚至当他已站在钟塔最上面那级台阶上时，他们还咬着女人们的耳垂。突然，开车的那个年轻人皱起了眉头，用拳头猛击了一下车喇叭的开关。整个平原都被这突如其来的巨响震动了。开车人弯腰下了车，冷酷且笃定地看着老人。

"喂，老头儿，"他用嘶哑刺耳的嗓子大叫道，"这是什么老古董一样的破房子？"

老人停下脚步，站在汽车散热器正前方，目光扫过汽车，仿佛它并不存在。远处，在庄园道路与国道交会的地方，一辆大巴刚从一片扬起的尘土中驶出。他心里充满不祥的预感，抬起手擦了擦额头上的汗水，低头看着自己的鞋子。车上的四个年轻人以为他在戏弄他们。

"这些该死的乡下人，"其中一个年轻人边说边点燃了一支烟，"让他们见鬼去吧！"然后，他把燃着的火柴从挡风玻璃里面弹出去。这是"公众们"那一方的敌对行为。老人把火柴踩进碎石里，他很清楚如果放他们进来会发生什么。乱扔烟头，嬉笑，接吻，践踏鲜花，偷摘玫瑰。大巴越来越近，仿佛是一座滚动的堡垒，被"公众们"派来征服他的土地；大巴轰隆隆地靠近，威风凛凛，卷起尘土，把碎石碾向道路两旁。他连忙摘下帽子，希望不要成为大巴的目标。不过大巴一点也没减速，碎石溅到大路两侧的私家车上，尘土笼罩住一切。他松了一口气，又戴上帽子。

"是修道院的修道院。"他说道。

"修道院的修道院。"其中一个看上去像美国人的年轻人重复道。他转动方向盘，让前轮不断改变方向。老人对此十分疑惑，他们用外语称呼他的方式也让他感到迷惑不解。他被他们的优越感弄糊涂了。毫无疑问，他们正在沉默中想花招。他感觉此时就像每个周六那样。修道院的修道院，事实如此，他还能怎么说呢？每当他这样回答这个问题时，有人就会认为这称呼听上去很蠢，对他嗤之以鼻，好像这说法是他发明的。他自己却认为这听上去非常可信：对，超越任何修道院的修道院，差不多就是这个意思。

不过，坐在后座的两个姑娘却爆发出一阵大笑。她们高举着帽子，笑得眼泪都流出来了。握着方向盘的那个年轻人只是撇撇嘴，然后戴上绿色墨镜，转过身来面朝着她们。

"我说亲爱的，你们笑什么呢?"他问。

"对啊，你们在笑什么鬼啊?"那个没好气的年轻人问，同时把烟从前挡风玻璃扔了出去。

戴蓝帽子的姑娘抓住那个没好气的家伙的手腕，放进自己嘴里才止住了笑声。坐在方向盘前的年轻人从座位上半站起来，轻轻拍了一下另一个还在大笑的姑娘的嘴，她也安静了下来。

"亲爱的，你告诉我为什么。"他边说边坐了回去。

"我不过是说这老头说话结巴。"姑娘嘲讽地说。

"修道院的修道院。"另一个姑娘重复着。

不过两人都不觉得这话好笑。老人仍然站在散热器前方的路上，因恼怒而涨红了脸。他已经习惯了"公众们"轻蔑地看着他，偷走他花园里的玫瑰，在他的小径上乱扔垃圾，弄污他的清泉，甚至在典故讲到一半时用愚蠢的问题打断他，但"公众们"竟然当着他的面这样大笑，这完全超出了他的底线。他叉开双脚，像路边的柱子一样扎入地面。即使汽车启动，他也会站在原地一动不动！他仿佛看到自己躺在路上，身上满是轮胎印，而"公众们"满怀着对死者的敬意，跪在他身边，徒劳地想去摸他的脉搏。然而汽车并没有发动，还是停在路边，拉着手刹，发动机也熄火了。戴墨镜的年轻人推开车门，朝碎石地吐了口唾沫。

"伙计们，咱们不如去找修女们吧。"他说。

那个没好气的家伙又点了一根烟，风吹动火焰舔舐着他稀疏的胡子。"没问题，乔，稍等片刻。"他面无表情地说。

"修道院的修道院。"那个想逗他们笑的姑娘说。

但这次她还是没能办到。他们全都下了车，姑娘们把两顶静物画上常见的那种帽子摆到前排座位上，用手指松了松头发，就像打散糕点面糊那样。

"你们觉得有帅气的修士吗？"那姑娘不逗笑他们誓不罢休。

老人站在碎石路上，仿佛扎根在那里一般，眼睁睁地看着"公众们"从自己身边走过，看也没看他一眼。伴随着一阵阵用外语发出的兴奋的叫喊声，他们消失在松树林中。他一直不会自我防御，因为他从未受到过攻击。姑娘们高亢的笑声尖锐且令人不安，就像充满敌意的号角响彻他站着的这条路上，突然笑声变得低沉且渐渐消失。他们已过了拱门。此时割草机也安静下来，可能是那个农民去吃晚饭了。穿过平原的那条公路空空荡荡，一眼望不到头。一切都如每个周一那样，如果不是那辆车停在那儿，一切本可以像往日的周一那样。突然，他好像闻到了一股刺鼻的味道，似乎是橡胶烧焦的臭味和汽车的尾气味，车灯不祥地闪烁起来，最高挡位在车轮上已蓄势待发。于是他的双脚像是不由自主地脱离了路面，猛地一脚踹在一只车前轮上，他对周一这场变化的愤怒终于爆发了。

在走回修道院之前，他仔细观察了一下四周，没有人看到他。他远远地听到那几个人在修道院的花园里笑闹着。他在拱门下站了一会儿，把残存在心底的自尊和对"公众们"的蔑视都收了起来。他把帽子调整到最庄重的角度，用一把树叶掸了掸鞋上的灰尘，又用手拭掉泛着光的脸上的汗水。这时，一位向导从拱门走了进来。

他发现他们几个坐在那块女修道院长之石上。爱逗大家笑的姑娘坐在那个没好气的年轻人腿上，她脱掉了鞋子，用脚趾在女修道院长之石下面的沙地上勾画着；

两人轮流抽着一根烟，姑娘的发间别着一朵玫瑰。他们下车时，她并没有戴什么花。另一对男女则背对着修道院的花园坐着，把折断的火柴往回廊里扔。听到他来了，他们都抬头瞥了他一眼。

"修道院的修道院。"那个坐在同伴腿上的姑娘说，想逗笑他，但仍未得逞。他在他们面前停下了脚步，向他们投去一道从游客那里学来的不耐烦的长长一瞥。突然，他抬起手臂，用绷紧的食指像枪管一样威胁似的指着他们。坐在石头上的四个人一齐惊讶地看了过来。

"你们现在坐着的这块石头正是史上所称的女修道院长之石。据传说，1404 年 12 月，这座修道院被强盗围攻。当时这座被称为修道院中的修道院的女院长镇定自若地守护着这座基督教信仰的堡垒，她打开了其中一扇门，宣称任何闯入修道院的人都会被上帝之怒所击中，变成一块石头。而传说中那强盗头子被人称作"咬人者西格蒙德"，据说是因为他曾咬断一个仇敌的喉咙而致其于死地……"

没好气的年轻人把姑娘从他腿上放下来，把烟头吐进一丛玫瑰花中，转过头，看了眼戴墨镜的年轻人。

"胡吹。"他说。

"真能扯。"戴墨镜的年轻人皱了皱眉。

"太可怕了。"那个想逗人笑的姑娘说。她正以一种不雅的姿势坐在地上穿鞋子。"咬断人的喉咙！他的牙都掉了吧？"

"真能扯。"戴墨镜的年轻人对那姑娘说，还捏了下她的胳膊。

她点燃了一根长长的香烟，把皱巴巴的空盒子高高地抛向住宿区所在的方向。

"就让老头吹吧。"她轻轻咬了下朋友的脸颊说。

"总之，"老人继续说，"'咬人者西格蒙德'大笑着独自一人从修道院的大门走了进去，你们往那边看，玫瑰花丛后面就是那扇门。然后，女修道院长举起了手，正走在路上的这个强盗随之倒在了修道院的庭院里，那些正想跟着头领进来的手下都吓得撤退了。在西格蒙德倒下的地方，地面上长出一块石头，正是你们坐着的那块，各位贵宾。"

"真见鬼！"那没好气的年轻人站起来。在其他人都悻悻然而老头很开心的气氛中，他颇有兴致地看着那块石头。

"这话可信吗？"司机的漂亮女伴打着哈欠说。

"你话太多了。"司机摘下墨镜说。

老人不安地朝住宿区走去，边走边细听身后是否有人跟着。片刻间四下无声，他那双脚在走廊上磨蹭着，不确定要往哪个方向走。不过他们到底还是跟了上来，虽然并不情愿，而且一直嘀咕着什么。他止了步，转过身来朝那几个人看了一眼。他挨个扫视他们，惊讶地发现自己已经可以掌控他们了；他们已把他当成首领；他们是他可以演奏赞歌的乐器，于是他立即开始调音。他朝住宿区方向又前行了几步，他们紧跟了过来。

"这里就是住的地方。"他说，在一处坍塌的院墙前停下，岁月磨砺过的圆润砖石凸出墙面。小草轻抚着墙角破旧、浅灰色的砖块。

"真能胡吹，这破房子叫什么名字?"那没好气的家伙说。

那个想逗笑别人的姑娘开始咯咯地笑起来。他又担心起来，只消片刻放松，他们就会压倒他。他们会从他的手中挣脱，然后便如蝗虫一样淹没并摧毁他这些美丽的石块。驯兽师一刻也不能让狮子的眼睛歇着。他咳了一声，以便再次吸引他们的注意。

"修女们在这里就寝。"他用低得近乎耳语的声音补了一句，人已走到一堵墙的阴影下，仿佛他要说的话在阳光下无法说出口似的。他停住了口，几个年轻人慢慢朝他走过来，表情既漠然又略带好奇。这一招奏效了。

"就在我们此时站着的地方，有一个现在已经被石块掩住的通往地道的入口，传说邻近修道院的许多修士曾借由这条通道在夜里探望熟睡的修女们。"

"有胆量的家伙们。"那个没好气的年轻人颇有点赞许。

"一群硬汉子。"戴墨镜的年轻人崇敬地说。

那个有些傲慢的姑娘没作声，只是冲她的朋友吐了吐舌头。可那个想逗人笑的姑娘却说：

"她们一定睡得很辛苦，我是说修女们。"

然而所谓"入口"只是个谎言而已。他早就意识到，如果游客们能看到并听到他们最希望看到和听到的，那么来这所修道院走一遭也算不虚此行。修道院里别的地方没那么多可演绎的，而住宿区却有足够的可能性来满足各种极为不同的趣味。这里的入口和地道就是为那些上了年纪且得不到满足的男士而杜撰的。他以前从未在女士们面前说过它们，他并不情愿这样做，但驯兽师的面部表情不应由自己选择。

"那么能移开石块，打开入口，然后爬进地道吗？"

这次是司机的女友在问。

"可以，当然可以。"他答道。

当然，她根本不想去做这件事，可他还是很担心。她就像是想把他这个美丽的谎言翻个底朝天，看看谎言之下的模样：肮脏、冰冷、黏稠。不过这状况还未曾在他身上发生过。于是他迅速带他们离开了住宿区，并以极快的步伐带他们走过其他区域。由于担心他们会逗留在这里而影响他周一的宁静，便没有上钟塔，而是带着这几个一直没再说话的年轻人紧跟着自己匆匆走向出口。就在他领着他们走过玫瑰花影掩映下的那泓清澈明亮的泉水时，他突然想起得回头看一眼，以确定他成功打消了"公众们"对这座花园的兴趣。他停下脚步。

"跟你们俩一起的同伴呢？"他问。

"呵呵，他们到钟塔上去了。"那个想逗人笑的姑娘说。

"他们俩刚订婚。"没好气的年轻人不耐烦地解释了一句。

"那座塔，"老人说，"关于那座塔，有个极不寻常的故事。那是在 1426 年……"

他边说边已经走在穿过修道院花园的路上了，在眼看就要成功的时候却不得不返回，简直让人懊恼透顶。他有种预感，如果他不能及时赶去钟塔，灾难便会降临。他恼怒不已，也不再在意那两个人是否跟着。他自己汗流浃背地站在钟塔西侧的透光孔下，抬头往上听动静，却什么也没听到，于是他从钟塔正门走了进去。紧闭的门发出轻微的吱嘎声。他为自己没有早点给门的铰链上油而生气，在第一级台阶上站了片刻后，他抬头朝黑暗处望去。接着，他觉得像是听到了一丝神秘的声音，从曾经挂着铃铛的那个看不到的平台传过来，这种声音无疑与几米高的黑暗处可能要出现的场景十分吻合。

他轻手轻脚地开始往上爬，每走一步都要停顿许久，仔细倾听一番，但再也听不到任何声音了。或许他们已经听到了大门的吱嘎声，因为害怕被发现，此时在保持沉默。他脸颊发热，继续往上爬，心里想着找到他们后要怎么处置这一对儿。上到第八级台阶时，楼梯来了个急转弯。等到了第十二级台阶，还会再拐个弯，从那里可以直接看到钟塔上的那个小房间。他在第十级台阶上驻足，停留了很长时间，在这段时间里，他试图让怒火充溢在心。赶他们出去，他暗想，此事不可宽恕。可这个强硬的想法在他的体内却是那么绵软无力，渐渐沉没在他的脑海中，没了影子。他并没有觉得愤怒，有的只是一种无法遏制的渴望，他只想悄无声息地继续，一步一个台阶。正是这种渴望，而非愤怒，默默地将这沉重而滚烫的身体抬到了第十二级台阶。他在这里站定，对视着通过南侧透光孔照射下来的阳光。起初，他什么也看不见，什么也听不见。啊，他们正躺在地板上，他想象着，是那样毫无羞耻。

突然，他的脚踩到了一块松动的石板。石板发出一丝闷响，尽管声音极轻，但足以让他发觉自己是如此害怕被人察觉，这钟塔的守护者是怀着怎样病态的良知来靠近此时的占用者。为了消除自己被发现时的不安感，他咳了一声，还让脚步发出些声响，然后继续往上。钟塔房里空无一人，没人能从那些狭窄的透光孔溜出去，也没人能够在楼梯的黑暗中悄悄地与他擦身而过。现实便是，钟塔里一直空无一人。他向外扫视着花园，尴尬且惊讶地意识到所谓的解脱已无处可寻，剩下的只是一种最应被埋葬的感觉——被戏弄感。他埋葬了它以及心里的伤痛，笑了起来，起初有些勉强和不自在，后来竟越来越得意。

然而，这得意感并没有持续太久。修道院的寂静里潜藏着某种令人不安的东西。他竖起耳朵，几乎都能听到自己脑袋里发出的撞击声，却听不到任何别的声音，也没有听到汽车关门和发动机启动的声音。他没看到任何一个人，那四个年轻人像是被玫瑰花丛吞没了。

终于，在一段漫长的等待后，有一种声音从离他很近的地方传来，或者更准确地说，是从钟塔底下传来。这声音让他浑身一颤，心中充满不祥的预感，他冲下楼梯，扑向大门。门被锁住了，他徒劳地推着门想把门打开，这时他听到外面很近的地方有低语声，接着便是一阵高亢、无情的姑娘的笑声。

"开门，"他恳求着，"请让我出去，我不能待在这里。"

可那几个残忍的年轻人根本没有回应。他跑到钟塔上面，向外张望着。他看到他们站在泉水边围在一起讨论着什么。那个爱逗人笑的姑娘说了些他听不懂的话，其他人的喉咙里爆发出一阵大笑，这笑声惊飞了鸟儿，连玫瑰也颤抖不已。突然，他们都转过身，朝他走过来。他们在他现身的透光孔下面停下来，抬起头，但大概没有看到他。戴墨镜的年轻人抿了抿嘴，意料之外的事发生了，他冲那被关着的人吹了声口哨。

"老头，"他喊道，"希望你觉得舒服！"

司机女友的裙扣胡乱扣着，此时正捧着一大束玫瑰花。突然，她折下其中一朵，比了比距离，然后扔了出去，可花落在了透光孔边，然后掉到地下。

他不再往外看，而是跪在透光孔前，双手捂住耳朵。因而他没有听到那个没好气的年轻人的叫喊：

"要是你觉得孤单，要不要我们放一个修女上去啊？"

他已经听够了。他用手拼命捂住耳朵，可"公众们"的狂笑声还是穿透紧压的掌心传入他的耳朵。最后，他什么也听不见了。良久之后，他睁开眼，站起身，掸掸膝，向外望了望。他看了又看，看得泪水一浪接一浪地涌出眼眶，但这泪水无法抹去"公众们"留给他的最后一幅恐怖图景：那个没好气的年轻人正背对着他，独自站在泉水前，迈开双腿用最残暴的方式把泉水弄污，这对清泉来说意味着死亡。他用紧握的双拳猛击着塔的墙壁，可除了他自己，不会有人听到。他又跪倒在地，最后仰面朝天，在钟塔房里翻滚着，发出愤怒的低吼，不，那更像是叹息。

突然，他抽搐了一下，然后便躺着一动不动。他被一阵尖锐的胜利号角声惊醒，是汽车喇叭的鸣响，接着是引擎发出好战的轰鸣。不久便是橡胶车轮碾在打湿的柏油路上，发出长长的吸入和甩打声。外面下了雨，夏天正渐渐临近。最后，一切又重归寂静。他不敢再看任何一个孔洞，就蜷缩着滚下楼梯。在他的想象中，天堂之毁灭如此骇人，以至于他觉得自己的双眼已无法承受而将要爆裂。他对那群给他带来如此沉重打击的仇敌的恨意郁结于胸，在黑暗中久久地坐在最后一级楼梯的石阶上。他想爆炸，用一股巨大的力量把自己炸得粉身碎骨，让囚禁他的钟塔轰然倒塌，将整个被污染的修道院埋在瓦砾之下。但他并没有爆炸。身体，这个唯一帮助我们对抗无情灵魂的仁慈的朋友，最终救了他，尽管只是暂时的。他疲惫极了，死一般疲惫，像是沉入了冬眠。

一阵清晰的说话声吵醒了他。起初，这声音并没有引起他的注意，他以为可能是飞机的噪声，或者是大雨拍打墙壁的声音。他向顶上望去，天空看起来更加明亮了，大概已是阳光普照。他用一种很不舒服的姿势坐起来，放声大喊，不是因为恐惧或孤独，而只是想宣泄：

"喂，外面的人！请行行好，把门打开。我不小心被锁在里面了。"

人声沉寂下来，不对，是在窃窃私语。迟疑的脚步慢慢走近。突然，门被推开了，阳光跟着倾泻进来。他仍坐在台阶上，怯怯地把目光放在两张老太太的脸上——原来是两位退休女老师。不过他并不是对这两人有什么兴趣，让他感到不可思议的是，她们只是推开了门，而没有转动钥匙。原来门并没有上锁，几个年轻人趁他捂紧耳朵的时候，偷偷溜回来打开了门锁。此时，他像个傻瓜般坐在当地。当一个殉道者发现他从严格的意义上来说不配殉道时，恨意渐渐袭来。可憎的"公众们"只用一个下午就摧毁了他，让他全部的存在如同一张退票般一文不值。他当着现在这两位"公众们"的代表的面，咬紧嘴唇、脸颊发烫地从台阶上站起身。他眼前的两张脸是那种狭长而尖锐的面孔，憎恨这等面孔都算是种怜悯。

"好奇怪的人。"其中一个退休女老师说。她说话含糊不清，是用一种令人生厌的高音在低语。她手里拿着一本书，食指插在中间当书签。突然，她们俩毫不在意地绕开他，快速地跑上楼梯。和那些目标明确的游客一样，她们也不允许自己被一个微不足道的障碍物挡住去路。可仇恨和责任感却驱使着他追了上去，并且在上楼时就开始了关于钟塔的讲述。

"1426年，当一支由名叫'白足'的斯莫兰人率领的军队围攻修道院时……"他说。

此时她们已经上到了钟塔房里，那个上楼时总是背对着他的女人突然转过身来，用怀疑的眼神盯着他。

"你说错了，"她说，"事实上是1446年。请务必记住这一点！"

这种情形还是第一次发生，"公众们"以往从未当面对他提出过质疑。他被嘲笑过，但不被相信？从未有过。她们从钟塔上下来。到了住宿区，他看到一个大好机会，如果现在不抓住它，就永远不会再有扳回的可能。她们站在刚才他和那四个年轻人一起待过的那个长满青草的墙砖角落。他低头看着那块灰暗而阴郁的地面。两个退休妇女中的一个轻咳了一声。没作声的那位则翻开一页书看了看，然后把手指夹进去，合上了书。

"二位女士看到的这片砖砌地，"他说，"被铺在曾是修女住宿区的地方，看上去既平和又纯洁（他提高了声调），但其实这是个假象，这些砖块是最近才铺起来的，是为了掩盖一个颇为尴尬的事实，那就是通往这一住宿区是有许多地道的，只不过被木头给遮住了。这些通道是由不知疲倦的修士们挖的，可能同样勤劳的修女们也在努力，以期在半路会合。不管怎样，后世子孙们应该不难想象出邻近修道院的修士们匆匆穿过地道，最后爬到修女住宿区的目的吧？"

没人回答他这一反问。其中一个听众对她的同伴小声嘀咕道：

"这家伙在乱编。离此处最近的修道院在五公里之外，位于深湖和高山的另一边。那个年代没有钻机，诺贝尔也没出生，火药更是稀缺。这个人一派胡言！"

说罢她们扬长而去，留下他听天由命。他独自在角落里站了一会儿，一个可怕的决定在心中逐渐成熟。他跑过去追上她们，她们正要迈出大门。

"女士们，"他恳求着，"让我带你们再去看看你们肯定会错过的景点吧。"

他带着她们来到泉水边，二人发出喜悦的赞叹——如此清澈，如此明净，如此纯洁。这一刻果然来临了。

"清澈、明净!"他高声说（因大笑和急切而卡了一下），"干净？这池子是学校旅游团的男生们用来撒尿的地方。以我的名誉担保，这水里百分之五十都是尿。"

这位听者眯起了眼睛看着他。

"他竟然想用这个来骗一个老教师。特蕾莎，过来！这人的趣味实在低劣，他应该读读这本书，而不是信口开河。"

"书，这是本什么书？"他几乎喘不过气来。

"当然是这座修道院的旅游指南了。"她说，"每个人都应该得到这本书，这样就不用听你那些误导人的信息了。"

他僵在原地。顷刻间，"公众们"的无情如此骇人又如此清晰明了，整个世界都变得像雨前的铅云那般黑暗。"公众们"践踏他的草地，毁坏他的石头，偷走他的玫瑰，弄脏他的小径，把小便撒进他的清泉还不够满足。"公众们"还想让他变成一个多余的人，他们将拿本书走到他身边，嘲笑他的无知，最后说一句："这位先生，我们不需要你了。我们有书，你可以走了。"

那个完全没有用心在听的老太太被他突然的变化触动了一下，弄巧成拙地说了一句：

"这个指南我们有两本，可以给你一本。"

他慌乱地环顾四周，那两人对他怜悯起来。他的目光在花园里胡乱游荡，羞愧地对泉水投下一瞥，然后说：

"谢谢，我不需要。"

停顿良久后，他嗫嚅着：

"我，我要走了。不过二位女士，请去趟钟塔。你们会在最下面那级台阶上看到一件十分特别的东西，离开之前，把钟塔门锁两圈，这样我不在的时候，就不会有捣蛋鬼进去了。祝你们午安。"

说罢他便离开了，在玫瑰花丛的掩护下，他跑向钟塔，打开大门，冲到楼梯上扑倒在地。没过多久，他听到了动静。大门砰的一声关了起来，钥匙被转动，一次、两次。她们俩根本没去看所谓的最下面一级台阶，他的话的意义实在微不足道。这太过苦涩。当再也听不到任何声音时，他缓慢、悄然地从楼梯上下来，坐在第一级台阶上，没有任何特别的想法，亦不觉有何特别的愤怒。无知无觉、无思无念，甚至根本没有想到清泉。他就这样坐了一个小时又一个小时，如同走过一光年又一光年，但他感到更加疲惫。疲惫真好，尤其是在修习囚禁自身这项苦涩的艺术的时候。高度冷静，以及荣辱不惊的能力很好，因为人必须有强大的神经才能克制自己。

# 红色车厢

刚上火车的那个人可能病得不轻。站在站台上的列车长用大拇指搓着他那几粒锃亮的纽扣，不经意地把一块发光的冰块一脚踢到路基上，冰块砸在铁轨上发出了巨大的声响，但并不吓人。刚上车的那个"病人"却猛地跳了起来，用一个奇怪的扭转动作把上半身弯挂在车厢门栏上，像是要呕吐。钱包、一串钥匙、薄薄的棕色车票从他的口袋里飞了出来，落在身后。但这个"病人"——假如他是病人的话——却丝毫没有察觉。

"那位，你掉东西了!"一个穿着冬青色毛衣、胸前系着精致银丝带的年轻女孩喊道。她大步流星地迈着一米长的步子走过车厢，话音未落，人已走远。而那个男人此时仍一动不动地挂在车厢栏板上，看着那块碎冰在明媚的阳光下融化。黄色的融雪像岩浆一样渗进轨道，煤烟和油污散在水坑里，一块块晶莹、纯净的冰块像是被吸进那一张张污浊的嘴里。

那病态的苍白、紧抿的嘴唇、痛苦地缩成一团的肩膀、仿佛被神秘的磁铁吸入眼眶的双眼、无助地紧抓着铁栏板的纤细苍白的手——列车长被一种痛楚的柔情刺中，他小心地松开那人的一只手，捧起它，默默地把那些掉落的东西放进那冰冷的掌心。

"别管我。"他低声说，语气中带着一种令人惊讶的激动，一种叫人恐惧的暴烈，这反而引发了列车长的好奇，而不再是难过。他想搂住这个人的肩膀，把他向后扳，再用轻柔的动作拨开他的眼皮，看一看那双眼睛里面深藏的秘密。

此刻火车已经开动，列车长要考虑的是名誉、责任和上级对他不可动摇的信任。对不熟悉的乘客随心所欲，可能会导致最无法预料的后果。于是，他推开栏板，剪了车票，准备进入车厢。这时，持续不断的哐当声像洪水一样喷溅在列车两侧，他那熟知这些的耳朵很快就会敏锐地捕捉到那些声音在轻微的转弯和变道时的细小变化。

这时，有人拉住了他的胳膊，是一种有说服力的、亲切中带着一丝不耐烦的抓握。那个可能生病的人尽可能向列车长倾靠过来，他仿佛被痛苦压迫着，但又隐隐有种膨胀的力量，这力量甚至可能膨胀到爆裂，他那可怜的身体在宽松的大衣下颤抖着。

"喂，你刚才为什么要踢那块冰？"那人问。

刹那间，列车长完全陷入无助，在他眼中，平时那堵铜墙铁壁被推开了，那股陌生的意志像锋利的矛头般刺入了他柔软的内核。哦，鲜血应该要喷涌而出了。他为什么要踢？

他困惑地看着逐渐模糊的视野——天哪！一幅全景图猛地朝他扑面而来。他曾一千次、一百万次、十亿次见过同样的景物，但此时，他第一次真切地感受到：一节节红色的车厢如昆虫那般穿过大桥，它们无助地展开触角，虚弱地挥舞着；天空中蓝色的穹幕虔诚地拂过一根根哀怨的电线杆；那个巨型影院入口的屋顶上，几个身着蓝衣、手持红灯的人在窸窣前行；铁轨从道岔中蜿蜒而出，发出清晰的嘶叫声；污浊的融雪小溪般流淌在开阔的轨道区无数的水道中；湖面黄色的冰层上，他看到寒冷中冻僵的鸭子正在阳光下扑腾；空气清新，春意融融，充满了新鲜的火车烟雾，这烟雾有种凛冽的锋利感，使城市里一切事物的轮廓都变得尖锐起来。

他似乎觉得身上有什么东西正在慢慢瓦解：一根巨大而有力的支柱，迄今为止一直将他支撑在离地面175厘米高的地方，现在却突然开始坍塌，如果没有剪票夹的解救，结果很可能是一次剧烈的解体。他从口袋里掏出剪票夹，夹在指间，冰冷而巨大的剪票夹像一把武器握在他的手中。他几乎可以听到为保持尊严而紧绷的肌肉在收缩，如果这剪票夹是一把左轮手枪，他此时一定会把弹匣里的子弹打到那个怪人的身上。剪票夹在阳光下闪闪发光，列车长享受着它这种光亮的高雅，剪票夹的镜面捕捉到了他全部的世界。最后，他当着那人的面把剪票夹咬合在一起，那人一定有病，然后他背对着那人，走进车厢，剪起票来。剪、剪、剪。

现在应该说明的是，这个名叫海尔格·萨姆森的人根本没生病，至少不是人们想象的某种病。他确实面色苍白，不过八年来从早到晚都待在路面底下的一个布料仓库里，脸颊怎么可能红润？他的肩膀窄小而紧缩，这是他习惯于尽量少占空间之故。这些年来，他受雇的公司在发展，布匹的数量在增长，可是仓库面积却没有扩充，一个没有灵活的手肘和宽肩膀的小个子在这样的地方自然是再理想不过的。他从厄贝尔夫人那里租来的房间也很小，即使在大公园和深山老林里行走，他也和置身在小空间里一样。也许他的眼睛会引起一些人的注意，因为他的目光几乎总是直直地朝内看，从人的本能来说，这个视线方向是错误的，但任何人只要知道他曾经在布匹之间的狭小缝隙里穿梭，因视线被阻挡而遭遇到的那场大麻烦，就不会对这种怪癖感到惊讶了。

从外表看，海尔格·萨姆森是一个完全正常的人，除很平常的缺陷之外，并没有别的问题；即使可能得了急性肺炎，眼下也没给他带来麻烦。但他有一个令人担忧、困惑和恐惧的发现，他自己称之为"邪恶维度"。虽然他还没有完全弄明白这个东西是如何运作的，不过不消几天，他便对它的表现形式有了足够的了解，这让他长期处于紧张和焦虑之中。

这个惊人的发现还好是海尔格·萨姆森注意到的，而不是其他人。那是在一天夜里的三点到四点之间，当时他像往常一样躺在自己那个小房间的床上，并没有睡着，而是因为整日的疲劳有些昏昏沉沉的。当然，他是独居的。很久以前，一个他一直远远仰慕的女孩曾陪他来到过这个房间，他说要给她看一件珍贵的布料样品，她被这点吸引。可他自然清楚那不过是一块极其廉价的乔其纱，谎言被揭穿后对他的打击比预料的要强烈得多。之后一段时间里，他每天晚上都会被一列南下的货运列车惊醒，这列货车车身巨大，沿着斜坡从一座铁路桥上隆隆驶过，这座铁路桥正是他从房间里仅能看到的外景。在半个多小时里，火车头有规律地重复发出的粗喘声穿透了房间和他本人，他的心脏似乎也随着这声音跳到了房顶。起初，他感到呼吸困难，生怕火车头漏掉一声汽笛的嘶鸣，那对他的心脏来说比对火车本身更难负担。他打开窗，站在那里发抖，等待着车头的灯光最后一下打在桥墩上，等待的时间通常漫长得让人无法忍受。此时的街道空荡、寂寥，铁路公园里没有窸窣的脚步声，高大的车站大楼一片漆黑冷清，桥上长长的铁轨泛着亮光，被强风卷起的雪吹过时，显得格外孤独。其实整夜也只有火车行驶的声音，这是一种剧烈的沙沙声，或许更像是向前推进的干草垛，随着坡度越发陡峭，这种声音重复的频率和强度就越大。他穿着单薄的睡衣，虽冷得要命，但还是想看着火车从窗前驶过。火车终于来了，机车上连着的管线又细又长，在摇晃的车灯下发着光；巨大的车轮似乎没有转动，只是顽强地紧贴着铁轨；车厢几乎被稳稳地压在桥拱上，如同葬礼上的礼帽那般高大肃穆。列车上仿佛空无一物，所有车厢门也像是在最后一刻被紧紧拧住，白色的蒸气烟雾像一团团无声无息落下的云，笼罩在潮湿、发亮的车厢顶上。

直到不久前的一个夜晚，海尔格·萨姆森还没有发现这列喧闹的货运列车有什么特别之处。他甚至一度希望能习惯这种噪声，并随着时间的推移，可以避免在这个不合时宜的时间里醒来。然而，他隔壁的邻居——一位红头发的技术专家和摩托车爱好者——给了他一张周日溜冰场比赛的门票，为了让他能仔细看清楚比赛情况，还送了他一副望远镜。萨姆森把望远镜放在靠窗的桌子上，晚上他起了床，从盒里取出望远镜，对准了火车。火车头上的一些细节引起了他的注意，比如紧靠着看似空无一人的驾驶室下方，有个奇怪的圆柱体，但当他仔细观察月光下以极慢的速度驶过的一节节车厢时，他猛地跳了起来，被一个十分明显的情况惊呆了。无论车厢的长度和高度有多么不同，在每节车厢的侧面都有人用一种比一般车厢颜色更深的红色涂上了无意义的线条：有的是在车门中间长长的、不规则的线条，有的是在车厢角落形状不明的圆圈，有的是成堆的红色方块，有的只是车轮上方模糊而随意的符号。望远镜突然从他手中滑落，在月光下摔碎了，一只镜片从地板上滚到墙边，卡在裂缝中岌岌可危。海尔格·萨姆森却对此浑然不觉，他跟跟跄跄地从窗口向后退去，半躺到床上。他的眼睛里噙满了泪水，既不能向外看，也不能向内看，他清楚地看到了展现在他面前的邪恶维度。他的眼球仿佛被人挖了出来，用镊子轻轻地夹进碗里，又被涂上一层令人恐惧的确信，然后按回眼眶的空洞里。

这列隆隆作响的长长的货运列车上挂着一节节红色车厢——从遥远的森林地带运出木材，或是给某家远近闻名的工程公司运送铸件、铜线或别的什么——此番任务即便不是最重要的，至少也是一扇通向另一项任务的门——它代表着邪恶、恐惧、惊吓、担忧，并以险恶的方向来影响行动计划，扰乱有序的进程，挫败崇高的意图。

这场经历的延续力如此恐怖，海尔格·萨姆森发觉自己正身不由己地下沉，穿过这幢房子的地板底层，来到一处静止、阴森、与世隔绝的荒漠世界，里面只有残酷、雪白的确信之柱林立。他被汗水和泪水浸透，像瘫痪似的躺着。直到天亮时分，他才颤抖着爬起来，恍恍惚惚地走出门，既没有感受到严寒，也没有真正体会到绝对的孤独，他只是在这座小城那几条宽阔的白色冰冻街道上慢慢走着。在视觉、听觉和触觉所及之处，他似乎获得了一种思维，这种思维能准确无误地发现并向他揭示出邪恶存在的一切表现形式。他到处都能看到对昨天夜晚那段经历的印证。他来到火车站，看到一条铁轨上躺着一只身体僵直的老鼠，毛上还结着霜。在一棵白雪皑皑的白桦树上，一根绿绳子上吊着一只死去的灰麻雀。他最终还是躲回了家，在房客们共进早餐时，女房东的糖勺突然掉在地上，尽管每个房客都争着去捡，但糖勺还是不见了。那可怕的直觉逼得他在早餐时请求房东太太把他的临街房间和技术专家的那间更小、更脏、味道更难闻的房间对换，而且，面对院子的那间确实更便宜一些。对摩托车很着迷的技术专家对这个提议欣然接受，他们当场搬走了自己为数不多的物品。不过，技术专家把一个改装摩托赛车的喇叭钉在了原来那房间的墙上，这辆车的骑手已经遇难。尽管他们一起用力，还是没能把它取下来，所以只好留下。技术专家笑着讲述了这只喇叭的故事，但海尔格·萨姆森却带着无奈的惊恐凝视着这件纪念品。

海尔格·萨姆森以为换了房间就可以安然入睡，但他最终发现这不过是种彻底的自我欺骗。正因为他逃离了原地，所以对那恐怖印象的敏感度反而大大提高。当几公里外传来第一声微弱的呼哧声时，他一下就醒了，从床上坐了起来。心脏像一枚巨型炮弹在他的胸腔里跳动着，还不只是胸腔，而是在他身体的所有腔道里，也不只是身体里，而是在整个房间和他四周的每一个房间里，在全国、全世界的所有房间里。他的焦虑在急剧上升，他可以听到货运列车越来越近，却看不到那个确信之柱，这几乎把他逼疯了。由于此刻失去了确认红色车厢样貌的每一个可能，他痴迷的想象力有了最怪诞的表现形式：一些可怕的、经常或很少被提及的词语，甚至组成这些词语的字母本身都是被污染的，那些残酷的符号都指向一种单一且可怕的举动，而所有这些都是用炽热的红色写就的。

为了避免在这种压迫变得难以忍受时跑回原来的房间，他早早地锁上了现在这间房的门，把钥匙藏在床垫下，努力让自己忘记藏身之处。不知怎的，他熬过了一夜，从床上醒来时，他已经满头大汗，身体有些颤抖，可是并没有发疯，没有一夜白头，双腿也还能撑得住。他进餐厅时迟到了，每个人的目光都从热气腾腾的盘子上方投向他。

"无法想象，"女主人说，"那糖勺离餐桌只有几米远，就躺在圣诞树的那小毯子下面。"

不过这里只有没人瞧得起的海尔格·萨姆森意识到了这些事件之间的联系。

如果在海尔格·萨姆森工作的地方问及他在被解雇前表现如何，很可能每个人，包括那个高个子、干皮肤的女售货员拉格小姐，塌鼻子、咳个不停、用那副难看的夹鼻眼镜挡住陌生目光的会计克伦，还有长得像头牛、总是指手画脚的主管莫姆斯，都会遗憾地耸耸肩感叹一声：

"他嘛，他并不比一般人更古怪。"

这话也许是真的。萨姆森挤在仓库里堆积到天花板的布料堆之间，爬过狭窄的通道，去寻找一块闪着光的锦缎，他身上同时有数百种不同颜色、不同纹样的布料的气味在流动，他是平静而被动的，他体验到了一种强大却不复杂的平静，如同无梦的睡眠。最理想的状况是，他爬进织物层最里面的一个凹陷处，那里只有些红色的蜘蛛像缓缓漂移的浮标一样在织物表面威风凛凛地滑过，他会把头埋进一些好闻的织物里，慢慢地感到窒息——对，是这样，为什么不呢？一切英雄事迹对他来说都是不相干的，对邪恶维度的惊人发现反而让他在身处这一切痛苦之中时，内心充满了平静的满足感，他不再特别渴望留在这个世界。

不过哪怕是在布料仓库，也会有无数的事情把他从平静之中拉回残酷。这个世界有三种声音：一是拉格小姐的声音，她像大黄蜂一样嗡嗡地叫着，无论他想逃到哪里，她都能找到他，因为店里的货架上总会少了几卷蝴蝶般光滑轻柔的薄纱、柔软的法兰绒或是有君主风格的锦缎；还有会计克伦的声音，更像是一只在捕食的喜鹊疯狂的呱叫声，通常是在找一些对不上的数字；最后是主管莫姆斯空洞的、似乎总是在墙壁之间回荡的声音，奇怪的是，大多数时候他都不在这里，他会用激动的语调向萨姆森索要各种信息，而这些信息他其实并不需要，而且很快就被他忘了。

显然，即使在这里，邪恶维度仍会不可避免地降临到他身上。大门对面住着一个驼背、鹰钩鼻子、白发苍苍的教堂敲钟人，他有时会窥视着仓库，与主管莫姆斯低声进行一些秘密的事务交谈。关于这类事务属性的小道消息在员工之间流传，但都未经证实。有天上午，这位肩上挂了条绳子的敲钟人走进莫姆斯的办公室，当会计问他带绳子是干什么的时候，他玩笑着回答说要上吊自杀。萨姆森听到了，在又一个不眠之夜后的精神状态下，竟把这句话当真了。他焦虑不安，穿上衣服偷偷溜出仓库，远远地跟在那个敲钟人身后。奇怪的是，他并没有任何想要拯救敲钟人，劝说他放弃自杀意图的冲动，相反——这同样让他感到害怕——他想确定那人的自杀是否真的会发生。经过一段漫长而曲折的路程，他们终于来到了小镇西边的一座教堂，敲钟人沿着摇摇晃晃的木梯爬上了钟塔，萨姆森小心翼翼地跟在后面，他看到敲钟人用那根新绳换下一根断掉的绳子。他又惊又怕，匆忙跑了出去，但跑到教堂外的小路上时，突然被低沉的教堂钟声击中。他吓了一跳，停下脚步来听，然后惊愕地匆忙跑开，因为教堂的钟声在他头顶雾茫茫的空气中清晰地唱起来：被绞死的人，被绞死的人，被绞死的人。唱歌的不只是西教堂的钟，还有圣母领报教堂、大教堂、圣安斯加里教堂的钟，甚至这镇上所有教堂的钟似乎都在齐声高唱，追赶着他穿过湿滑的小巷和狂风呼啸的街道，窜入布料仓库。

不出所料，那三种声音都对他的旷工进行了训斥，但那持久的恐惧仿佛让这些训斥声都退到了身后的墙壁里，没有起什么作用。他匆忙跑进一堆布料中间，用一捆捆丝绸面料给自己搭了个窝，平静仿佛从周围饱和的气味中降临到他身上，压向他，压进他的身体，几乎把他变成了一捆布料。他毫无抵抗力，软弱不堪，身体里有一股冲动却无法作出反应。

然后，或许离最终的转变只剩下几秒钟时，拉格小姐的声音，像大黄蜂一样不可阻挡地穿入他的藏身之处：

"萨姆森先生，黄色法兰绒！黄色法兰绒，萨姆森先生！萨姆森先生，萨姆森先生，你在哪里？"

他半窒息地探出身去，拨开眼前一团雾，找到了那匹对方想要的布料——黄色的、带有童话仙女和快乐小孩图案的法兰绒，并匆匆走进店里。他把那匹布铺在柜台上，顾客弯下腰，用苍白的手指捏起来。拉格小姐递过一把大剪刀并对他说：

"剪吧，萨姆森先生！"

这话是出于某种突然生出的恶意，他凭经验立刻判断出来。这类事在以前从未发生过，也不需要发生，因为在店里帮忙不是他的职责。不过，他还是用颤抖的手指接过剪刀，把剪刀插入布匹的指定位置。然而，就在他准备剪开法兰绒那一刻，一件极为奇异的事情发生了：图案中在仙女们的草地上玩耍的孩子们突然活了起来，他想象着他们的双腿和手臂充满了血液和骨髓，草地也有了色彩，轻轻摇动起来，甚至，在顾客和拉格小姐的愚蠢对话里，一阵纷乱的叫喊声和欢笑声从那块法兰绒里传出来，奔向他。他退缩了一下，因为就在他打算下剪刀的地方，有两个快乐的女孩正在跳舞。他迷惑着把剪刀往旁边挪了挪，希望没人注意到，然后去剪另一处。然而没过一会儿，他又不得不停下剪刀，因为不是一个开心的男孩的脑袋，就是一根仙女的权杖挡住了他剪刀的去路，他不得不移开剪刀。于是那片草地上便形成一道沟，歪歪扭扭，不过却躲开了每一只嬉戏的动物。顾客低头一看，大叫起来：

"怎么回事！小姐，你看，这个我可不能接受！天啊！"

拉格小姐灰色松垮的脸布满了细密的粉白色皱纹，她一脸凶狠，像是要给他指一条回仓库的路。但海尔格·萨姆森还是固执地留了下来，他看着她拿过剪刀，准备快速剪掉那块蜿蜒的布，残忍地屠杀那一切无辜的生灵。

"拉格小姐！"他喊道，"当心啊！别这么做！别这么做！"

此时，他有了自发现邪恶维度以来第一次抵抗它的可能，于是他用双手抓起那块布匹，举起来，愤怒地把它从顾客的头顶扔到了肮脏的、被融化的脏雪浸湿的商店地板上。他虽然还很慌乱，但内心却平静下来，愉快地看到那位顾客用苍白的手指紧紧抓住柜台的边缘，以免摔倒；看到拉格小姐的脸先是变成了深蓝色，最后变成了深红色；听到了刺耳的、无处不在的尖叫声；看到了主管莫姆斯和会计克伦前来救援。他被按照上下属次序分三次扔出了门：先是主管推着他，还说了声"猪"，接着是会计，嘴里骂着"混蛋"，然后是拉格小姐，念叨着"没规矩"。他的大衣、帽子和手套也按照同样的顺序，很快被依次扔了过来。尽管萨姆森抗议着，但刚走过来的那个笑嘻嘻的敲钟人停了下来，拍了拍他。

他无疑是被扫地出门了，尽管他想抵抗那邪恶维度，可显然他只是个低等人，他只好走到了车站。他已没了退路，如果说这一刻还有什么重要的事，那就是找到一条可行的逃出现状的出路。原本最为愉悦的方式是让自己在倒落的布匹堆下窒息而死，但不幸的是，这条出路已经关闭了，他实在后悔自己没能在还有机会时充分利用它。

火车停靠在他家附近的那一站，他下了车，站在月台上时，他认为要尽量牢记刚才发生的事。站台上春意盎然，积雪正在融化，小水坑上浮光闪动。穿着黄胶鞋的小男孩们互相追逐着，溅起一些水花，落在下车乘客的身上。车站停车场里滴着水珠的树上已经有几只鸟儿在鸣叫，如果还有机会重新适应虚幻的现实社会，这当然是一个让人舒心的天气。就在海尔格·萨姆森和其他乘坐同一趟火车的人准备穿过铁轨，走向站房时，一列长长的货运火车驶了过来。人们不得不等这辆火车先经过，一节节长长的红色车厢滑行着，然后火车突然停在了站台正中间。火车就静静地停在那里，红色的车厢在阳光下闪着光。一节红色的货车车厢停在了海格尔·萨姆森的正前方，当他抬起头时，车门上方和车顶之间一些用更深的红色漆成的无意义线条吸引了他的注意力。这些线条让他恍然大悟，他突然发觉周围的一切是如此生机勃勃。天空高远而清澈；树木、排水沟和车厢顶上发出的滴水声清晰可辨；人们用欢愉的声音在窃窃私语；枕木间发出呢喃声，也许是嫩芽正准备破土而出；甚至渗进鼻孔难闻的油烟味也以一种潮湿的锋利感在谈论着春天。正是在这些新鲜且响亮的人声和欢快的水花泼溅声的愉悦和谐中，他对那些红色车厢的恐怖体验达到了一种奇特的深度，他发觉自己在这些无意识的人和事中是那般格格不入，他被自己经历的孤独迷住并吓到，开始沿着这辆货运列车奔跑起来。他可能撞到了一些等车的人，有人在向他怒吼。他突然被一位胖胖的老先生的拐杖绊了一下，摔倒在湿漉漉的站台上。但这位老先生并没有注意到这一点，而是继续和他的旅伴聊着天，拐杖头和拐杖杆在阳光下闪耀着光芒，那位老先生还笑呵呵地用拐杖在车厢边上敲了三下，似乎是想示意让火车开走。海格尔·萨姆森睁大眼睛，看到拐杖正敲打在一个形状凶狠的邪恶三角形中间。

突然，他脑中灵光一闪，发现了唯一的出路。大家得理解他，他总是顺从于人，既被自己也被别人压制着，缩进角落里，即使拥有广阔的空间也是如此，他不断被迫向那些腰杆笔直的人躬下身，此时他觉得通过这不寻常的发现，终于第一次找到了让自己挺直腰板的方法，这一定会让他体内弯曲的弹簧恢复如初。那些强悍的人在大呼小叫，用手杖敲打着车厢壁，可为什么那些没有手杖的人、那些脸皮薄的人、那些双肩窄小的人、那些孤独的小人物、那些身不由己的苟活者，从来没有想过要呐喊，反而成了恳求的牺牲品？让那些坐在安乐椅上的强者去抱怨暗示的标记太小，不容易被看到吧。从长远来看，它们总会褪色，甚至当目光最犀利的人发现它们时，亦为时已晚。然而，假如现在就能让一个迅速燃烧起来的标记刺穿那些不为所动的家伙的视网膜会怎样呢？

无法想象，一直置身于砧板的他，会产生去抢大锤的冲动。他离开喧闹的、长长的月台，生平第一次没有在意禁行标志，跑到停在洒满阳光的火车站正中间的那辆货运列车后面。那里还冒着浓烟，机车正不耐烦地抖动着，珠子般的煤块散落在铁轨边上，突然，一列特快列车在他身后鸣笛驶来，他仆倒在铁轨一旁，溅了一身水和雪泥。他被车轮的轰隆声震得耳鸣，列车驶过后，他在原地躺了很久，听着道岔的碰撞声和电力机车像愤怒的公牛般从他身边飞驰而过的呼啸声。他羡慕地看着铁路工人随心所欲地穿越铁轨，因为当一列晃眼的特快列车出现在车站一头的通行口前，他还不敢踏上铁轨，只有当轻柔的蓝色蒸气飘过来，缩小了视线范围时，他才敢冒险穿过铁轨。一个火车头差点轧断了他的腿，但他还是狂奔着冲进了铁轨边的一间大仓库。里面静悄悄的，只听见老鼠咬木箱子的声音，还有火车呼啸而过时，泊在仓库轨道上的空车厢剧烈晃动的声音。他在黑暗、拥挤的货物装卸台上徘徊了一会儿，走动时四下一片寂静；但只要他站住，屏住呼吸，老鼠的牙齿便又开始发出摩擦的声音，听起来就像菜地里突然下起了雨。然后，他的脚碰到了黑暗中的一个铁皮桶，他点燃火柴，朝桶里照了照，又伸进去一根手指，再抽出来，然后又照了照手指，几滴亮闪闪、深红宝石色的颜料从指尖滴落到黑漆漆的桶里。有人从外面走进来，打开开关便离开了，没有发现海格尔·萨姆森。这时，他感到自己不会孤独太久。他迅速脱下大衣，卷成一团，放进颜料桶里。风吹过仓库，天花板上的灯和长长的灯绳凄凉地来回摆动，箱子和车厢的暗影扑向他，停下，又一次扑来。

他双手拿着那件染红的大衣，跑过水泥铁路桥，走向第一节货车厢。水泥地上的颜料滴缓缓游动，就像一条带着铅灰色圆环的红色蠕虫，匍匐跟在他身后。哦，他会给那些人发出一个信号，一个英雄的信号，把他们盲目的灵魂扔进恐怖的熔岩中。在车厢的一侧，面对着仓库的入口处，他用自己的外套当刷子，在上面画了一个暗红色的十字；在他看来，那十字长长的臂膀像章鱼一样抱住了这个世界。

然后，他躺在颜料桶后面的阴影里，等着听到那些人跑过来。应该很快就会有人尖叫，现下的平静会被那章鱼般的十字打破，越来越多的人会被感染，恐怖会像传染病一样蔓延到仓库里所有人的身上。然后，他一直担心却不敢说出口的事情发生了：一切平静如常。快速行驶的列车劈开了外面的黑暗，黑暗在列车经过时从仓库的缝隙中闪过，空间被一道尖锐的箭头符号穿透，他自己倒成了一个被害的目标，箭头的尖端刺入疼痛的骨髓，他尖叫着，最后不得不从自己的静默中逃出来。

"信号、信号！"他狂怒地呼喊着，可装卸工们只是在抬起沉重的眼皮时略微惊讶地看了一眼他奔跑的身影，然后继续堆着那些装橘子用的长方形盒子。他跑上了第五条铁轨——火车——冰面在他惊恐的脚下不断碎裂——火车——孤独——火车——他一直承受着他的——火车——恐惧、遗憾、兴奋——火车——那些永远不可能发生的事，活着——火车——是无比可怕的孤独，那么人与火车，火车——甚至火车也不行，火车——传染给"健康"的火车，火车——的"疾病"？

一切，思想、秘密信号、来自内心的流血呐喊，都在夜间特快列车的冰冷光线中扭曲成破碎的螺旋，重重地碾压在他的双膝上，那道弓形的绿光打在冰面上，一切便都突然结束了。

# 惊喜

为了爱，有的人无所作为却依然被爱，而有的人竭尽全力却一无所获。正如人们常见的，真正贫穷的人往往很难被爱。奥克的母亲已守寡五年，他祖父也满了七十岁。他和母亲收到了一封短短的只有八行字的邀请信，信中写道："如果你们想来，可以来，但必须自带被褥，因为那间房很冷。另外，前厅里会住几个人，除了你们之外还有人要来，我们已经邀请了账房和店主约恩松，他们会睡在客厅里。如果你们能提前一天来帮忙打扫卫生、收拾桌子和做饭，那就再好不过了。诚挚的伊尔玛。另：肯定需要人洗碗和干其他杂活，也许奥克偶尔也可以砍点柴。"

一天晚上，母亲在灯下大声读了这封信。她很疲惫，双手撑着桌子。她整个白天都在东马尔姆[1]的一个大公寓里清洗屋顶，由于长时间仰着头，她此时头痛欲裂。读完信后，他们两人都静静地坐着，没有相互看对方一眼。奥克翻着他的地理书：特罗尔海坦[2]的瀑布景致优美……荷兰人是爱干净的民族，每天都会擦洗人行道……在墨索里尼强硬有力的统治下，那些有害健康的沼泽地已经被排干了……一种叫作鸟粪石的肥料从智利运来。

母亲直直地盯着空空的房间，双手极为孤单地慢慢把信揉成了一个表面凹凸不平的纸球。过了一会儿，等奥克去看那双手时，它们又羞愧似的抚平了信，不过信已然是皱巴巴的了，如同一张老妇人的脸。穷人的手总是对做过的事感到羞愧。晚上，书桌上的灯亮了很久，奥克很晚才睡着。他好一阵子都以为母亲在背光处睡着了，可当他轻轻撑起手肘，朝母亲的方向望去时，才发现母亲的眼睛是睁着的，她那双放在被子上的手，正紧紧地按着一封看不见的信，将它展平。

---

1　东马尔姆是斯德哥尔摩的一个城区。
2　瑞典西约塔兰省的一个城市。

第二天晚上，灯亮的时间更长。母亲穿戴整齐，坐在父亲的旧书桌前写东西。似乎在写一封永远也写不完的信。在奥克入睡之前，桌面上已经堆满了皱巴巴、墨迹未干的信纸。他半夜醒来，觉得发冷，母亲正坐在床边，手放在他的额头上，像是他发烧了一样。等他真的醒了，母亲看着他的眼睛说："才十二点呢。'世纪'怎么拼？第一个字母是 C 还是 S？ [1]"

闹钟定的是一点一刻。他低声说："是 S。"然后他听到母亲轻轻走回到书桌前，开始用笔在纸上划了起来。接着他便睡了，孩子般地沉沉睡去，直到天亮。

第二天，母亲站在校门口等他。像所有有着贫穷母亲的孩子一样，他起初也羞愧地假装不认识她。在穿过街道，和同学们分开后，他才红着脸走回来。母亲注意到了他的窘困，等到了街上只有他们俩时才牵起他的手。两人乘有轨电车前往市中心，他们相对而坐，看着对方的手。下车后，母亲再次牵起他的手，带他穿过熙熙攘攘的人群，到了王后大街[2]。他们在一家精致又宽

---

1 瑞典语单词"世纪"的拼写为 sekel。
2 斯德哥尔摩最著名的商业街。

敞的商店前驻足，商店门前招牌灯闪烁不停。母亲站了一会儿，假装看了看橱窗里的书。两人进去后，母亲把奥克推到自己身前，仿佛他是个挡箭牌。

在高档商店里，店员们总是充满敌意。和他们说话时，你往往会面红耳赤、结结巴巴。他们在礼貌地说"能为您做什么"的时候，就像在说外语，而你则会自动把这话翻译成："你真的买得起吗?"

奥克的妈妈说：

"我们想录一张唱片。是这样的，他的祖父马上要过七十岁生日了，他写了一首诗，想要把它朗诵出来。"

他们被告知要坐着等一会儿，等录音间空出来。商店里有几张钢管椅，两人疑惑不安地坐到最尽头的椅子上，低声私语起来。母亲给了他一张纸条，上面是她昨晚写的诗。他看了一遍，一点儿也没看懂。他心里一直在想，那几个穿着漂亮白色长衫的店员一定正站在柜台后面盯着他看，他羞得满脸通红，紧张极了。母亲则四下打量着。

"别忘了韵律，读的时候要大声。"她低声说。

他紧盯着那张纸条，眼泪都快流了出来。他凝视着那些韵律，它们在他心里回响："七十载——生命之春，幸福美好——生命之河，缓缓流淌——勿需迟疑，播种耕耘——农庄的果园，马儿和犁——那片深林，忠贞的贤妻——尽皆放下，只因这一天——定要庆祝的一天！"

当他们站在狭窄、闷热的小屋里时，空气中还散发着刚才那位歌手留下的香水味，他的喉咙像是堵住了。他大叫着，却发不出声音。母亲站在他身后，紧紧抓着他的肩膀，他感觉母亲似乎想要勒死自己一般。汗水顺着他的后背大滴大滴地流下来。不过在准备工作结束，机器开始吱吱作响时，他还是读了起来，那些字句都蹦了出来，塞满了他的嘴，个个饱满又庄严，他像牧师一样朗诵了前几行。当他读完时，磁盘上还剩下一点空间，母亲弯下腰，用她温柔的如同露西亚[1]般的嗓音唱起了《祝长命百岁》[2]。

母亲整晚都坐在那里，说着他表现得有多好，当她打开留声机，放上唱片时，爷爷和全村农户，还有乌普萨拉和耶夫勒的亲戚、账房和店主将会何等惊喜。她看

---

1　光明使者。
2　瑞典传统的生日歌。

着他，眼睛里放着光，灯下的那双手攥得紧紧的，她一直在那里默默地坐了很久才松开手掌。

第二天傍晚，母亲带着神秘的微笑出门，回来时拿着从邻居那里借来的一台旅行用留声机。她把留声机放在桌子中间，轻轻地放上唱片，仿佛它是碰不得的，等唱片转起来时，她轻轻地放下唱针。他们坐在灯下听了起来。一开始是一声尖锐的划擦音，母亲的眼中满是恐惧和警觉。接着是一声喘息，奥克脸红了，因为他知道这是自己的声音。他觉得自己的声音很陌生，本想说商店骗了他们，但当他抬起头时，母亲正极为喜悦地看着他，于是他明白那肯定是自己的声音。母亲的歌声响起时，她想把视线移开，但他隔着留声机对她微笑，最后她也回以微笑。

过了一会儿，唱片放完了，她说：

"我们不妨再听一遍，好不好？这张唱片已经很不错了。"

他们便又听了一遍。晚上脱衣服时，她像是下意识地又打开了留声机。半夜，他从一个色彩斑斓的梦中醒来。房间里空无一人，但他听到厨房里传来自己那陌生的声音，接着耳边又响起了歌声，他再次睡去。第二天晚上，这张唱片他们又听了四遍，但每次都不像是刻意要去听的。

三月的一个星期五，下午四点时，他们俩在那个村镇下了火车。火车上弥漫着烟雾和融雪的味道。没有人来迎接他们，但母亲说这也正常，因为他们现在得为生日做很多事。路很滑，他们走了很久，奥克想帮忙背包，但母亲没让。最后，母亲心跳得厉害，实在背不动了，才让奥克背起来，但让他一定要非常小心。背包最下面是用厚报纸包着的留声机唱片，它就像是穷人仅剩的一枚鸡蛋。

他们到了门廊外，但门前台阶上没有人。父亲活着的时候，总会有人站在那里迎接。他们便径直走进厨房。祖父坐在桌边，一张报纸挡住了脸。姑妈站在灶台旁，正在搅着一锅炖菜。祖父从报纸上抬起脸，姑妈也放下了勺子。

"这不是寡妇吗，你背包里是什么？总之不会是件礼物吧，对不对？"祖父说道。

接着便继续读报，好像瞬间已经把他们来了的这事给忘了。姑妈则冲他们点了点头，便又拿起了勺子。他们像被遗弃般地站在那里，在屋子正中央，奥克看到母亲的目光在几个铜壶和盆栽间游移。这是她一眼看上去便知是个寡妇的第五年，她一身黑服，消瘦而孤独。突然，她低头看了他一眼，眼中流露出一丝掩藏的喜悦。

"这是个惊喜。"她说，但只有奥克听到了这话。

"把大厅的地板擦干净，奥克可以去柴房了。"

临近黑夜时，母亲来到柴房，把手放在斧头上，坐在砍柴墩上，抚摸着他的头发，一句话也没说。她穿着老女仆的衣服，为他拂去身上的锯木屑。晚上，他们俩一起睡在厢房一张沙发上。夜深了，只有他们俩时，母亲打开背包，在灯下站了一会儿，轻轻地捧起那张留声机唱片。

第二天一大早，他们就起床在大厅里挂满花环。看门人和几个农户送来一根带银把手的拐杖。之后他们便坐在大厅里喝起了咖啡和白兰地，十点钟离开时，他们还帮忙把祖父搀到了沙发上。

"你们的惊喜是什么啊?"姑妈尖着嗓子问。

"我们等到晚上再送上。"母亲边说边对奥克眨了下眼。

晚上，亲戚们从乌普萨拉和耶夫勒坐车来了。

远道而来的农户则是坐着黄色的轻型马车。账房来了，店主也来了，屋子里充满了欢笑、交谈和食物。奥克站在厨房里削土豆皮，擦玻璃杯。他母亲则端着食物和餐具在大厅和厨房之间来来回回。店主开始致辞，引得他们从厨房里出来。他们站在大厅门口，一边听一边盯着看。店主已经有点醉了，声音像是卡在喉咙里。他有点费力地从口袋里掏出一块金表，递给七十岁的祖父。祖父湿了眼眶，几小滴眼泪落进白兰地酒杯里。接着，农户们致了祝词，账房以及来自乌普萨拉和耶夫勒的亲戚们也都致了祝词。母亲抚摸了一下奥克的侧脸，意味深长地看着他：马上就要到他们致祝词了。

店主带来了一台留声机，就放在柜子上那台收音机旁边，奥克趁别人没注意时悄悄地把唱片放了进去。当他们站在空无一人且昏暗不清的门廊台阶上时，母亲轻声对他说：

"等喝完咖啡。我会对你点头示意的。"

大家都喝起了咖啡和白兰地，气氛高涨。母亲收拾好餐桌，奥克在房间里四下走着，给人递上雪茄和香烟。这会儿母亲站在了大厅门口，他看到了她的眼神示意，于是小心翼翼地走到柜子旁边。就在此时，姑妈打开了牌桌。账房、店主、看门人和祖父拉开椅子，围着那张绿色的桌子坐下。奥克开始摇动留声机的手柄。账房出了牌。母亲在大厅门口点了下头。四位玩家正拿着牌，脸上洋溢着酒意和兴奋。奥克打开留声机。祖父摸到了四张黑桃，第一个叫牌。他兴奋得连雪茄都掉到了地上。祖父听到柜子那里传来留声机的声音，既响亮又烦人，听上去像是有人在演讲。他突然转过身对奥克喊了一声：

"你就不能把那该死的发出声音的东西关掉吗？两个黑桃！"

于是奥克关掉了留声机。唱片上好像有了一个缺口，但这已经不重要了。他冷得像条鳗鱼，痛楚穿透全身，眼睛蒙上了一层薄雾，周围醉醺醺、面色潮红的脸变得惨白如锡皮。来自乌普萨拉或耶夫勒的某人大笑起来，这笑声将他赶出大厅，他穿过门廊，走进那间黑暗的厢房。他站在地上，手里拿着留声机唱片，最后这张唱片变得像他的生命一样沉重。敲门声响起，母亲在微弱的光线中悄然向他走来。他带着痛楚倒进她的怀抱，她用温暖湿润的低语轻抚着他的脸庞。

"别哭，孩子别哭。"她低声说。

而她自己却在哭泣着，颤抖着。

贝尔维尔的冬天

如果说巴黎是一种生活方式，那么贝尔维尔就是一种艰难的生活方式，而贝尔维尔的冬天，便是一种受苦的生活方式。在经历过的所有冬天里，我记得最清楚的就是那个冬天：雷吉娜的缝纫机马达丢了，后来找到了，而我的帽子也丢了，却没能找回来。那是一个漫长的冬天。

那是一个在闹大罢工的冬天，全世界人民都心潮澎湃、踮起脚尖围观着巴黎，就像围在一张病床旁那样。有天晚上，《人道报》在地铁上免费发放。那天晚上，我们的双眼实在是应该被同情，因为占据整个头版的是两个巨大的、血淋淋的单词，其中那个最大最血腥的便是"ASSASSINÉE"（暗杀）。我在想，每个人也都在想：此时暗杀已经发生了！可据《自由报》所称，没有人被谋杀。

灯光在一张张苍白的脸上闪烁，火车在隧道里穿行，莱利拉门[1]站的自动扶梯停摆了。共和国士兵包围了伊夫里发电站。有天晚上，他们拿着镐头破墙而入。灯光越来越亮，照在警察佩带的卡宾枪上，照在夜色中驶过的发亮的卡车上，照在喷泉里的冰块上。突然间，天气变得异常寒冷，下水道里冒出了白色蒸汽，霜雪覆盖了每一道冰冷的城墙。大雪纷纷扬扬，落在每个人身上，人们或在战斗，或在挨冻，或在赚钱。

我给自己戴上了一顶高高的保加利亚毛皮帽，因为我对此地还一无所知。比如，我不明白巴黎的冬天为何被认为是违背了巴黎与大自然之间的默契。当默契被破坏时，人们应该怎么做？需保持沉默。而破坏这种默契的人便会受到鄙视。我戴的这顶帽子表示我认可了冬天的权利，我接受了这一点。而且最终可能是由于帽子太高，当拉丁区的学生们看到它高高地出现在王子先生街的一个地方时，便组成了一个合唱团，有节奏地唱起

---

1 巴黎一个地点。

来：Quel chapeau! Quel chapeau![1] 直到这顶帽子消失了才罢。到了歌剧院广场时，正值中午，我的后脖子被一个年轻的狂热分子扔出的雪球砸中，他在密匝匝落下的大雪中冲我大喊：Russe! Russe![2]

没用多长时间，我便学会了挨冻，在我学会外出不戴帽子之前，在我学会不接受某些事物——比如冬天之前，所有的冬天我都不想接受，但不包括那个冬天。

那个冬天，我们常去贝尔维尔找雷吉娜。她是什么人？可以说是好蜘蛛中的一只。在所有大到足以容纳各种不幸的城市里，总会有些被指派来安慰不幸者的人。他们像磁铁般吸引着不幸和孤独的人。这些人数量并不多，但就像日常生活中的五种鱼[3]一样，对每个人来说显然也够了。这些人不一定富有、美丽、年轻或多么幸福，但他们会以一种极自然的方式成为一个圈子的中心。他们就像好蜘蛛一样，把人们编织进自己那个充满团结、温暖和希望的网里。

---

1 法语，意为"多么高的帽子"。

2 法语，意为"俄国人"。

3 瑞典人餐桌上常见的五种鱼。

那个冬天，她住在拉雪兹公墓公社墙[1]附近的一个小巷死角里。从一条狭窄的小巷进入一条更狭窄的小巷，日光渐渐暗淡，像是一扇巨大的窗格栅在身后被关上。在仿佛已被磨蚀了几个世纪的灰暗光线中，一个路人正蹒跚前行。石头像是被千万次的脚步打磨过的，猫儿们瞪着发光的眼睛从窗户里蹿出来。小巷拐弯处有家小酒馆，透过焊着锈迹斑斑铁栅栏的窄窗，可以看到里面的一切。整个冬天，我们都从这个窗口往里看，发现一切都没变：同样的白人妇女，同样的红脸男人，同样光秃秃的桌子，同样开裂的玻璃杯。我们没有看到任何人从那扇变了形的门里出来，也没有看到任何人进去。我们只看到里面那些人像囚犯一样坐在那里，被判刑似的注定终生酗酒。

然后，小巷蜿蜒着进入一个低矮昏暗的拱顶，出来后是个长方形的小院子，四周被开裂的墙壁围着。院子左边紧挨着的是另一扇有铁栅栏的窗户，里面是那个总坐在一张红沙发上的守门人，她的双脚放在一个红色的

---

1　1871 年巴黎公社革命，公社战士为了保卫公社，最后牺牲在贝尔-拉雪兹公墓的一面墙前，这面墙就被命名为公社社员墙。

软垫上。她应该是从战前就没挪过地方，满身灰尘，此地除了那些猫，一切都被遗弃了。

从这个小院子可以直接到雷吉娜家，下几级台阶，便能进入一个房间，那里总有人先于你到来。房间里总是暖融融的，尤其是在这个冬天。不仅因为来了很多人，而且由于经常停电，房间里一直点着蜡烛。人们仿佛来自寒冷和地狱，而这里则是温暖和圣地。烛光摇曳，大桌子干净光亮，茶壶在巴黎的最后一丝气息中歌唱。白色的杯子已经摆在每个座位前，她的杯子最大。先是长久的沉默，一切总是以沉默开始。我们坐在那里，倾听这座大城市里正在发生或即将发生的一切，仿佛只需听到就可以得到这一切。是的，我们听到了，但听到的是一种更大的沉默。我们听到了老虎在跳跃，而老虎甚至还没有接近现场。

我们是谁？大部分是难民，都孤身一人——除了雷吉娜。没有一个人是自愿来这里的，所有人都被毫无意义的武装力量驱赶到这里。没人有什么其他目的，只在意一件事：生存。另有一些是远道而来的客人，还有一些则是附近的人。不过每个人都是客人，且都不请自来。

雷吉娜——一个波兰裔犹太女子，在最为艰难的毕苏斯基[1]年代被流亡组织[2]选中，成功地达成了许多人都没能完成的任务：穿越波兰铁幕，进入一个暂时自由的世界。她的护照是伪造的瑞典护照，为了打消边境警察的怀疑，她装了十个小时的瑞典聋哑人。在巴黎、西班牙、法国南部度过了四年地下生活，重回巴黎时，她已是一名被杀害的抵抗战士的遗孀。她失去了一切，只剩下把那些有需要的人聚集在她身边的力量。

　　有一个人，来自维也纳和马德里的恩斯特，他被佛朗哥的子弹打成了瘸子。战争给了他什么？没有荣誉，也没有金钱。在贝尔维尔，他和他的法国妻子住在一间狭小的旅馆房间里。他的生活艰难而拮据，生计是为那些需要西装却买不起的人缝制西装。

　　另外就是科特，来自鲁尔区，曾是一个有肺病的皮草商，他带着两个孩子住在巴黎圣母院附近的地下室里。如果连人类都不助他一臂之力，那圣母院对他

---

1　约瑟夫·毕苏斯基是波兰第二共和国国家元首，在1918—1935年间统治波兰。

2　当时毕苏斯基的异见者组织，他们挑选合适的人传送情报或是急需品。

又有什么用呢？他从艺术工作室的地板上捡些碎布料，然后偷偷带回家，缝制些没人愿意买的劣质毛皮衣物。有时他会穿一件毛皮大衣前来。他穿这衣服时就像是衣服在烧灼着他，他带着打趣的温柔，小心地把它披在某个女人的肩上。他希望某天有个女人会把大衣留下，然后打开手提包说："真漂亮，我要了。"但这种事从来没有发生过，大衣总是会被温柔地推回给他，他便再次把它收回来，直到它又破又旧。这个结果是他意料之中的。

米歇尔的路程最短，她住在大房子里，这房子曾经很漂亮。但美丽城[1]是怎么对待美的呢？吞噬美，就像吞噬一切那样。这城市刚刚吞噬了她的丈夫和唯一的孩子：用肺结核。她独自生活，但还能活多久呢？

有个富人也围坐在桌旁，她裹在一件灰色的毛皮大衣里。她的名字叫露丝，化着浓妆，是年纪最大的一个，她在此地通往莫城的路上拥有一座小城堡，因此也被人称作"城堡夫人"。她可能是个寡妇——她自己还不知道。她的丈夫是一个犹太银行家，在占领期间失踪

---

1　贝尔维尔也称美丽城。

了，就像那个时代很多人一样，消失得无影无踪，回家无望。她为什么来这里？我猜她是需要如此。她几乎从不开口，开口便如同阿诺伊[1]在说话："哦，我的城堡里太冷了！昨天我在公园散步时……"最后我们终于明白她为什么要来，来这里是一种仇恨的方式。

这几个都是常客，还有一些人来了又走，走了又来，而有些却再也没回来，移民他乡或是死了。

还不能忘记亨利，但我们已经这么做了，在为时已晚前差点就忘了他。我们一定是过了很久才注意到他的，他从不坐在桌边，只坐在电动缝纫机旁的那个角落里，他待的那个地方从来没有亮光。他身形高大，面色阴郁，沉默无言。和每个人都能聊几句的雷吉娜，对他却无话可说，而且更糟糕的是，他从来不读那些信。

我们就是这样，无事可做，来这儿就是为了让雷吉娜在我们身边，而不是为了寻开心。我们之间都相互了解，甚至到了相互厌倦的程度，没有任何人的境况有所变化，只是随着冬天的到来，处境变得更糟了。我们之间没太多可聊的。我们玩猜字游戏，用手轻轻

---

1　让·阿诺伊，法国戏剧作家。

触碰着记忆，不过也几乎从未有过真正的沉默，因为老虎正在来的路上。这种时候，雷吉娜就会拿出信。那是一大包信，里面有新收到的信，但大多数是旧信件。每天晚上，她都会选择我们当中的一个人来朗读这些信。每晚读的信都不一样，但过一段时间后，便会重复。我们这些新来的一开始还不清楚状况，虽然读信本身很容易理解。我想这事太简单了，可当我们明白缘由的时候，谁也不戳破，这样雷吉娜便永远不会知道我们已了解真相。

事实上，雷吉娜从没学习过阅读。

"由别人来读总是更好。信就应该大声读出来，你们觉得呢？再说我感冒了，没法自己来读。"

我们同意她说的。我们喜欢她，因为她从不妥协，对这事也是如此。一个个傍晚过去，当成堆的信件渐渐变少时，她编织的网轻轻地捕捉住我们。雷吉娜这些信里，最好的一封是一个在芝加哥服装厂工作的巴黎犹太男孩写的。他的父母在奥斯维辛集中营被杀害，战后，他和许多人一样来到雷吉娜这里。他孤身一人，身无分文，一无所知。她教他缝纫，帮他找到了逃到美国并且过得还不错的亲哥哥姐姐们，还协助他去了美国。但这之后她就再也帮不了他了，她无法阻止他变得比以前更孤独，因为他不理解他的哥哥姐姐，而他们也不理解他，这是雷吉娜力所不能及的。现在，他在一家工厂里挣着美元，但这也帮不了他。有几封信写得不错，都是他刚到美国时写的，最好的是从纽约寄来的第一封信，谈论着新的街道、哥哥姐姐以及光明。

正如之前所说，亨利从未读过信，尽管他会阅读，而且还知道很多事。比如他了解战争，包括西班牙内战、外国军团和世界大战。他还会用左轮手枪，因为有天晚上，没人注意到他在做什么的时候，他就在缝纫机旁边的暗影里拆卸左轮手枪。他还懂机械，因为他曾是个电工。然而直到圣诞节前，我们才明白他为什么来。那时我们才知道，他爱着雷吉娜，但她不爱他。他已经来了整整一年，就只是坐着，看着，离开了又再来，只是等待她的一句话，可从未听到。我们喝汤的时候，他也喝汤——不过是通过看着我们喝来喝。我们喝茶的时候，他也喝茶——然而是经由我们的手。我坐在离他最近的地方，一直想象着当雷吉娜对他说那句话时会发生什么。我还想象着那会是句怎样的话。

有天晚上，这件事被揭示的可能性近在眼前。那个夜晚很糟糕，因为下午时分，缝纫机的马达突然坏了。雷吉娜从清早起就一直在给穷人们做衣服，直到我们来。雷吉娜也得生存，她尤其需要活下去。此时谁能来修理这马达呢？我们想了又想，毫无结果。这时，有人碰了我一下，是亨利。他大声对我说：

"你跟她说，我会把它带回家修好的。"

我便对雷吉娜说：

"亨利可以修好它。"

雷吉娜看着我说：

"你跟他说可以，我希望他明天早点修好送过来。"

亨利拆下马达便走了。我们其他人留下来读信。

但第二天晚上我们到的时候，马达还没有送来。我们坐下来聊天，那天风雪交加。突然，有个不请自来的人在敲门。但这人既不是亨利，也不是有人送来马达，而是一个男孩，手里拿着一封快递信。雷吉娜把信撕开看了一下，红着脸说：

"这里看不太清楚。坐在灯下的哪位读一下吧。"

恩斯特便读了这封信，信上写道："亲爱的雷吉娜，马达已经修好。如果你想要，今晚八点来旅馆取。但只能你一个人来。我有把左轮手枪。" 她把信从恩斯特手里抢下来，撕成了几片。几乎就在同时，我们都站了起来。

"我们陪你去取，雷吉娜！"

外面白茫茫一片，干干净净。我们挤进车里，恩斯特、科特和我坐在前排。汽车在雪地里无声无息地行驶着，到了比利牛斯街边的坡路时，有人觉得从这里可以看到埃菲尔铁塔上的灯，假如从那里可以看到这条街的话。快到目的地时，科特拉着我的胳膊说：

"现在还太早，我们先兜一圈吧。"

其实时间并不算早，我们兜多久也没用。如同我们对林荫大道上冻僵的树、塞纳河黑色的水、空无一座的教堂无能为力那般。一个房间、一个人和一把枪，这便是我们的目的地。最后，我们还是提着灯站在了那间小旅馆门口。我们把女人留在车里：雷吉娜、城堡夫人、恩斯特的妻子和米歇尔。

当门房说亨利不在时，我们松了一口气，他何苦骗人呢？我们还是上了四级台阶，来到一扇用粉笔写着数字12的门前。我们又是敲又是喊又是威胁，还找遍了所有角落，搜了厕所，既没有亨利，也没有马达。我们的勇气算是白费了。刚上四级台阶的感觉还不错，但随后的情况却越来越糟，糟透了。我们觉得不能空手而归，尽管能面对别人，但绝对无法面对雷吉娜。因此我们便从另一个出口出去了。

又下雪了，这让我们很高兴，因为车里的人即使看到什么，也只会看到三个人影，这可以是任何人。我们穿过街道，进了一家远处的酒吧。没找到马达，我们至少得喝杯白兰地才能回去。

当我们打开酒吧门时，一个高大的男人正站在吧台前，用发狂的眼神看着我们。我们吃惊极了，也意识到他一直在等我们。可我们已无法回头，只能站到他旁边。酒吧老板把咖啡冲进杯中，再倒满白兰地。

"我不会给你们的。"亨利低声说。

"四杯咖啡。"恩斯特说。

"雷吉娜怎么没来?"

"她在车里。"我们中的一个说。

"她不是应该一个人来吗?"

酒吧老板面无表情地看着我们说:

"我不想有人在这里惹事，尤其是外国人。"

像往常一样，我靠亨利最近。突然，他抓住了我的肩膀，极为用力，但不是故意要吓我，因为他几乎要哭出来了。

"她把那封信怎么了?"

"撕了。"

"没别的了? 她有对我说一个字吗?"

"这谁知道?"

"谁知道? 谁知道? 谁知道? 谁知道?[1]"没人知道。

"你们永远也拿不到它。"他说,然后喝下了他的那杯咖啡兑酒。

我们站在那里看着他,等他退让。我们都意识到,这里并没什么可怕的。尽管我们知道此时在做的事很危险,但又忍不住去做。我们中的一个人问他:

"想要多少钱?"

他看着我们,像是觉得我们在开玩笑。但这不是玩笑,因为他如我们所愿:践踏了自己,却没有踩死。

"把你们带的钱都放在吧台上,我看看够不够。"他低声说着,在吧台上清出一块地方。

我们的钱不多,不过至少有 3220 法郎[2],也确实是

---

1 原文这四个"谁知道"分别用了瑞典语、德语、法语和英语。

2 二战后法国法郎恶性膨胀,同英镑比价跌至近 1∶1000,此处相当于 3 英镑。

我们的全部家当。他把纸币揉成一团，然后在最靠里的一把椅子上坐下。

"雅克先生，"他低声说，"再来一杯白兰地。"

雅克先生背过身去，拿出几个酒瓶，不仅有白兰地，还有威士忌、雪利酒、基尔希酒和各种利口酒。接着亨利把马达从柜子上搬下来，放在吧台上，又拿起抹布，擦去雾气和酒渍。马达变得光亮又干净。我们可以走了。

"它现在完全修好了，你们这些混蛋!"桌边那个不幸的家伙喊道。

我们小心翼翼地把马达抬起来，在雪中一路抱着，最后放在了雷吉娜的膝上。我们一句话也没说，甚至回到家里也没开口，只是让马达转动起来，而雷吉娜一直缝到停电才停下来。然后我们点燃蜡烛，讲述了它的得之不易，因为至少这点是真的。恩斯特读了勒内从纽约寄来的第一封信，夜幕降临，贝尔维尔一片雪白。我们不知道会发生什么：亨利会开枪自杀还是再回到这里来等那一句话；科特能不能卖掉那件毛皮大衣，还是只能眼睁睁地看着它变得更旧；勒内会回到我们身边还是成为美国人；米歇尔是不久于人世还是长命百岁；城堡夫人在来年春天是否会有爱人，还是会一直坐在这里继续憎恨。至少我们想知道老虎会怎样：是纵身一跃，还是像瞎了一样从我们面前经过？

只有一件事是肯定的：雷吉娜会一直在这里，而冬天也会过去。

## 自挂树

　　他心想："你不该笑，无论如何都不该笑。你用眼睛剜我，把它们像针一样扎进我的骨髓；你用指甲抓我，把脚踩在我的脖子上——我被打败了！被打败了。但你就是不该笑。"

　　冬日的太阳在松树间燃着清晰、强烈的火焰，雪白且弯曲的松枝渐渐被烧灼出寒冷的炽热，山坡上的积雪被映照成血色。难道是天堂里大山雀的血染遍了整个世界？一道像是从红焰中射出的火光，由窗外洒进来。他如同置身于火堆之中，但真实的自己又脱身在外，体内有什么东西在一点点发热，一秒接着一秒，热量在上升。他体内的火可以燃烧多久而不灼伤自己，不把炭窑烧塌？

　　他转过滚烫的脑袋，抬头看着埃德加。心想，现在我要烧死你，你将被烧成灰烬。可埃德加并没有被烧死，他正站在厨房门口，表情沉着而冷静，两腿大大地叉开，相当自信，他的牙缝间夹着烟斗，日光照亮了他有力的轮廓。他像是拿铁饼一样拿着一个盘子，上下滑动着把它擦干。那个做事麻利的埃德加，那个一直在擦盘子的埃德加，那个手掌总是能精准托住女人下巴的埃德加，那个总是会保护别人的帅哥埃德加，正在擦去围绕着他的巨大的匮乏。

埃德加说："愿你永远如你所愿的那般快乐，莫娜。"一排牙齿在烟斗上发着亮光。就像马牙一样，他心想，马牙可以测出你的年龄，有过多少女人，因为害怕失去一个女人而多么小心翼翼地咬合着。他没有听到妻子的回答，洗碗盆里的水泼溅着发出哗哗声。但他能感觉到他们之间的默契。

他听到她拧干洗碗布，把盆里的水倒进桶里，然后走进内室换衣服准备去滑雪。她根本没看到他，她解下围裙，慢慢地把衣服从头上套进去，之后一动不动地站了片刻，抚摸着自己身体的轮廓，此时仿佛是从他撕裂的血管中喷出的火光照亮了房间，火光中他看到她正在把自己交给一个人。但不是交给他——"船儿"，而是埃德加。埃德加正随意地靠在门柱上，嘴里叼着烟斗。他们俩的眼睛已经相互吸附在一起。握住我，乳房呼喊；爱抚我，臀部低语；拥抱我，大腿尖叫。他心想："你做什么都行，就是不该笑。"

可她却笑了。他们是在早晨的火车上遇见埃德加的，他就像一台刚点燃的、充满活力的、欢快地呼啸着的蒸汽机，冲进了他们宁静的铁路站台，将他们笼罩在烟雾、风趣和笑声中。他像个仆人一样，是埃德加要求他像个仆人那样背起朋友们的背包和滑雪板，走在刚铲过雪的路上。也许是因为路面太滑，再加上背负的东西太重，他走得特别笨拙。"船儿！"埃德加突然在他身后叫了一声。"船儿"是他学生时代的一个绰号，因为他的一条腿曾经断过，在马虎的治疗后他用上了助行器，于是便有了这个绰号。他转过身来时，看到埃德加正怪模怪样地模仿着他摇晃的样子。莫娜乐不可支。他感到这笑声转变成一个锋利的螺旋，在他体内飞速旋转着。他觉得自己丑陋而笨拙，因而不得不每天重新征服美丽且娇嫩的她，他变得如此忧伤。他一言不发。他们喝着埃德加为早餐带来的酒，莫娜突然对他说了句："为船儿干杯，为怪人干杯！"由于喝了酒，她的眼睛蒙上了一层光亮的薄膜，但在这层薄膜下面，他发现了她对埃德加的渴望，就像看到小溪里蓝色薄冰下的乱流一样。这时，火又升腾起来。船儿，怪人。

"好了，我准备好了。"莫娜说着，拉上了滑雪裤的拉链。她是对埃德加说的，而不是他。没人对他说一句话。埃德加锁上了门廊的门。埃德加把钥匙放在云杉树下。埃德加给莫娜整理好了绑带。埃德加把她的手放进滑雪杖顶端的皮手环里。他们从门槛滑了出去。天气异常寒冷，他们呼出的热气在刺骨的空气中凝结成云朵，呈现出奇妙的轮廓。每滑动一步，积雪都在呻吟。滑雪板不情愿地滑入冰冷的蓝色轨道。树木石化了，树冠苦涩地纠缠在一起。

他心想："无论如何，你不该笑。"他带着他们走上一条陡峭的斜坡，这里沟壑纵横，到处都是巨石。巨石的棱角从雪中探出来，仿佛一只只蜷在那里随时准备奔跑的动物。他们爬过那些打滑的锋利巨石，滑雪板被划破，滑雪杖也在打滑。刺骨的寒冷冻结了他体内的火热，他此时心想，我一定要把她夺回来，一点一点地。她很快就气喘吁吁地跟在他身后，而埃德加在最后面。三个人都沉默不语，此时开口说话会感觉嘴里像含着雪球。步行时他是没机会的，必须踩着滑雪板才行。这会儿他像引诱者一样，把他们带到了一座高高的山顶上。他知道那里有一个斜坡，从一条狭窄陡峭的雪道向下，穿过茂密的冷杉林继续下行，小道便会出人意料地变成一条大路，然后头晕目眩地沿着长长的、令人无法呼吸的大斜坡向湖边俯冲而下。湖边有一座白色的大洗染坊，四周被高大坚硬的铁栅栏围住。如果不想撞上铁栅栏，在进入大路的那一瞬间就必须开始刹住滑雪板。他把滑雪杖插进冰雪地里，转过身，在一团雪云中滑向铁栅栏。他以这方式大声警示着妻子，让她来得及自救，但他会让埃德加继续往前滑，然后摔倒，翻滚，四脚朝天，双腿乱蹬。啊，他会笑得很开心的。

他站在原地等了很久。那条绿色的冰冻线在凝固的树梢上绵延十几公里，直达闪着亮光的天空。湖对岸传来一声凄凉的狗吠，打破了冰面的寂静。湖面上的冰球手们用力将冰球击打过冰面，发出刺耳的声音，回应着狗吠。突然，云杉林里冲出来一群男孩，从山坡上飞奔而下，两边的积雪飞溅在他们身上，在身后留下一团雪粉。他们很快消失在洗染坊后面。过了一会儿，他开始沿着溜滑的山坡艰难往回走。

他心想："无论如何，你至少可以不笑。"鞭子、棍子、杆子、钩子……他用滑雪杖挥砍着，试着用它们来做些什么。他已经感觉到了妒忌的吸吮，他想用矛把自己扎到爆裂。空荡荡的峰顶越来越近，他毫无意义地想把几根粗大的云杉枝挪出滑道，下山时它们曾绊过他，可树枝都冻住了，根本挪不动。尽管太阳已不见踪影，但山顶的积雪却静静地发着光，仿佛自带神秘之火。他在山顶上走了一圈又一圈，寻找那两个人的踪迹，但他们消失了。

找了一下午后，他沿着那条小径飞快地穿过一片荒凉的沼泽。他穿过隐蔽的蓝莓地，离开发着暗光的雪原，进入了哑鸟盘旋的蓝色森林。经过交错纠缠的灌木丛时，他的双手被割破了。他滑倒在湖岸不规则的冰面上。薄薄的冰层下那双神秘的眼睛引着他靠近蓝色的冰窟。他踩碎冰冻的芦苇，在往下奔跑时朝前摔得头昏眼花。他苦苦寻觅，狂乱不已。而黄昏正悄然降临，冰球手们正穿过云杉林，稀稀拉拉、叽叽喳喳地往家里赶。一个无证驾驶者正飞速开过冰面，以躲避潜伏的警卫。滑雪杖在冰面上发出的闷响在湖岸回荡着，他独自一人在林间狂奔，四处寻找；与此同时，深渊也在寻找着他。不过最后一小撮雪、一条窄道、一座孤零零的小山坡救了他。

他猛地绕了一大圈，回到了洗染坊，那座大房子沉睡在漆黑的铁栅栏后面。他轻轻地转了一下方向，避开了停在大门外的一辆发动机没有熄火的小汽车。他原地站了一会儿，不知往何处去，只是紧紧握着扎在雪地里的滑雪杖。这时，他听到一个声音在寂静中渐渐传过来。他抬头看向山坡，用手捂住双眼，又看了一下，还是第一眼的情景。雪光映照之下，蓝色的夜幕中走出一群人，一支行进的队伍，一群人正抬着一个包裹物，那包裹物十分沉重，他从那群人的脚步中看出了这一点，那些脚步深深踩进雪地的硬壳里。他们径直往下，朝他这边走来，他痉挛般地撑起滑雪杖，强迫自己离开。他们与他擦身而过，他避开了抬着放在袋子里的尸体的担架、四个默不作声的男人和后面偷窥着的男孩们。

"他上吊死了。"其中一个人说。

"他是倒挂着的。"另一个人说。

"是我们先看到他的。"第三个人说。

"他是倒挂着上吊自杀的。"第四个人说。

他们走过去，把担架从那辆车的后面推了进去，没关车门，汽车无声无息地抖动着发动了，随后驶上了山坡，被夜幕吞没，仿佛它从未来过一样。

过了一会儿，他开始往坡上爬。发生了什么事？还有之前留下的脚印吗？突然，滑雪板滑不动了，被冻硬的云杉枝卡住了。他弯下腰去拉，但滑雪板还是顽固地卡在上面。接着，他惊恐地发现，蓝色的雪道突然中止于此，并从这里转向左边。这根云杉枝是通往吊死人的那棵树的路标。

他冲出这条雪道，进了云杉林，但这无济于事，那些蓝色的、闪烁着柔和光芒的脚印仍然跟着他。它们如同一口口深井，只要他把滑雪杖插下去，它们便会把他吞下去。整个世界突然充满了发着光的、深不见底的脚印，它们包围着他，威胁着他，将他的意志撕成碎片。他滑下山坡，在乱石间逃窜，最后，在经历了十多公里的惊恐之旅后，他来到了那条闪着亮光的、冰冻的大路上。

他在那里获得了救赎，感到深渊变成了欢乐谷！显然是他们俩帮的忙，这就是他们当时没有滑下山坡的原因。他们从那里离开，去报了警。所以他一直找不到他们。他心想，只有你自己才不应该笑，不然呢。

他们在门前空地上点了一盏雪地灯。他把滑雪板靠在门廊的墙边，走进屋里。他们已经开始吃饭了。埃德加的火车马上就要开了。他拂去身上的雪，坐在桌边吃起了东西，喝着埃德加的白兰地。过了一会儿，他问："你找到他的吗？""找到谁？"莫娜说，她在撕烟熏鲱鱼的皮，一缕头发的阴影遮住了她。"你到底去哪儿了？我们找你都找疯了！"埃德加说完打了个酒嗝。埃德加得意地往椅子上压了压身体，唇间还夹着一条凤尾鱼，好像它能增加些许分量似的。他又喝了一些埃德加的白兰地，就在埃德加准备点燃烟斗时，他伸出自己的食指说："我可以用它来点烟。"他的体内又燃起了火。

"你喝多了，卡尔。"莫娜厉声道。"喝多了！"他心想，"不管怎么说，你得当心别笑出声来。"她要送埃德加去乘火车。他们走后，他检查了一下床。被子铺得平平展展，枕头也摆放得整齐有序，这正是他心中期待的。此刻他身如火炭，令他惊讶的是衣服竟然没有着火。而且这不仅仅是发烫，他身上有什么事在发生，像是一种坠落，有什么东西从自尊的玻璃天花板上不断坠落下来。他想那就顺其自然吧。

他走到门前空地，把那盏雪地灯踢碎。她从车站回来时，他去搂了她一下，但他感觉到她身上有一层等待他去融化的坚冰。他没有跟她说自己所见到的，可是当那坠落结束，他半夜在梦中突然因此惊醒，在一种不可名状的恐惧中匍匐在自尊的谷底时，躺在他身边的女人正将冰霜喷洒在他火山般的炽热中，而这不过让他更加炽热。他打开手电筒，照向她的脖子，他的手在触摸它时一定烧灼到了她，因为她醒了，睁大眼睛从床上坐起身来。

这时他已经跳下了床。他扔掉手电筒，光线爬满地板。"我得去趟厕所。"他绝望地一边喊着，一边穿上衣服。她叹了口气便躺下了。他跑出家门，从院子的小路往外走，脚步有些打滑，清朗的月光下，院子里闪烁着绿色的光芒，他拉开门，为了让她听到，他还敲了下门板，然后沉着身子坐了下去。他在这里又一次经历了那种令人厌恶的毁灭式坠落。他平躺着，在一片片冬日的森林中下坠，每棵树都向他伸出威胁的枝干、空洞的陷阱和弯曲的树冠。他试图用双手抓住自己，假如要阻止自己下坠，所有的力量都要集中在手上，他整个人都要靠这双手。啊，他停下来了。

他走到月光下，站立在闪烁着寒光的雪地上。尽管寒冷就像一堵围墙，从地面一直升到十多公里之上，但他没觉得冷。他所有的感觉都在手上，那双紧握着斧头燃烧的手，那双说着"真可惜，你笑了，无论如何你都不该笑"的手。他悄悄地往家里走，雪地发出咯吱咯吱的声音。突然，居住区传来一声狗吠，这是整个夜晚唯一的声音，它像一道凄惨的彩虹扩散到冰冷的天空里。刹那间，他的双手变得不听使唤，这很好。它们失去了抓握能力，他开始继续下坠。此刻，他扔掉斧头，冲过去拿起滑雪板，接着穿过门洞、大路，冲进那片云杉林。

他在梦中和现实中同时经历了坠落，但这两种情形已无法区分。覆盖着冰霜的岩石闪着寒光从他身边掠过，在身后噬咬着他。树干晃动，枝条抽打，一个女巫在白色树冠上旋转着。突然，滑雪板被云杉枝挡在了雪道上。他便跟随着那些绿色的脚印走，尽管是恐惧在驱使着他前进，但总算是极为缓慢地走上了这条僻静的小径。身旁有群人正往下走，对于这八个活人来说，这条小径太过狭窄。小径旁边立着一截顶部被砍掉的高大树桩，闪烁着白色的光芒，在月光下显得格外凄凉。那八个活人的脚步从树桩处转向了密林，即使是永恒的毁灭式坠落也不如跟着八个活人和一个死人的脚步更令人惊惧，但为了活下去，他只好强迫自己这么做。月光下，黑暗很快蔓延开来。那里是一片枝条断裂的灌木丛；还有一棵松树，树干上的树皮脱落了；那副担架曾被放在雪地里，担架被拖过的地方，有一块石头从雪地中露了出来。这时，小径变窄，通向一条隧道，他不得不脱下滑雪板才能继续往前走。此处曾是那人走过的一小段路，雪地上还散落着折断的树枝，担架也曾被安放在此处。还有那棵树，一棵云杉，树枝刚被砍断，树干上的新伤口发着亮光。是那棵树，那棵用来自挂的树。

他被迫跪倒在树下，且被迫陷入一种比毁灭式坠落还要大两倍、十倍、千倍的恐惧之中。突然间，这里所有的自挂树都力道均匀地压在了他的头顶上。它们站在彼此的肩膀上，直冲云霄。它们的伤口在流血，痛楚从空中滴落进他最敏感的细胞里。他想大喊："你们若有力量，那就干脆从我的头顶一下砸到脚底。死亡都比现在这样更仁慈。"可他的头顶还是挺住了，不知怎的，一种解脱的感觉涌上心头。一根根树枝正从他身上被拔下，也许直到五百甚至一千根树枝被拔去后他才会意识清醒。但渐渐地，他还是看到了那没有尽头的无畏和解脱。他头顶那些压抑的穹顶坍塌了，一个接着一个，他心中的喜悦在成长，在迸发。焦虑的硬结被化解了，恐怖被驱逐了。此刻，他知道了如何融化坚冰，明白了怎样从痛苦中释放温暖。

去寻找自己的那棵树。要敢于寻找自己的那棵树。去寻找那棵自挂树，那棵在不安的森林里独自散发着不安的树。这样，整片森林便都会显得那么友爱。

当他走进院子，看到月光下那把闪闪发光的斧子，心想："或许你不应该笑，但管它呢。"他拿起斧子，高高地抛向头顶的空中。斧子落下时，砸碎了屋顶的某处砖瓦，破碎声无力地向四面八方散开去。

## 星期六的旅行

　　每到星期六，一群姑娘就会带上星期六和星期天才穿的衣服。这些衣服是一些有碎花图案和缀饰的、彩色或条纹的裙子和衬衣，当它们从工厂更衣室灰如蝶蛹般的包里被拿出来时，像蝴蝶般闪烁着光芒。下班铃声一响，楼梯间和厂房里便充满了欢快的笑闹声。

　　如同关上一个水桶的龙头，又打开了另一个水桶的龙头，传送带的咔嗒声、转子的轰鸣声、风扇的呼啸声、包装机的拍打声都静了下来，取而代之的是姑娘们的欢叫声，那声音仿佛春天的燕子在高高的屋顶下飞来飞去。

　　她们急着逃离巧克力的气味和传送带，工厂里的姑娘们很少会在传送带上工作到老，老到明白自己根本无法逃离此地。这条传送带会一直跟随着她们，直到她们中了彩票或顺利结了婚。

夏天快到了，她们不再扣紧大衣上的纽扣，围巾也像彩旗似的在脖子上摇摆着，飞出了铁丝网围起来的工厂和六层高的厂房。姑娘们跑到检查站，那里有神情威严的妇女们在查看手提包、行李箱、大衣口袋和胸罩，搜里面是否有巧克力条。不过想走私的人远比搜查的人狡猾，因为她们的目的是赚钱。

然而巧克力的味道是无法摆脱的！风一停，那浓重的气味便笼罩着整个街区，这气味更像是某种气体，得仔细闻一闻，才会最终觉察到吸入的是巧克力的味道。

她们小跑着来到火车站，像一列穿着木底鞋的士兵般咔嗒咔嗒走过铁路桥时，火车已经喷出烟开始掉转方向。站台上充盈着她们年轻的声音和色彩。在这里，她们遇上了其他工厂的年轻姑娘，这些姑娘也和她们一样开心。站台上还有些年长的妇女，她们在亚麻厂照管织布机，或在制瓶厂测试玻璃瓶。

另外还有一些来自工坊和铸造厂的工人，其中有几个是年轻小伙子，他们喜欢和巧克力工厂的姑娘们一起站在站台上，抽着烟，吹着口哨，并嘲笑着说："今天是星期六。"

索尔薇、英安和布丽特分别负责包装部门的一部分工作，这是每个人都想去的部门，但奇怪的是，每个人在那里待上一段时间就都想离开。她们手挽着手走过站台，带着周六欢快的眼神，在拥挤的人群中寻找着熟人或同样欢愉的小伙子的目光。

索尔薇走在中间，她年纪最大，是她们真正的主心骨。她邀请别人加入她的队伍，而作为回报，其中一个得替她拿行李箱，如同她缺钱时她们得请她去电影院一样。她们觉得这是上天的恩赐，因为索尔薇知道很多她们不明白的事情。她很有阅历，见多识广，而且能说会道。她敢穿最短的裙子，敢在站台上抽烟，而不是像其他人一样只敢在火车上抽。她请男孩们去她家里玩，这对于英安和布丽特都是第一次。她们在坚信礼[1]——这种穷人的毕业庆典之后就开始了所谓的生活。而只有在周一，她们大概才会想到生活中除了巧克力的味道，还有其他东西……

此时，和往常一样，索尔薇在人群中见到了熟人。她便拉着那两个女孩一起走过去。顺便说一句，这是她

---

1　年轻人成为教会正式成员的一种仪式。

们共同的熟人，两个来自铸造厂的小伙子，他们是周一在火车上认识的，然后一起抽了一周的烟，也一起睡了一周，还一起翻过了栏杆。索尔薇拉着英安和布丽特的胳膊，示意要和他们"安排"一下。

小伙子们站在那里抽着烟，往两脚中间啐着痰。"加入我们！"他们懒洋洋地说，看上去一点也不感兴趣，大腿粗壮的那个还站在那里来回摇晃着运货小推车。不过这只是摆摆架子，因为他们在周二时就已经知道周六要一起出去玩。索尔薇负责发言，另外两个姑娘紧紧地挨着她，在她的阴影下依然光彩夺目。

这时，布丽特想起来少了一个小伙子，她鼓起勇气对索尔薇说："还有一个小伙子在哪里？"英安为了不让别人觉得她总是寡言且无趣，此时也很快跟了一句：

"对啊，那个戴红色绒线帽的小伙子呢？"

"那个圣诞老人呀，"那两人中的一个说道，同时更使劲地晃着小推车，又认真地踩了一下烟蒂，"是这样的，他挡住了搅拌机，所以被撞了一下，至少要休养一个月。救护车来把他接走了，当时血洒了一地，但不算太严重。"

姑娘们觉得有点害怕，于是朝索尔薇贴得更近了一些，而就在此时，火车轰鸣着驶来，大家都像是从停泊处被扯下固定装置，卷进了人流的旋涡之中。布丽特和英安紧跟在索尔薇和那两个小伙子身后。她们奋勇且吃力地抬起索尔薇那只颇为沉重的行李箱，并从后面欣赏地看着她。她身材丰满、体态成熟。而她们俩却还有些瘦弱，连最小号的工作服都嫌大。前面的脚步声让她们心里发慌，不想继续，但好歹总算是到了要上车的站台。乘客们为了座位争抢得面红耳赤、脾气暴躁。两个姑娘注意到有个更年轻的小伙子站在角落里，脸色苍白，对一切全无兴趣的样子。他旁边便是索尔薇，她正在把头发往上拢。

"把箱子放在这儿，姑娘们!"索尔薇大声喊道，引得乘客们都看了过来，如果换了别人而不是她，这两个姑娘肯定会生气。她们把箱子放在索尔薇和脸色苍白的小伙子中间。另外两个小伙子则把箱子放到上面的行李架上，手中燃着的香烟上下舞动着。

火车开了，大家都安静地站着，沉默了一阵，看着厂房和铸造厂从身边掠过。工厂周围一棵草都没有，煤灰和炉渣占据了一切。

"我知道这次就你们两个。"索尔薇边说边在她的包里找香烟。这时，布丽特拿出了她为了显摆和讨好，从父亲那里偷拿的一只精美的银色烟盒，然后递给了索尔薇、她自己和英安。英安划燃火柴后迅速给大家点了烟，以免被烧着。

到了下一个车站，站台上同样挤满了人。这些都是金属板厂的工人。他们带着狡黠的笑容，大呼小叫着催促乘客们往车厢过道里挤，那些需要保持西装整洁的乘客倒是乐意他们这样催促别人。索尔薇紧紧地贴着那个站着一动不动、脸色苍白的年轻小伙子。

"哦，对不起啊。"索尔薇说，同时扬起头看着那小伙子的脸，她的睫毛微微颤动着。两个姑娘明白这是火车上常见的调情方式，于是在缭绕的烟雾间眯着眼瞧着索尔薇，学习她的小把戏。火车继续前行。另外那两个小伙子抽起烟，玩笑着来抓布丽特和英安。她们俩咯咯地笑着要逃开，但人实在太多了。小伙子们的手很粗糙，手背上有红色印记，而且也不太干净。两个姑娘便扣上大衣扣子，来保护里面的衬衣。两个小伙子脸上还有些煤灰。

索尔薇尖细的嗓音和火车发车的警报声相互回应着。车厢是最老式的那种，在轨道接缝处便会跳起一下。这个晴朗温暖的五月天里，火车隆隆驶过森林和间杂着石头的绿草地。在盯着传送带五个小时之后，看到这些绿色真是格外令人心旷神怡。

"你可真逗啊。"索尔薇对那个脸色苍白的年轻人说，两个姑娘和两个小伙子也同时看着他。姑娘们关注的是他那张精致的、几近雪白的脸。

"他的手可真好看。"布丽特低声对英安说。

"他好高啊。"英安不甘落后地接了一句。

"该死的白痴。"其中一个小伙子说道，还耸了耸肩。

索尔薇靠在扶栏上笑了起来。不过那个脸色苍白的年轻人看起来还是满不在乎的样子，和刚才一样。

"要抽烟吗?"索尔薇问，并从包里掏出一支烟递给他，可他的手一动也不动。这双手很白，指甲干干净净，伸在大衣外面，大衣的每个纽扣几乎都扣着。他双手紧紧抓着大门，人也紧靠在门上，仿佛不这样的话一不小心就会摔倒。面对索尔薇的烟，他没有露出笑容，反而皱起了眉头，盯着那根烟。她把烟往他嘴里塞，他抿了抿嘴唇。

"行了吧，我还会咬人呢!"索尔薇大声说道，说完便不停地笑，腰都笑弯了，人几乎要折叠在扶栏上。英安用颤抖着的手给那年轻小伙子点了烟。

"考虑一下，要不要和我们一起？我们准备出门找点乐子。"索尔薇说，还笑着做了一个大大的渴望式表情，这表情英安和布丽特经常在镜子前独自练习。要先用睫毛做一些轻轻抖动的动作，然后，眼睛平视对方的胸部，接着将视线慢慢上移，停在对方鼻子下面，而睫毛仍要保持颤动，接下来把食指放在自己的下巴上，做若有所思状，再展开强大攻势。那年轻小伙子的目光收进眼底最深处，他额头上皮肤皱起的纹路令人吃惊，嘴角滑过一丝不满的微笑。索尔薇这表情曾经很管用，可这年轻小伙子却连烟都没从嘴里拿下来。他和刚才一样，脸色苍白，一动不动。

索尔薇便转身热烈地招呼起两个姑娘来。

"不可思议，姑娘们。"她大声说，声音盖过了周围的一切。火车从一座桥下驶过，浓烟向车厢内袭来。火车又绕过一个弯道，在转弯时，烟从那个脸色苍白的年轻人的嘴里掉了下来。她们都以为他会把烟捡起来，可他只是抬起脚，像踩蚂蚁一样把烟给踩扁了。

到了公路与铁路平行的路段，一辆摇摇晃晃的黄色公共汽车正在与火车赛跑。小伙子们猜着哪辆车会赢，而姑娘们却紧紧地盯着那个脸色苍白的年轻人的嘴唇。他身上这些全新的东西让她们感到好奇。她们突然无端地想到一个场景：她们站在淹到脖子的巧克力浆里，这时，这个脸色苍白的年轻人走过来，递给她们一根吸管，让她们吸巧克力浆。天啊，这太令人兴奋了！

然而那脸色苍白的年轻人只是挨个看着她们，嘴都没张一下。索尔薇朝身边的布丽特点了下头，布丽特把这个动作传给了英安，意思是："保持镇定。"

这时，火车轰鸣着驶过一座桥，一瞬间，只见桥下出现数条闪闪发光的铁轨，就像叉子上分出的叉。铁轨路堤往下进入一片铁路主干道区域，一列电动火车从他们旁边驶过。两车之间只有几条枕木的距离，他们看到对面车上的乘客正透过满是灰尘的车窗注视着他们。那两个小伙子打赌哪一列火车会先到达目的地。后来，那列电动火车减了速，落在后面，他们的耳边只剩下嘶嘶的响声。

火车在卡尔伯格车站刹了车，黑压压的人流从车厢里涌了出去。平台上有了更多地方时，那个脸色苍白的年轻人还是抓着扶栏站在原地。索尔薇想再往他嘴里塞根烟，但这次他没有噙住。

他们的列车从车站建筑的阴影下滑过，在等待进入中央火车站[1]的一列列长长的空车之间穿行着。索尔薇又做了一次那个渴望的表情，可脸色苍白的年轻人却固执地将目光越过她的头顶，望向平静的车窗玻璃，似乎想从那里看到自己的影子。

铁路桥上"派拉迪"电影院的红色招牌闪耀着光快速掠去。然后，列车轰鸣着驶入站台的阴影中，候车的人们仰着的脸一闪而过。车厢门打开了，四下一片低语声。列车刹了车，吱吱作响，一些胆大的家伙已经跳了下去。

两个小伙子提着自己的箱子，跑到了月台上，站在那里等着姑娘们。那个脸色苍白的年轻人依旧背对着他们站着，两个小伙子便开着玩笑说："他可能还想继续往前，或许他以为火车是开往特格尔巴肯[2]的……嘿嘿！"

索尔薇不情愿地走了出来，下火车台阶的时候还冲着那两个小伙子咧了咧嘴。英安和布丽特也放弃了冒险

---

1　指斯德哥尔摩中央火车站。
2　斯德哥尔摩的一个交叉路段。

留在车上，拎着索尔薇的行李箱跟在后面。其中一个小伙子还戏谑地把香烟的烟雾吐到了索尔薇的脸上。

"你又没咬他。"他说，又向英安眨了下眼。然后他们几个抬头看了看平台，那个脸色苍白的年轻人还是背对着他们站在那里。他们不明白他为什么不下车，因为此时火车已经空了，而那些回程的旅客也都立即上车了。机车从外侧轨道上缓缓驶过，在车头位置停了下来。

"喂，快到我们这里来！"索尔薇大声叫道，她努力让自己的声音听起来像在开玩笑，又夹杂着恳求和愤怒。

过了一会儿，那个脸色苍白的年轻人转向他们。他先是转过脸，然后双手松开扶手，慢慢地转过身，为了避免摔倒，他的身体不得不向后倾。他用那双雪白的手慢慢地解开大衣扣子，再把大衣拉到一边，然后拄着拐杖跳了一下。他膝盖以下的某个部分做了一个向上转的动作，最后他猛地一扭脖子，向他们走了过来。他脸色煞白，一个挨一个地看着他们的眼睛。

此时，他差不多走到了他们跟前，可就在他到达前，他们已经开始向出口走去。他们几乎是在奔跑，每个人都默不作声，他们意识到自己之所以跑得这么快，是因为害怕那年轻人会叫住他们。他们急匆匆地穿过隔离带、大厅、一道道门，来到了广场上。英安和布丽特落后了半步，英安背着索尔薇的行李箱，她很想回家，可这些东西该怎么办？

不过她还是忠实地跟在了后面。其中一个小伙子在瓦萨大街上拦了一辆车。她和布丽特最后上了车，坐在备用的折叠椅上。索尔薇坐在后座两个小伙子中间，她已经开始笑了。汽车驶过街道，绕过特格尔巴肯，然后因为铁路路轨上的栏杆已经放了下来，他们便从铁路桥下面钻了过去。在这一路上，他们谁也不敢往窗外看，因为沿路的难民太多了。

车经过市政厅时，英安感到有两只手从身后紧紧箍住她的前胸，她便任由自己被拉向后面，心中既没有喜悦，也没有兴奋。布丽特则紧抿着嘴唇坐着，固执地用掌心摩挲着索尔薇行李箱上的锁。

过不了多久，她们应该就会笑起来，大概都不用开到国王岛女子学校或市立图书馆分馆[1]，可她们还是

---

1　这两个地方和市政厅一样，离中央火车站很近。

感觉自己的心被什么东西堵住了——巧克力浆？水泥混合物？或是别的什么。第一次时的震惊不会持续太长时间，第二次，决定性的一次，真正的一次，只会越来越糟糕……

## 一场微不足道的悲剧

宏大壮烈的悲剧都发生在很久以前，是那些我们在书中读到，在剧院里看到的。当下发生的只会是些微不足道的悲剧，比如那些已有了孩子却还没钱结婚的人，或是一个已婚邮递员在第三次踏上一道新修的楼梯时爱上了一位女士，却因为要抚养一个私生子而没有钱给她买顶帽子。

那是一个几乎天天都在下雨的秋天，邮递员的鞋子总是湿答答的。走进楼道门时，他必须擦拭掉眼睛上的雨水才能看清一个个邮箱的槽口。有时，雨水会滴落在某封信的地址栏上，有人便会打开门说一句："邮递员不应该把他人的信件弄脏。"他是个敏感的人，要是不能让每个人都满意，便会很难过。每晚回家后，他的妻子都会责怪他几句，因为下雨，因为他有孩子而她没有，因为他穿了鞋进门，或因为他从来没当上过邮递班长。他不回嘴，他已不爱她了，至少不再像以前那么爱她了。

有天傍晚，他第三次送信时在楼梯上看到莉娜，起初他并没有多想。她妨碍了他的工作，他在上楼，而她正好跪在那里擦洗楼梯。由于他走路的声音很小，她没有听见，还在继续擦洗着。他十分害羞，没敢说什么，只好倒退着下了楼梯，站在那里等着。虽然她只剩下四级台阶要擦，可他已有足够的时间打量她，的确，当盯着一个女人的时间长了，便可能会开始爱上她，至少有一点点爱上。

那邮递员看着她的背影，年轻、纯洁，弯腰时显得有些不耐烦。他非常喜欢她的后背，还喜欢她的头发，那天然的金发垂在额头上，也喜欢她的胳臂和双手，它们像是在用抹布抚摸楼梯。

他想，我想成为一道楼梯，一道长长的楼梯，让你来擦洗。想必她转过身来也很美，他知道自己会爱上她的。

然后她转过身来，果然非常漂亮。他开始结巴起来：
"我，我想要上楼。"他说。

"有信吗，给布罗伯格家的?"她问。

他一边想着心事一边帮她把水桶拎到门口，随后往邮包里看了看。里面不是一封信，而是一本狩猎者杂志。

"收件人是朱利叶斯·布罗伯格。"他说道，并一心希望这人是她的兄弟。

可这人是她丈夫，一个周日狩猎者，有时候晚上也会去，平日里的职业是屠夫。他把那本杂志递给她时显出一脸担忧，她问他怎么了。他非常喜欢她的声音，因为一旦爱上一个人，会爱上她的一切。

"呃，就是有时候信件尺寸太大，不能投进信箱，只能来按收件人的门铃。"

这时有人上楼来了，可能是个好奇的、爱打听的孩子，她便往门里走。

"我叫莉娜，"她在门口小声说，"我还从来没收到过这么大的信件。我丈夫一般五点钟回来。"

"那些大尺寸信件一般是在第一趟送。"他说罢便往楼上跑去。楼梯湿滑，他摔了一跤，弄伤了一只膝盖，但他沉醉在爱意中，感觉不到任何疼痛。

晚上回家前，他走进自己家所在那条街上的一家烟杂店，买了个大信封。买的时候他脸红了，好像在做什么见不得人的事情，为了避免被猜疑，他还买了一份晚报。然后，他走进一个很深的楼道门，把那份晚报撕成几片后塞进信封里，用颤抖的手和潦草的笔迹在信封上写下了朱利叶斯·布罗伯格的名字和地址。

吃过晚饭后，他们像往常一样坐在房间的桌旁，妻子给他朗读了一本翻译过来的三十年战争时期[1]的爱情小说。小说讲述的是一个邮差跨越重重障碍，只为与他的情人——住在吕岑[2]的一位年轻的布尔乔亚女子相聚的故事。他听得格外入神，因为觉得这本书讲的就是他自己。他还希望能从这位邮差身上学些小窍门，但一无所获，因为那时的邮政服务完全是另一回事。读到第十五章时，妻子停止了朗读，问了句：

"这不是很浪漫吗？你说呢！那时候的人感情真是深厚啊！"

---

1　1618—1648 年，由神圣罗马帝国的内战演变而成的一场大规模欧洲战争。

2　Lützen，德国萨克森-安哈尔特州的一个城镇，曾发生两次著名的战役。欧洲三十年战争时，瑞典国王古斯塔夫·阿道夫于 1632 年在此地阵亡。

"是啊。"邮递员说，他想到了刚才那封大大的信件，此时它应该正被一辆黄色的大车运往邮局。

第二天早上，他站在布罗伯格家门外，气喘吁吁，因为他是一路跑上来的。他按了下门铃，但没人应。他又按了好几次门铃，还是没人应。最后，有位老人从隔壁的门里走了出来，停下脚步看着他。这是那种无所不知，而且想让所有人都明白这一点的老人。

"他们家里没人，"那老人说，"女主人出门去订报纸，男主人在肉铺。别按铃按得那么狠，因为这幢房子里配的门铃电池只能用十个小时，给它们充电实在麻烦极了。以前我们都从德国买电池，我哥哥曾在国王岛[1]开了一家电池公司。那时候国王岛的情况和现在很不一样，有一次，一辆马拉式有轨公交车在撒拉弗医院外面脱了轨。可现在全世界的马都去了俄罗斯，我也不知道它们在那里会出什么事。我在报纸上看到说现在可以买坚果了，这么多坚果，这辈子除了咬坚果什么都做不了。我以前还能用牙齿咬碎坚果，现在不行了。好在我

---

1　Kungsholmen，斯德哥尔摩中心市区的一部分，斯德哥尔摩市政厅便在此地。

找到了一个不错的牙医，一个能从牙齿里取出唇烟[1]的家伙，如果你想要他的地址……"

"不用了，谢谢。"邮递员说。

"你要是不想要地址，为什么还来按门铃打扰别人呢?"那老人问。

"是这封信，信箱里放不进去。我下趟再来吧。"邮递员说。

"当然可以放进去。"老人说着从邮递员手中夺过那封信，硬塞进了信箱。

"在我那个年代，还有其他尺寸的，你应该见识一下。"老人说。

"好吧。"邮递员说着便跑开了。

第二趟送信时，还是没人在家。第三趟时莉娜在家，她看到邮递员时，显得很高兴，因为她一直很想念他，却又不能明说——只有在讨厌一个人时，才能直截了当地说出口。

"我就是想问问那封信有没有被弄坏。"他说，"因为当时过来一个老人，他把那信弄皱了硬塞进信箱里。

---

1 瑞典特有的放在唇间含食的烟草制品。

不过第一趟和第二趟来时我都按了门铃。"

"你运气真不好。"她说，"另外我不知道是什么信，因为是给朱利叶斯的，他不在家，去打猎了。我已经把信放在煤气表上了，你要是愿意，可以进来看看，我自己没有好好保管信件的习惯。"

可邮递员说他现在赶时间，而且在服务期间不可以进入住户的房子里。

"但有时候，如果有非常重要的信到了，我可能需要送第四趟信，也可能要进到别人家里把信放在厨房桌子上。"他补充道。

"那欢迎你来第四趟。"她说罢就关上了门。

那天晚上回到家，他跟妻子说得去参加一个关于信件分拣的讲座，这对晋升为领班很有帮助。她便过去坐在他膝上，告诉他并不想让他当领班，他还是当邮递员更好，因为后者更情深义重。然后她拿出原来那本书读了起来。他浑身冒汗、心烦意乱。书读完以后，还有时间去看场电影。在电影院门口的人群中，他试图拔腿离开，可她马上大叫着追上他，他害怕起来，怕当众出丑。

影片讲述的是十八世纪的一段禁忌之恋，妻子被它深深打动。回家的路上，她说她喜欢这种宏大壮烈的悲剧。这时邮递员开始激动起来，在大街上向妻子倾诉了一切：清晨的雨，湿漉漉的信，擦洗楼梯的女人以及他对她的感情，他寄的信，她的丈夫——那个晚上出去打猎的屠夫，最后还说他们约定在她家的厨房见面。

于是他的妻子紧紧拽住他的胳膊不放，直到回到家里，在门厅站定后，她才脱下帽子说：

"你看完这样一部关于伟大爱情的伟大悲剧的伟大电影后，竟胆敢告诉我这些？你能用你的收入养活两个妻子和一个私生子吗？你从一个站在楼梯台阶上跟随便哪个邮差都能调情的野女人身上能看到什么美好爱情？那个屠夫会怎么说？"

晚上，邮递员久久不能入睡，他意识到所有宏大壮烈的悲剧都已经发生过了，眼下只剩下些微不足道的。此时莉娜也醒着，她独自伤心地哭泣着，备感孤独。夜灯未熄，她的枕头上方有一面镜子，她对镜自顾，看到的只有苍老和丑陋。屠夫喝得醉醺醺地回到家，他心情颇佳，打开那封信看了看，说有人寄信想让他订一份晚报。

"可要是每次收到的都是这种破烂报纸，他妈的谁还会订阅呢?"他说,"虽然这信可能是邮局寄来的,但如果遇到那邮递员,我准得把这东西甩到他脸上。准定会!"